俄罗斯精短文学经典译丛
诗意自然系列

金蔷薇

汪剑钊　主编

【俄】帕乌斯托夫斯基　著

张铁夫　译

读者出版传媒股份有限公司
敦煌文艺出版社

图书在版编目（ＣＩＰ）数据

金蔷薇 / （俄罗斯）帕乌斯托夫斯基著 ；张铁夫译
. -- 兰州 ：敦煌文艺出版社，2013.12(2023.4重印)
（俄罗斯精短文学经典译丛）
ISBN 978-7-5468-0631-0

Ⅰ．①金… Ⅱ．①帕… ②张… Ⅲ．①散文集—俄罗
斯—现代 Ⅳ．①I512.65

中国版本图书馆CIP数据核字（2013）第295161号

金蔷薇

汪剑钊　主编

〔俄〕帕乌斯托夫斯基　著

张铁夫　译

责任编辑：李　佳

敦煌文艺出版社出版、发行

本社地址：（730030)兰州市城关区曹家巷1号

0931-8773084(编辑部)　　　0931-2131387(发行部)

三河市嵩川印刷有限公司

开本 787 毫米×1092 毫米　1/16　印张 17　插页 1　字数 244 千

2014 年 6 月第 1 版　2023 年 4 月第 3 次印刷

ISBN 978-7-5468-0631-0

定价：56.80 元

出版说明

　　2013 年，我社开始策划出版"世界精短文学经典译丛"，这套丛书约请国内最优秀的翻译家担任主编和译者，将世界几大主要语言写成的短篇作品择优选入，并按照一定的主题和体裁进行分类，以独特的视角呈现出各国文学的基本面貌，为我国读者了解世界文学提供了一个较为广阔的平台。"俄罗斯精短文学经典译丛"即是这套选题中的一种。

　　俄罗斯文学影响了中国几代人的成长，让他们形成了特有的精神风貌和对世界的认知方式，但因为复杂的历史原因，这一精神资源的承续和发展出现了断裂。为重新深入挖掘、整理俄罗斯经典文学的优秀资源，我们倾心推出"俄罗斯精短文学经典译丛"（20 册），分为"诗意自然""诗意人生""诗意心灵"和"诗意生活"等四个系列，让读者再一次感受俄罗斯文学的独特魅力，在阅读中汲取有益的精神养分，提升对诗意生活的自觉追求，丰富人们的内心精神世界。

敦煌文艺出版社

2014 年 5 月

献给我忠实的朋友

塔吉娅娜·阿列克谢耶芙娜·帕乌斯托夫斯卡娅

文学是不受衰亡的规律支配的。

唯有它是不朽的。

　　　　　　　——萨尔蒂科夫－谢德林[1]

永远应当追求美。

　　　　　　　——奥诺尔·巴尔扎克

　　本书中很多地方表述得不大连贯，也许还不够明确。

　　很多东西将被认为是有争议的。

　　本书既不是什么理论研究著作，更不是什么写作教程，它只是一部关于我对创作的理解和关于我的个人经验的札记而已。

　　书中并未涉及我们创作的思想基础的众多层面，因为在这一方面我们并无大的分歧。文学的典范作用和教育意义是每个人都明白的。

　　在本书中，我谈的东西很少，目前只来得及谈这么多。

　　然而，如果我得以使读者对作家劳动的美好实质稍有了解，那我将认为，我对文学尽了自己的义务了。

---

　　①米哈伊尔·叶夫格拉福维奇·萨尔蒂科夫(1826—1889)，俄国讽刺作家。笔名萨尔蒂科夫–谢德林。著有长篇小说《一个城市的历史》、《戈洛夫略夫一家》等作品。这句话出身他的随笔集《一年四季》。——原注

美文与美文翻译

——《金蔷薇》序言

□曾思艺

　　《金蔷薇》是俄国现代著名作家帕乌斯托夫斯基(旧译:巴乌斯托夫斯基)的一部著名文学作品,也是一部深受广大读者喜爱的美文作品。

　　帕乌斯托夫斯基(1892—1968),俄国现代著名小说家、剧作家、散文家和文艺评论家,出生于莫斯科一个铁路员工家庭,少年时因父亲工作之便经常乘坐火车旅行,先后到过波兰的华沙、俄罗斯的克里米亚、高加索、敖德萨、莫斯科和布良斯克省等许多地方,这使他终生热爱旅行,也培养了他对生活和大自然的热爱。早在中学时代,帕乌斯托夫斯基就醉心于文学,开始写诗并创作小说,1912 年发表了第一篇短篇小说并考入基辅大学自然历史系。1914 年,他转入莫斯科大学法律系。同年,第一次世界大战爆发,他中途辍学,先后当过电车司机、前线卫生兵、工人、渔民。十月革命和国内战争时期,参加过红军,当过记者及报社编辑。早年的这些生活经历,使他广泛接触了俄国的社会生活,积累了丰富、深厚的生活经验和大量的创作题材,并且创作了许多文学作品。1932 年中篇小说《卡拉-布加兹海湾》的发表使他一举成名,辞去工作成为职业作家。此后,他创作了不少中短篇小说以及一系列画家、作家的传记小说和历史题材的作品,如《科尔希达》(1934),《夏尔·朗赛韦的命运》(1933)、《伊萨克·列维坦》(1937)、《塔拉斯·谢甫琴柯》(1939)、《北方故事》(1938)等。

　　卫国战争时期,他在南方战线当过随军记者。战后,他定居莫斯科,在高尔基文学院任教,田德里亚科夫、邦达列夫、特里丰诺夫、卡扎科夫等著名作家都是他的学生。与此同时,他的创作也进入了炉火纯青的境界,主要作品有:《金蔷薇》(1956)、《面向秋野》(1960年代)等,而最重要的作品是多卷集自传体长篇小说《一生的故事》(1945—1963)——包括《遥远的岁月》(1946)、《动荡不安的青年时代》(1955)、《一个未知时代的开始》(1957)、《怀着巨大希望的时期》(1959)、《投向南方》(1962)、《漫游的书》(1963)六部作品,以严谨朴实的风格、生动优美的语言,反映了19世纪末到20世纪30年代几十年间作家本人的生活和广阔的社会景象,既是作家对其创作历程与道德、精神成长的思考和探索之总结,也是不同时期、众多地方的生活风俗和人民群众所品尝的酸甜苦辣咸的忠实记录。1965年,由于其出色的文学成就,他被提名为诺贝尔文学奖的候选人,但由于苏联政府的干预,最终该奖授予了他的同胞肖洛霍夫。

帕乌斯托夫斯基的作品风格朴实,语言简洁、生动、优美,而且大都以爱和真善美为主题(他甚至宣称:"哪里有女人的爱,有对儿童的关心,有对美的崇拜和对青春的忠诚;哪里的善行、人性和团结气氛被认为具有最高的价值,新社会就在哪里出现。"),致力于表现普通人的心灵美和大自然的美,这是其高尚人格的投射。在那人们动辄得咎并随时可能被捕的年代,他常常不顾自己可能会受到牵连,总是极力保护那些惨遭不幸的作家,尤其是在20世纪50至60年代,每当其他作家遭到官方批判和逮捕时,他总会利用其德高望重的地位出来为之辩护和尽力援救,表现了自己坚持真理、不畏强暴、关爱不幸者的正直、仁爱、高尚的人格。马克·斯洛宁指出:"他在人民中的形象也一直是高大的,因为人们都知道,他曾勇敢地保护过那些持不同政见者并抗议他们的被捕和流放。"①

《金蔷薇》是帕乌斯托夫斯基根据自己在莫斯科高尔基文学研究所散文讲习班,讲授写作技巧和心理学十余年的讲稿加工而成的,最初书名拟叫作《铁玫瑰》,源于乌克兰流浪歌手奥斯塔勃曾用铁打造了一朵玫瑰花的故事。后来因关于铁玫瑰的故事已写进自传体小说《一生的故事》第1卷《遥远的

---

① 马克·斯洛宁:《苏维埃俄罗斯文学(1917—1977)》,浦立民、刘峰译,上海译文出版社,1983年版,第123页。

岁月》中，于是改名为《金蔷薇》。1955年，苏联的《十月》杂志第9、10期连载了《金蔷薇》。同年，苏联作家出版社出版了该书的单行本。此后，他又多次对这部作品进行了较为全面的修改，甚至对一些篇章进行了重写（如《契诃夫》、《亚历山大·勃洛克》），还增写了《伊凡·蒲宁》、《上衣襟儿上的小玫瑰花》等篇章（该书最终的定稿本收入苏联国家文艺书籍出版社1982年出版的9卷集《帕乌斯托夫斯基文集》第3卷），并且创作了该书的第2卷，即《金蔷薇》的姊妹篇《面向秋野》，它不仅继续探讨了《金蔷薇》探讨过的那些问题，而且还探讨了许多新问题，如散文的诗化、旅行的作用、虚构的意义、短篇小说和历史剧的创作、文学与生活的关系等，还以大量篇幅，论述了许多前辈作家和同时代作家，对他们的生平与创作作了生动的描绘和精辟的评论，这些文章既是给人启示的文艺随笔，又是清新优美的抒情散文，可惜的是未能彻底完工，作家便匆匆离开了人世。

《金蔷薇》包括《珍贵的尘土》、《巨石上的题词》、《用刨花做的假花》、《第一篇短篇小说》、《闪电》、《主人公的反抗》、《一部中篇小说的创作始末》（包括《"火星"》、《利夫内的大雷雨》、《研究地图》）、《心灵的痕迹》、《金刚石般的语言》（包括《小林地区的泉水》、《语言和大自然》、《花和草》）、《词典》、《阿尔什万格商店逸事》、《似乎微不足道》、《车站小吃部的老头儿》、《白夜》、《生命力的基础》、《夜行的驿车》、《构思已久的一本书》（包括《契诃夫》、《亚历山大·勃洛克》、《居伊·德·莫泊桑》、《伊凡·蒲宁》、《马克西姆·高尔基》、《维克多·雨果》、《上衣襟儿上的小玫瑰花》、《米哈伊尔·普里什文》、《亚历山大·格林》、《爱德华·巴格里茨基》）、《洞察世界的艺术》、《在卡车的车厢里》、《自我话别》20篇文章，是帕乌斯托夫斯基一部非常有趣、生动优美的关于文学创作方面面的独特著作。这部作品主要论述"作家劳动的美好实质"，阐述"对创作的理解"和"个人经验"，作家自己把它称作中篇小说；马克·斯洛宁则把它称为"短篇小说集"①；也有评论

---

①他指出："他在一本非常有趣的短篇小说集《金蔷薇》（1955）中阐明了对小说艺术的看法"，同上。

家将其归为探讨人文科学的"科学小说";更有人认为这实际上是一部总结作家本人的创作经验、研究俄罗斯和世界许多大作家的创作活动,探讨写作上一系列问题的散文集,它娓娓而谈,清新隽永,对作家如何培养观察力、提炼素材、锤炼语言、丰富知识等等都有独到的见地,对想象的必要性、细节描写的功能、人物性格的逻辑性以及灵感的由来等等也作了深刻的阐述。[①]

在笔者看来,这虽然是关于创作的一本著作,具有理论探索的意义,但采用了相当活泼生动而又简洁优美的散文方式来写作,且往往通过趣味盎然、诗意浓厚的小故事来阐明道理,并以书名《金蔷薇》所象征的作家对文学事业、对祖国、对人民、对大自然、对生活的爱和对美的锲而不舍的追求作为红线贯穿全书,把20多个章节凝聚成一个严密的诗意整体,因此,它既是给人启示的文艺奥秘探索,更是诗意盎然、简洁活泼、清新优美的抒情美文。对此,中外学者已多有论述。马克·斯洛宁指出:"与其说情节,倒不如说是抒情的风采、情感的一致性、一种不间断的音符,使他那不连贯的散文具有一种统一性。他的散文还具有某些评论家认为是他对法语的爱好所导致的那种光彩。他的风格仿效和描写手法的完美,使他成为年轻的苏联作家中最优秀的艺术家之一。"[②]宋安群在漓江出版社1997年版"白熊丛书"总序里更明确地谈到:《金蔷薇》可以说是一部美文,题材很美,叙述得美,描写得美,即使翻译成中文,其文字之美也还能清晰可感……这部作品写成于1956年,用散文诗的语言、小说似的铺叙,将文学劳动、接受美学、创作经验、名家创作情况等等内容,细声细气地娓娓道来。作品内涵相当丰富多彩,却没有反射出一丝炫耀才学之故意。阅读此书,使人竟有甜滋滋的快感。神妙如此,可见作者之功力。此书由于内容富于魅力,其文体之妙、语言之美,在有限的篇幅中容量如此之大,为文坛少见,因而成为极受读者欢迎、常印不衰的散文作品。"张铁夫先生也认为:"他的散文兼有小说和诗歌之所长,熔哲理和抒情

---

① 帕乌斯托夫斯基:《金玫瑰》,戴骢译,百花文艺出版社,1987年版,译后记,第384—385页。
② 帕乌斯托夫斯基:《面向秋野》,张铁夫译,湖南文艺出版社,2008年版,第12页。

于一炉。他那丰富的思想、广博的知识、天马行空般的想象、行云流水般的文笔,使他的散文具有一种巨大的艺术魅力。"①

现在摆在读者面前的这部《金蔷薇》的译著,更是张铁夫(1938—2012)先生的一部美文翻译。本是美文的原著,加上美文翻译,堪称锦上添花,令人惊喜。

从 20 世纪 60 年代开始翻译俄苏文学作品至 2012 年, 张铁夫先生共翻译出版了《普希金论文学》(漓江出版社,1983 年)、《面向秋野》(湖南人民出版社,1985 年; 湖南文艺出版社,2008 年)、《普希金情人回忆录》(漓江出版社,1991 年)、《普希金文集》(第 7 卷,人民文学出版社,1995 年)、《罪与罚》(海南国际新闻出版中心,1997 年)、《父与子》(海南国际出版中心,1997 年;南方出版社,2003 年)、《俄罗斯的夜莺——普希金书信选》(经济日报出版社,2001 年)、《玫瑰——屠格涅夫散文诗集》(湖南文艺出版社,2002 年)等译著,发表了相当数量的译诗(主要是 60 年代,有四五十首,其中 20 多首发表于《人民日报》、《羊城晚报》、《湖北日报》、《武汉晚报》、《鸭绿江》等报刊)、散文(如流传广泛的柯罗连科的《火光》)、中短篇小说(如《塔里河两岸》、《流浪汉的自白——一个国际冒险家的奇遇》以及捷克作家哈谢克的短篇小说、匈牙利作家伊什特凡·艾肯的中篇小说《玫瑰花展》等)。此外,还有索洛乌欣的中篇小说《弗拉基米尔州的乡间小路》、散文集《手掌上的小石子》等,尚待出版。

综观张铁夫先生的俄苏文学翻译,其突出特点,一个是简洁明晰,另一个是优美典雅,还有一个是细腻传神。这些特点,也都颇为集中地表现在他晚年精心翻译的本是美文的《金蔷薇》之中。

简洁明晰是张铁夫先生的性格特点,他办事、说话、讲课、写文章,有一个鲜明的特点,那便是简洁明晰,即使是相当复杂的问题,经过他的处理,再摆出来,也变得有条不紊,井然有序,简洁明晰,一目了然了。这一特点也相当鲜明地体现在他的文学翻译作品中,如《金蔷薇》中的一段话:"一个人之

①帕乌斯托夫斯基:《面向秋野》,张铁夫译,湖南文艺出版社,2008 年版,第 14 页。

所以能成为作家,不仅仅是由于心灵的召唤。心灵的声音我们往往只有在青年时代才能听到,那时我们鲜活的感情世界还没有受到任何东西的摧残,还没有被弄得支离破碎。然而,一俟进入成年时代,除了自己心灵召唤的声音,我们还能清清楚楚地听到一种新的、强有力的召唤——自己的时代和自己的人民的召唤,人类的召唤。只要是按照使命的吩咐,只要是为了自己内心的冲动,人就可以创造一个个奇迹,经受一次次最严重的考验。"在翻译语言的表述上就很是条理清楚,简洁明晰。

他往往用优美的文笔来传达原著的神韵,这在《面向秋野》中尤为突出。《面向秋野》作为《金蔷薇》的姊妹篇,同样是关于文学创作理论探讨的诗意盎然、清新优美的抒情散文。张铁夫先生的翻译颇为传神地表现了原著的浓浓诗意和清新优美,如"在童话中,人往往处于强大的自然界的包围之中:茂密的森林,广阔的河流,深邃的大海,神奇的草地。童话世界里处处是鸟语花香、冷泉淙淙、树叶飒飒,还有彩虹、阳光、闪烁的繁星和野兽出没的幽径","普里什文的词汇万紫千红,闪闪发光。它们时而像树叶一样簌簌低语,时而像泉水一样潺潺歌唱,时而像鸟儿一样啾啾啼啭,时而像初结的薄冰一样嚓嚓有声,有时则像林区上空的星移斗转,从容不迫地印入我们的脑海"①。在《金蔷薇》中,他同样颇为传神地表现了原著的浓浓诗意和清新优美,如:"每个人一生中都至少有过几次体验灵感的状态,这就是精神昂扬,生气勃勃,敏捷地感受现实,浮现联翩,并能意识到自己的创造力。是的,灵感是一种严肃的工作状态,但它有自己的诗的色彩,即我所谓的诗的潜台词。灵感附体时,有如夏日明亮的早晨,它刚刚驱散静夜的迷雾,到处洒满露珠,灌木丛的叶子湿漉漉的。它小心翼翼地把对身体有益的凉气拂向我们的面庞。灵感有如初恋,这时心儿因预感到将与恋人进行美妙的约会,见到那双美丽无比的眸子和微笑,对她作欲说还休的表白而猛烈地跳动着。这时我们的内心世界

---

① 帕乌斯托夫斯基:《面向秋野》,张铁夫译,湖南文艺出版社,2008 年版,第 147 页,243—244 页。

就像一件音律调得很准的神奇的乐器,对生活中的一切,甚至对最隐秘、最细微的声音都能产生共鸣。"又如:"在这个夏天,可以听到松涛的呼啸和鹤群的鸣叫,可以看到大朵大朵的白色积云、变幻莫测的夜空和密密麻麻、芳香袭人的绣线菊,还可以听到公鸡的高亢的啼叫和姑娘们的歌声,当晚霞把她们的眸子染成金色,夕烟刚刚开始小心翼翼地在一个个水潭上空缭绕的时候,她们在暮色苍茫的草地上尽情歌唱。"

不过,张铁夫先生翻译中的优美典雅尤其是典雅,主要通过语言的中国化表现出来。在翻译语言中,鲁迅主张硬译,从而给现代汉语带来了很大的负面影响,这已为当今不少有识之士引以为戒。翻译作品的阅读对象是中国人,适当照顾中国读者的阅读习惯,适当地对语言加以中国化,这从小处说是照顾了中国读者的阅读习惯,从大处说也是保护汉语、纯洁语言的需要。因此,张铁夫先生在翻译中让语言适当中国化是很有眼光的,也极有现实意义。其翻译语言适当中国化主要通过以下两个方面表现出来。

一是善于使用中国的成语和四字词等文语,这在《金蔷薇》中也有突出的表现。如:"这是一个白浪滚滚的快乐的海,是飞腾的航船和无畏的航海家的故乡。海岸上一座座灯塔像绿宝石一样闪闪发光。在一个个港口,生活无忧无虑而又热火朝天。那些皮肤黝黑、充满魅力的女子,按照我的旨意,一个个欲火难耐,堕入情网。"又如:"秋天天高气爽,略带寒意,它具有一种'临别的美',远方清晰可见,空气清新宜人。"

二是善于使用"对称句"。这里的"对称句",是指精心地让两个句子或两个以上句子的字数大致相等、语法结构基本相同,从而有意形成一种匀称美(而对称美或匀称美,是中华民族酷爱的一种美,我们的对联、北京紫禁城的布局等等,是最明显也最突出的标志)乃至排比美,这在其译著中随处可见,在《金蔷薇》中也经常出现,如:"空气越清新,阳光就越明媚。散文越清新,它就越完美,它在人的心灵中所引起的共鸣就越强烈。"又如:"同成年时代相比,童年时代和少年时代的世界对我们来说是很不相同的。在童年时代,太阳更温暖,草木更茂盛,雨水更充沛,天空更渺茫,而且每个人都有趣得要死。"

张铁夫先生的翻译不仅简洁明晰、优美典雅，而且细腻传神。文学翻译中的细腻传神，往往是在细细揣摩原著之后，用比较有特色的语言表现出来。张铁夫先生在翻译之前，往往再三阅读原著，细心揣摩其中的含蕴，然后通过重叠词、增加有关数量词或句式的调整等方式，更细腻传神地表现出来，这是其所有译著的突出特点，在《金蔷薇》中也不例外，如："我朝家里跑去，但干旱风在半路追上了我。旋风发出呼呼的声音，疾驰而来，卷起满天沙尘，把一片片禽类的羽毛和一块块木片也刮到了空中。四周一片混沌。太阳突然变得毛茸茸的，变得像火星一样血红。一棵棵爆竹柳左右摇晃，发出尖厉的哨声。从后面吹来的热气滚烫滚烫的，就像衬衣后背起了火似的。沙子在齿间咯嚓作响，把眼睛也遮住了。"又如："在这些地方似乎会永远留下您的想象的一丝极其轻微的印痕，留下一道强加的色彩，一种强加的光泽和一层薄雾，有了这层薄雾，你在亲眼观察它们时就不会感到乏味了。"

　　实际上，在张铁夫先生的翻译中，以上三个方面往往是结合在一起的，只是出于论述的方便，把它们分开来了。

　　正因为如此，张铁夫先生的翻译可以说是一种美文翻译。这与他的翻译观密切相关。张铁夫先生非常敬重著名翻译家草婴先生，并且从草婴的文学翻译中获益匪浅。草婴提出的翻译小说的五条标准：形象鲜明、动作清楚、对话生动、节奏明快、音调铿锵，对他启发尤其大。数十年的比较文学教学与科研工作，与数十年的文学翻译实践相结合，使张铁夫先生形成了自己的翻译观。其翻译观的核心是：翻译文学是民族文学的一个组成部分；翻译是一种"甜蜜的苦役"。翻译文学是民族文学的一个组成部分，这个观点有两层内涵：其一，强调了翻译文学与民族文学的关系，因此照顾中国读者的阅读习惯，翻译语言适当中国化，为保护、纯洁现代汉语而努力，这是不言而喻的了；其二，从民族文学的高度把翻译当作一种再创作，既然翻译构成了民族文学的一个部分，那么翻译首先得是文学①，这就使翻译必须以美和艺术为

----

①张铁夫：《翻译文学是民族文学的组成部分》，《理论与创作》1990年第5期。

追求目标,不仅要求形象鲜明、动作清楚、对话生动、节奏明快、音调铿锵,而且进而追求把自己的个性融入翻译之中,形成独具个性的文学翻译——简洁明晰、优美典雅、细腻传神,于是便出现了美文翻译。而翻译是一种"甜蜜的苦役",既说明翻译是一件严肃的事情、艰难的工作甚至痛苦的差使,又指出在翻译中由于个性投入、性灵舒张、灵气灌注,把苦役变成了一种再创造,美文翻译也体现了自己的个性和创作,因而自有一种非个中人难以体会的甜蜜与欢乐——张铁夫先生在《学海回眸》一文中曾经谈到:翻译"常常弄得我寝食不安,当然也带给我不少欢乐",并且幽默地说:"用时下的话来说,就是'痛,并快乐着'"。①

正是在这种翻译观的指导下,几十年来张铁夫先生对文学翻译乐此不疲,经常沉醉于这"甜蜜的苦役","痛,并快乐着",而且形成了自己独特的翻译风格,出版了不少美文翻译的译著。这些美文翻译受到了广大读者的欢迎,也得到有关专家的高度评价。《普希金论文学》出版后,得到了同行专家和读者的好评和欢迎;《面向秋野》出版后更是受到了普遍的欢迎,1985年初版印了一万册,很快就销售一空,第二年又印了一万五千册,还是供不应求,《文艺报》《文汇报》《文汇读书周报》《外国文学研究》等多家报刊发表书评或书讯,散文家陈丹晨、吴泰昌、李元洛等在给铁夫先生的信中称赞它"是一本有价值的书";《父与子》等作品也一版再版。对张铁夫先生的翻译十分了解、多次向他约稿的著名诗人彭燕郊先生,在20世纪90年代和笔者的一次谈话中,认为自《面向秋野》以后,张铁夫先生的翻译可以跻身于名家之列。这部《金蔷薇》是张铁夫先生晚年精心翻译之作,臻于炉火纯青之境,更是出色的美文翻译。

值得一提的是,《金蔷薇》早在1959年即由上海文艺出版社出版了中译本,译者李时,大概由于该书有点不合时宜(与当时的政治氛围和文化氛围

---

①季水河、何云波主编:《理想的守望与追求——张铁夫先生治学育人之路》,岳麓书社,2008年版,第11页、9页。

不合），所以出版社将其作为"内部读物"发行。1980年上海译文出版社重印该书，依旧是"内部发行"。1997年漓江出版社根据作家晚年的修订版出版了该书的增订版，译者是李时、薛菲。2008年长江文艺出版社再次出版了李时翻译的该书。1987年百花文艺出版社出版了戴骢的新译本《金玫瑰》，2007年改由上海译文出版社出版后又恢复原名《金蔷薇》。《金蔷薇》在中国至今仍是广受欢迎的一本美文著作，对中国的文学批评、文学创作和文学爱好者在思想方面和艺术观念方面都产生过巨大的影响，此处限于篇幅，仅举一例。默默（刘小枫）曾在一篇文章中谈到："巴乌斯托夫斯基在谈到蒲宁的一篇小说时这样写道：'它不是小说，而是启迪，是充满了怕和爱的生活本身'（第290页），这不也是整部《金玫瑰》的写照吗？《金玫瑰》不是创作经验谈，而是生活的启迪，是充满了怕和爱的生活本身。如果把这部书当作创作谈来看待，那就等于抹去了整部书跪下来亲吻的踉跄足迹，忽视了其中饱含着的隐秘泪水。"并进而谈到："每一代人大概都有自己青春与共的伴枕书。我们这一代曾疯狂地吞噬着《钢铁是怎样炼成的》和《牛虻》中的激情，吞噬着语录的教诲，谁也没有想到，这一切竟然会被《金蔷薇》这本薄薄的小册子给取代了！我们的心灵不再为保尔的遭遇而流泪，而是为维罗纳晚祷的钟声而流泪。这是两种截然不同的理想，可以说，理想主义的土壤已然重新耕耘，我们已经开始倾近怕和爱的生活。《金蔷薇》竟然会成为这一代人的灵魂再生之源，并且规定了这一代人终身无法摆脱理想主义的痕印，对于作者和译者来说，当然都是出乎意料的。这无疑是历史的偶然，而我们则是有幸于这偶然。它使我们已然开始接近一种我们的民族文化根本缺乏的宗教品质，禀有这种品质，才会拒斥那种自恃与天同一的狂妄，禀有这种品质，才会理解俄罗斯文化中与被钉死在十字架上的耶稣一同受苦的精神，禀有这种品质，才会透过历史的随意性，从存在论来看待自己的受折磨的遭遇。"①

---

①默默：《我们这一代人的怕和爱——重温〈金蔷薇〉》，《读书》1988年第6期。

目　录　CONTENTS

珍贵的尘土

这个关于巴黎清扫工让·沙米的故事是怎样得来的，我已经记不清了。沙米是靠收拾他那个街区的几家手工作坊为生的。

沙米住在市郊的一间茅屋里。对这个郊区本可以大书特书一番，以便将读者从故事的主线引开。然而，值得一提的也许只有一点，即巴黎的郊区还保留着一些古堡的围墙。当这个故事发生时，那些围墙还淹没在金银花和山楂的树丛中，围墙上有许多鸟巢。

清扫工的茅屋便搭在一座古堡的北墙下，与那些洋铁匠、鞋匠、捡烟头的人和乞丐的破屋为邻。

如果莫泊桑曾经对这些茅屋居民的生活产生过兴趣的话，那他也许还会写出几部短篇杰作。说不定，它们会给功成名就的他再添几顶新的桂冠。

遗憾的是，除了暗探，任何外人都不会光顾这个地方。即使暗探光临，也仅仅是为了搜赃。

邻居们戏称沙米为"啄木鸟"，由此判断，他身材瘦小，鼻子尖尖，帽子底下总是伸出一绺头发，很像鸟儿头上的羽毛。

让·沙米也曾有过一段好日子。墨西哥战争①期间，他在"小拿破仑"②的军队里当过兵。

沙米运气不错。他在韦拉克鲁斯③得了严重的疟疾。这个身患重病的士兵未亲历过一次真枪实弹的战斗，便被遣返回国了。团长趁便将自己的女儿

---

①指英国(1862)、西班牙(1861—1862)和法国(1862—1867)为镇压墨西哥自由主义者的改革和把墨西哥变为殖民地的武装干涉，史称"墨西哥远征"。
②指路易·波拿巴(1808—1873)，即拿破仑三世。
③墨西哥湾港口城市。

苏珊娜托沙米带回法国——小姑娘当时八岁。

团长是个鳏夫,因此,不得不到处把女儿带在身边。不过这一次,他决定同女儿分开,把她送往里昂的姐姐家里。墨西哥的气候对欧洲的孩子来说是致命的。加之没有规律的游击战危机四伏,防不胜防。

沙米回法国时,大西洋上空暑气腾腾。小姑娘一天到晚默不作声。即使看到一群群鱼儿从油滑的海水中跃出,她也没有一丝笑容。

沙米竭尽全力关照苏珊娜。他当然明白,她对他的期望不仅是关照,而且还有爱抚。可是他这个殖民军团的大兵又能琢磨出什么爱抚的办法来呢?他能用什么逗她开心呢?掷骰子吗?或者哼几支粗野的兵营小调吗?

然而,老是回避这个问题是不行的。沙米越来越经常地在自己身上捕捉到小姑娘那疑惑的目光。于是他终于下定决心,开始断断续续地给她讲述自己的一生,详详细细地回忆英吉利海峡岸边的渔村、流沙、退潮后的水洼、有一口破钟的乡村教堂,以及他那给邻居治过胃病的母亲。

在这些回忆里,沙米并不认为有一丝笑料能逗苏珊娜开心,但令他惊奇的是,小姑娘却如饥似渴地听着这些故事,甚至还逼他一遍又一遍地讲述,并且要求补充新的细节。

沙米绞尽脑汁,从记忆中搜索着这些细节,直到最后才确信,它们都是真事。这并不是什么回忆,而是回忆的朦胧的影子。它们像一团团雾气渐渐消散了。说实在的,沙米从未料到,他还要重新追忆他一生中这一段虚掷的年华。

有一次,一个关于金蔷薇的故事从朦胧的记忆中冒了出来。在一个老渔妇家的那个带有耶稣受难像的十字架上,挂着一朵用发黑的金子打造的、做工很粗的蔷薇。不知道沙米是亲眼所见呢,还是仅仅从旁人那儿听说过这朵蔷薇的故事。

不,好像是,他有一次甚至亲眼见过这朵蔷薇,并且记得它闪闪发光的情景,尽管窗外没有阳光,而且海峡上空狂风大作,黑云滚滚。沙米越往前想,金蔷薇的闪光在脑海里就越清晰,——那是低矮的天花板下几星明亮的火光。

老太婆没有卖掉自己的宝物,全村的人都对此感到奇怪。她是本可以用它换一大笔钱的。只有沙米的母亲一口咬定,说卖掉金蔷薇是一种罪过,因为这是她的情人为祝她"幸福"而送给她的。当时老太婆还是个爱笑的姑娘,在奥迪埃尔纳①一家沙丁鱼罐头厂做工。

"这样的金蔷薇世上少有啊,"沙米的母亲说,"谁家有了它,谁家必有福。而且有福的不光是这家人,还有那些在这朵金蔷薇上摸过一下的人。"

沙米当时还是个孩子,他急切地盼望老太婆哪一天时来运转,然而连一点幸福的迹象都没有。老太婆的房子常常被风吹得摇摇晃晃,一到晚上房子里连灯光都看不到。

就这样,沙米没等到老太婆交上好运就离开了了村子。就在一年之后,勒阿佛尔②一艘邮轮上一个当司炉的熟人告诉他,老太婆的儿子突然从巴黎归来,他是一位画家,蓄着一部大胡子,性情又开朗又古怪。从那时起,茅屋里的情况就起了很大的变化。里面充满欢声笑语,而且生活富足。据说画家们信笔一挥,就能赚到大把大把的钱呢。

有一次,沙米坐在甲板上,用他那把铁梳子给苏珊娜梳理被风吹乱的头发。苏珊娜问道:"让,会有人给我送金蔷薇吗?"

"什么事都是可能发生的,"沙米回答道,"也会有人给你送的,苏珊③,会有那么一个怪人。从前,我们连里有一个骨瘦如柴的士兵,他的运气可太好啦。他在战场上捡到半副坏了的金牙,我们把它换成酒,全连的人都喝了,这件事发生在安南战争④时期。那些喝得醉醺醺的炮手就打炮取乐,有一发炮弹击中一座死火山的喷火口,在那儿爆炸了。突然之间,火山开始发出噗噗

---

①法国西部海滨小渔港。
②法国城市,塞纳河河口港口。
③苏珊娜的昵称。
④指 1858 年至 1884 年法国侵略中南半岛的战争。

的声音,岩浆直往外喷。谁知道这座火山叫什么来着!好像是叫喀拉卡—塔卡火山吧①。火山爆发时威力可大啦!死了四十个平民。想想看,由于这半副旧金牙,这么多人把命丢了!后来才知道,这半副金牙是我们的团长丢的。不用说,这件事被压下来了,——军队的声誉是至高无上的。不过那一次我们可是喝了个够。"

"这件事发生在哪儿?"苏珊疑惑地问道。

"我不是对你说过吗——在安南呀。在印度支那呀。那儿的海洋烈火熊熊,就像地狱一样,而海蜇却像女芭蕾舞演员的花边短裙。而且那儿挺潮湿,一夜之间,我们的靴子里就长出了许多蘑菇呢!我要是撒谎,就把我吊死!"

在此之前,沙米经常听到大兵们说谎话,但他本人从未撒过谎。这不是因为他不会这样做,而是实在没有必要。不过现在他却认为,逗苏珊娜开心是自己的神圣使命。

沙米把小姑娘带到了里昂,将她当面交给了一个瘪着一张黄嘴的高个子女人——苏珊娜的姑妈。那老婆子全身缀满了黑玻璃珠子,就像马戏团里的一条蛇。

小姑娘一见到她,就紧偎着沙米,贴在他那件褪了色的军大衣上。

"不要紧的!"沙米悄悄地说,然后轻轻地推了一下苏珊娜的肩膀。"我们这些列兵也不能挑选连队的长官。忍着点吧,苏珊,你这个女兵!"

沙米走了。他几次回头看那幢乏味的房子的窗户,竟然没有一丝儿风吹动那儿的窗帘。在窄小的街道上可以听到从一家家店铺里传出的时钟匆忙的报时声。沙米的军用背囊里有一件苏珊的纪念品——一条从她辫子上解下来的皱巴巴的蓝绶带。不知道什么原因,这条绶带散发出阵阵幽香,好像长期在盛紫罗兰的篮子里放过似的。

墨西哥的疟疾把沙米的身体搞垮了。他未授军衔就被解除军籍。他是以一个普通列兵的身份复员的。

---

①应为喀拉喀托火山,在印度尼西亚。

岁月在同样的贫困中渐渐逝去。沙米尝试过很多收入微薄的工作，最后成了巴黎的一名清扫工。从那时起，他总是被尘土和污水的气味所包围。甚至从塞纳河那边飘到街上来的微风中，以及从街心花园那些衣着整洁的老太婆们兜售的湿润的花束中，他也闻到了这种气味。

一个个日子渐渐汇成了一堆黄色的沉淀。不过有时沙米却能用心灵的目光看到，从这堆沉淀中浮现出一片蔷薇色的轻云，那是苏姗娜的一件旧连衣裙。这件连衣裙发出一股清新的春的气息，仿佛它也长期在盛紫罗兰的篮子里放过似的。

苏珊娜，她在哪儿？她的情况怎样？他知道，她现在已经长成了一个大姑娘，而她的父亲却已经负伤身亡。

沙米老是想去里昂看看苏珊娜，但他的行期却一再推迟，直到最后他才明白，时机已经错过，苏珊娜肯定已经把他忘了。

每当想起跟她告别时的情景，他总是骂自己是头蠢猪。他不但没有亲亲小姑娘，反而把她往老妖婆跟前一推，说："忍着点吧，苏珊，你这个女兵！"

大家知道，清扫工总是在夜间工作的。这有两个原因：其一，由热火朝天的但却并非总是有益的人类活动所产生的垃圾，往往是在一天结束的时候积聚起来的；其二，巴黎人的视觉和嗅觉是不能触犯的。而夜间除老鼠外，几乎没有人看到清扫工干活。

沙米已经习惯上夜班了，甚至还爱上了一天中的这一时段，尤其爱曙光在巴黎上空懒洋洋地升起的那个时刻。塞纳河上雾气氤氲，但这雾却总是在桥栏底下飘荡。

有一次，就在这样一个晓雾迷蒙的黎明时刻，沙米从荣军桥上经过，看到一个身穿一件镶黑花边的淡紫色连衣裙的少妇。她凭栏而立，正俯视着塞纳河。

沙米停住步子，摘下落满尘土的帽子，说："夫人，这个时候塞纳河的水寒气很重。最好还是让我送您回家吧。"

"我现在无家可归了，"少妇迅速回答说，然后朝沙米转过身来。

沙米把自己的帽子往地下一丢。

"苏珊!"他悲喜交集地说,"苏珊,你这个女兵!我的孩子!我终于见到你啦。你也许忘记我了吧。我是让·埃内斯特·沙米呀,第二十七殖民团的列兵,就是我把你送到里昂你那个极其可恶的姑妈家里去的呀。你长得别提多漂亮啦!你的头发梳得多美啊!可我这个当兵的是个外行,压根儿就不会梳。"

"让!"少妇大叫一声向沙米扑去,搂住他的脖子哭了起来。"让,您还是那么善良,跟当年一样,我什么事都记得呢!"

"唉——唉,尽说瞎话!"沙米喃喃地说。"我的善良又能给别人带来什么益处。我的孩子,你出了什么事?"

沙米把苏珊娜搂在怀里,做了一件他在里昂没敢做的事——摸了一下她那光亮的头发,又在头发上吻了一下。但他马上又退到一边,担心苏珊娜闻到他那件上衣上的鼠臊味。可是苏珊娜却在他的肩上贴得更紧了。

"你怎么啦,孩子?"沙米手足无措地又问了一遍。

苏珊娜没有回答。她禁不住号啕大哭起来。沙米明白,此时什么都不该问她。

"我呢,"他急忙地说,"在古堡的围墙边有一个窝,离这儿够远的,当然啰,家里空荡荡的,啥也没有。不过烧烧水,睡睡觉还行。你在那儿可以洗把脸,歇一歇。总之,你想住多久就住多久。"

苏珊娜在沙米那儿住了五天,在这五天里,巴黎上空升起了一轮不寻常的太阳。所有的建筑,就连那些满是烟子的最老的房子,所有的花园,就连沙米的小窝,都像珠宝一样在这轮太阳的照耀下闪闪发光。

谁要是对一个熟睡的年轻女郎隐隐的呼吸声无动于衷,那谁就不懂得什么叫温柔。她的双唇比湿润的花瓣还鲜艳,她的睫毛因沾着夜里的泪水而晶莹闪光。

是的,苏珊娜的一切情况,果然正如沙米所料。她的情人是一个年轻的演员,对她变了心。不过苏珊娜在沙米家里住的五天时间,足以使他们和好如初。

沙米介入了这件事。他不得不把苏珊娜的信送给那位演员,而当那个无精打采的花花公子打算塞给沙米几个苏①的小费时,沙米又不得不教训他要礼貌待人。

不久以后,那个男演员便乘着一辆出租马车来接苏珊娜,而且该做的事都做了:鲜花呀,亲吻呀,含着眼泪的笑呀,忏悔呀,以及稍有点不自然的轻松样子。

两个年轻人临走时,苏珊娜急忙跳上马车,竟忘了跟沙米告别。不过她马上就醒悟过来,脸刷地一下红了,愧疚地向他伸出一只手。

"既然你是按照心愿给自己选择这样的生活,"沙米最后有点埋怨地说,"那就祝你幸福吧。"

"我还一点数都没有呢。"苏珊娜回答说,两只眼睛里闪起了泪光。

"我的小宝贝,你犯不着激动,"年轻的演员不满地拖长声音说,然后又叫了一声:"我的迷人的小宝贝。"

"要是有谁送给我一朵金蔷薇就好啦!"苏珊娜叹了声气,说。"那就肯定会带来幸福。让,我记得你在轮船上讲的那个故事呢。"

"谁知道呢!"沙米回答说。"不管怎样,给你送金蔷薇的总不会是这位先生。请原谅,我是个当兵的,我不喜欢表里不一的人。"

两个年轻人彼此看了一眼。那个演员耸了耸肩膀。出租马车动了。

以前,沙米往往把一天从手工作坊里扫出的全部垃圾抛弃。但自从这次与苏珊娜重逢之后,他就不再把珠宝作坊里的尘土扔掉了。他开始悄悄地收集这些尘土,把它们装进一个袋子,带回他的茅舍。左邻右舍以为这个清扫工"精神失常了"。很少有人知道这种尘土里有少量金粉,因为珠宝匠们干活时,往往会锉掉些许金子。

沙米决定把珠宝作坊尘土中的金子筛出来,用它们铸成一小块金锭,再

---

①法国辅币,等于 1/20 法郎。1947 年停止流通。

用这块金锭打成一小朵金蔷薇,让它给苏珊娜带来幸福。也许它还会像母亲对他说的那样,使许多普通人变得幸福。谁知道呢! 在这朵金蔷薇没有打好之前,他不打算跟苏珊娜见面。

这件事沙米没有向任何人透露。他惧怕当局和警察。那些刁钻的执法者惯于捕风捉影。他们可能给他安一个小偷的罪名,把他关进监狱,并且没收他的金子。何况这金子本来就是别人的。

入伍前,沙米在一个乡村神甫的农场里做过雇工,因此知道怎样拾掇麦子。这些知识现在用得上了。他想起了扬麦子的情景,沉甸甸的麦粒落到地上,而轻飘飘的尘土则被风刮走。

沙米做了一个小风车,每天夜里在院子里一遍又一遍地簸着那些珠宝作坊里的尘土。不看到金粉在流槽里隐隐闪现,他就总是忐忑不安。

过了很久,金粉积少成多,可以铸成一块金锭了。但沙米却迟迟没有把它交给珠宝匠打成金蔷薇。

原因不是缺钱——只要把这块金锭的三分之一作为工钱,任何一个珠宝匠都会接活,而且还会感到满意。

问题不在于此。跟苏珊娜见面的时刻一天天临近,但从某个时候起,沙米却开始对这个时刻心生畏惧。

他早已把自己的全部温情埋入心灵深处,这温情他只想献给她,只想献给苏珊。可是谁会需要一个形容枯槁的丑八怪的温情呢! 沙米早就察觉,凡是跟他相遇的人,唯一的愿望就是尽快离开和忘记他那张皮肤松弛、目光刺人、颜色发青、干瘦干瘦的脸。

他的茅屋里有一片破镜子。沙米偶尔也对着镜子照一照,但马上又大声咒骂着把它扔到一边。自己双腿都患风湿,走起路来一拐一拐,这样的丑八怪不看还好些。

当金蔷薇终于打好时,沙米获悉,苏珊娜一年以前离开巴黎去了美国,据说是一去不复返了。谁也无法把她的地址告诉沙米。

起初沙米简直是松了一口气。可是后来,种种跟苏珊娜亲切地、温存地、见面的期盼，不知怎么就变成了一块锈铁。这块刺人的锈铁卡在沙米的胸中，就在心脏旁边，于是沙米常常祈祷上帝，让它尽快刺入这颗虚弱的心脏，使它永远停止跳动。

沙米不再去收拾作坊。一连几天，他脸孔朝墙，躺在自己的茅屋里。他默不作声，只有一次，他用旧上衣的一只袖子捂住眼睛，暗暗地笑了。不过，这一情景谁也没有看到。连邻居们都不到沙米这儿来串门——家家都有操不完的心。

关注沙米的只有一个人，这就是那个老珠宝匠。就是他用那块金锭打了一朵非常精致的蔷薇，花的旁边有一根细枝，上面有一个又小又尖的花蕾。

珠宝匠经常来看望沙米，但却没有给他带过药。他认为，这已经无济于事。

果然，有一次珠宝匠来看望沙米时，沙米悄悄地死了。珠宝匠托起清扫工的脑袋，从灰色的枕头下面拿出了那朵用一条皱巴巴的蓝绿带包着的金蔷薇，然后掩上轧轧作响的房门，不慌不忙地走了。绿带上有一股鼠臊味。

时序正是深秋。暮色在晚风和闪烁的灯光中摇曳。珠宝匠想起了沙米死后面容变了，变得庄严而肃穆。就连这张脸上的痛苦的表情，珠宝匠也觉得是那样美。

"生未与之，死必赠之。"热衷于这类庸俗无聊观点的珠宝匠想道，然后重重地叹了口气。

不久以后，珠宝匠把那朵金蔷薇卖给了一个不修边幅的老作家。在珠宝匠看来，这位作家手头拮据，没有理由购买这种贵重物品。

很明显，珠宝匠给这位作家讲的金蔷薇的故事，在这场交易中起到了关键作用。

多亏那位老作家的札记，人们才得知原第二十七殖民团士兵让·埃内斯特·沙米的这段悲惨的往事。

顺便说说，老作家在自己的札记中写道：

"每一个瞬间，每一个偶然传来的字眼和眼神，每一个深邃的或诙谐的念头,人的心脏的每一次不易觉察的跳动,以及杨树的一片飞絮或夜里倒映在水洼中的一点星光——全都是金子的碎屑。

"我们这些作家用数十年时间寻觅着它们,寻觅着千千万万的这种微粒,不知不觉地把它们收集起来,熔成合金,然后用这种合金铸成自己的'金蔷薇'——中篇小说、长篇小说或叙事诗。

"沙米的金蔷薇啊!在我看来,它多少可以成为我们创作活动的榜样。奇怪的是,谁也没有去费力钻研,那充满活力的文学的洪流是怎样从这些珍贵的尘土中产生的。

"老清扫工制作金蔷薇的目的是为了给苏珊娜带来幸福,与此相似的是,我们的创作的目的是为了使大地变得秀美,是为了号召人们为幸福、欢乐和自由而斗争,是为了让人类宽广的心胸和理智的力量战胜黑暗,并且如同永远不落的太阳一样灿烂辉煌。"

巨石上的题词

对一个作家来说，只有当他确信他的良心和别人的良心一致时，才能体会到最大的快乐。①

——萨尔蒂科夫–谢德林

我住在沙丘上的一幢小屋里。整个里加②海滨都被白雪覆盖着。积雪不断地从高高的松树上一长缕一长缕地飞落下来，然后散成细细的粉末。

积雪不时飞落，有时是风吹所致，有时是松鼠在树上跳跃使然。每当四周寂静无声的时候，可以听到松鼠咬松球的声音。

小屋紧挨着海边。不过要看海景，必须走出篱笆的小门，经过一幢门窗封闭的别墅，沿着一条在雪地上踏出的小径再走几步。

从夏天起，这幢别墅的窗户就蒙着窗帘。微风一吹，它们便轻轻地飘动。也许是风儿透过那些看不见的缝隙，钻进了那幢空空的别墅，然而远远看去，却仿佛有人在掀动窗帘，仔细地窥视着你的一举一动。

海上没有结冰。雪一直铺到海边。雪地上可以看到一个个兔子的脚印。

当海浪阵阵袭来时，听到的不是浪涛拍岸的轰隆声，而是冰的轧轧声和积雪下沉的沙沙声。

冬天的波罗的海又荒凉，又阴沉。

---

①引自萨尔蒂科夫–谢德林的《寄语波谢洪尼耶人》。原话是："作家不是在黑洞里履行自己天赋的使命的田鼠，而是社会的、好交往的人。对他来说，只有当他确信他的良心和别人的良心一致时，才能体会到最大的快乐。"

②原拉脱维亚苏维埃社会主义共和国（今拉脱维亚）首都，滨波罗的海。

拉脱维亚人管它叫"琥珀海"。这也许不仅仅因为波罗的海盛产琥珀,而且还因为海水略带琥珀黄。

地平线上从早到晚笼罩着一层层浓重的阴霾,低低的海岸的轮廓被它遮蔽。只有在这阴霾中的某个地方,从大海的上空,垂下一条条白色的毛茸茸的带子——那儿正在下雪。

今年来得太早的大雁,有时落到海上,发出阵阵叫声。它们那惊恐的鸣叫沿着海岸传到远方,但却没有引起回应——冬天海岸的树林里是几乎没有鸟儿的。

在我住的那幢房子里,白天过的是一种习以为常的生活。劈柴在彩瓷砖壁炉里噼噼啪啪作响,打字机发出低沉的嘀嘀嗒嗒的声音,少言寡语的女清洁工莉莉娅坐在舒适的前厅里织着花边。一切都平平常常,普普通通。

然而一到晚上,房子就被漆黑的夜幕所笼罩,松林紧紧地贴近小屋,当你从灯火通明的前厅来到屋外,单独面对严冬、大海和黑夜的景象时,一种强烈的孤独感就会袭上心头。

大海伸展到黑黢黢的、千百里外的远方。海面上看不到一星火光,也听不到一丝涛声。

小屋宛如最后一座灯塔,屹立在烟雾弥漫的深渊边上。这儿是大地的尽头。然而屋子里却安详地亮着灯光,收音机播送着歌曲,柔软的地毯消解了人的脚步声,桌子上放着打开的书本和手稿,这一切简直令人感到惊异。

从这儿往西,往文茨皮尔斯①方向,越过一层层烟雾,有一个小小的渔村。这是一个普普通通的小渔村,一张张晾在风中的渔网,一幢幢矮小的房屋,一道道低低的炊烟,一艘艘拖到沙滩上的乌黑的小汽艇,还有一条条毛茸茸的、容易受骗的狗。

几百年来,拉脱维亚渔民世世代代住在这个村子里。一个个目光腼腆、语声悦耳的金发女郎渐渐变成了皮肤粗糙、身体敦实、用厚实的头巾裹着的

①拉脱维亚西海岸港市,不冻港。

老太婆。一个个面颊红润、头戴漂亮鸭舌帽的小青年渐渐变成了须发粗硬、目光安详的老头儿。

不过,情况还是跟几百年前一样,渔夫们依然出海去捕鲱鱼。而且还是跟几百年前一样,不是人人都能平安归来。特别是秋天,当波罗的海上风暴肆虐,冰冷的白浪像魔鬼锅里的开水那样翻滚的时候。

然而,不管发生过什么情况,不管多少次人们在得知自己的伙伴遇难之后不得不脱帽致哀,反正还得继续坚持自己的事业——祖祖辈辈传下来的危险而艰难的事业。向大海低头是不行的。

在村边的海中耸立着一块巨大的花岗石。那是很久以前,渔夫们在巨石上刻下了这样一行字:"谨向所有死于海上和将要死于海上的人表示悼念"。这行字老远就能看到。

当我得知这一题词之后,我觉得它像所有的墓志铭一样令人伤感。然而给我讲述题词一事的那位拉脱维亚作家却持异议。他说:

"恰恰相反。这是一个大无畏的题词。它说明,人类是永远不会认输的,不管发生什么情况,他们都会坚持自己的事业。我倒想把这个题词置于每部描写人类劳动和顽强意志的作品的卷首。对我来说,这个题词的含义大致是:'谨向那些曾经征服和将要征服这个大海的人致意'。"

我同意他的意见,并且认为这个题词对那些论述作家劳动的著作也很适用。

作家一分钟都不能在苦难面前认输,在障碍面前退却。不管发生什么情况,他们都必须不停顿地坚持自己的事业,因为这事业是先辈们遗留给他们的,是同时代人委托给他们的。无怪乎萨尔蒂科夫-谢德林说,如果文学不再发出声音,哪怕只有一分钟时间,这也将无异于人民的死亡。

文学创作不是一种手艺,也不是一种职业。文学创作是一种使命。如果我们研究研究某些单词,研究研究它们的发音,就会发现它们的原来意义。"使命"(призвание)一词就源于"召唤"(зов)一词。

就某个人而言,别人从来都不会召唤他去干什么手艺活,而只会召唤他去履行职责和完成艰巨的任务。

究竟是什么促使作家去从事那种有时让他非常苦恼、但却十分美好的劳动呢？

首先是自己心灵的召唤。良心的声音和对未来的信念不允许一个真正的作家像一朵无实花那样生活在大地上，而不把他全身蕴含的丰富多彩的思想和感情慷慨地、彻底地奉献给人们。

谁不能使别人的眼光变得稍许敏锐一些，他就不配称为作家。

一个人之所以能成为作家，不仅仅是由于心灵的召唤。心灵的声音我们往往只有在青年时代才能听到，那时我们鲜活的感情世界还没有受到任何东西的摧残，还没有被弄得支离破碎。

然而，一俟进入成年时代，除了自己心灵召唤的声音，我们还能清清楚楚地听到一种新的、强有力的召唤——自己的时代和自己的人民的召唤，人类的召唤。

只要是按照使命的吩咐，只要是为了自己内心的冲动，人就可以创造一个个奇迹，经受一次次最严重的考验。

荷兰作家爱德华·戴克尔①的遭遇就是一个明证。他发表作品时用的是笔名"穆尔塔图利"。在拉丁语中，这个笔名意为"命途多舛的人"②。

正是在这里，在晦暗的波罗的海岸边，我想起了戴克尔，其原因可能是也有这样一个昏暗的北方的大海展现在他的祖国——尼德兰③的海滨吧。他曾怀着痛苦和羞惭的心情谈到自己的祖国："我是尼德兰的儿子，是位于弗里西亚群岛和斯海尔德河之间的那个强盗之国的儿子。"

当然，荷兰不是文明的强盗的国家。他们是少数，代表人民的并不是他

①爱德华·戴克尔(1820—1887)，荷兰作家。1838年随父去荷属东印度群岛，曾任西爪哇勒巴克具助理县长，因反对本国的殖民政策而被撤职。著有反殖民主义的自传体讽刺小说《马格斯·哈弗拉尔，或荷兰贸易公司的咖啡拍卖》。

②荷兰语以拉丁语为基础。

③指荷兰。

们。这是热爱劳动的人的国家,是叛逆的"乞食团"①和梯尔·欧伦施皮格尔②的后裔的国家。时至今日,"克拉阿斯的骨灰仍在敲击"许多荷兰人的心。以前,那骨灰也敲击过穆尔塔图利的心。

穆尔塔图利出身于海员家庭,曾被任命为爪哇岛的政府官员,不久以后,甚至升任该岛一个区的驻扎官。等待着他的是荣誉、奖赏、财富,也许还有总督一职,然而……"克拉阿斯的骨灰在敲击他的心",因此穆尔塔图利对荣华富贵嗤之以鼻。

他以罕见的勇气和毅力,试图从内部摧毁荷兰当局和大批发商对爪哇人所实行的长期奴役。

他常常出面保护爪哇人,不让他们受到欺侮。对贪污受贿者他严加惩处,对总督及其亲信他冷嘲热讽。当然,那些人都是地地道道的基督徒,因此他常常引用基督关于要爱邻人的教义来对自己的行为进行解释。他的话是任什么都驳不倒的,但他这个人却是可以消灭的。

当爪哇人的起义爆发的时候,穆尔塔图利站到了起义者一边,因为"克拉阿斯的骨灰在继续敲击他的心"。他怀着动人心弦的爱描写爪哇人,描写这些容易上当的孩子,而对自己的同胞则是义愤填膺地加以抨击。

他揭露了荷兰的将军们挖空心思想出来的卑鄙的战法。

爪哇人素性好洁,讨厌肮脏的东西。荷兰人便利用他们的这个性格特点想鬼点子。

当士兵发起冲锋的时候,他们奉命向爪哇人投掷大粪。即使面对最猛烈的炮火,爪哇人也毫不动摇,但他们却无法忍受这种战法而退出战斗。

---

①最初为1565年反对西班牙政府的尼德兰贵族的绰号,后来则指在陆地和海上同西班牙人进行斗争的游击队员。

②梯尔·欧伦施皮格尔是比利时法语作家德·科斯特(1827—1879)的历史小说《欧伦施皮格尔和拉姆·戈查克在佛兰德和其他地方的光荣、快活、英勇的奇遇和传说》的主人公。他是民间传说中的一位反抗西班牙统治的农民英雄,其父克拉阿斯死于火刑。他将父亲的骨灰缝于囊中,终生挂于胸前,并说:"克拉阿斯的骨灰在敲击我的心"。

穆尔塔图利遭到撤职,并被遣返欧洲。

一连几年,他一直呼吁荷兰议会公正地对待爪哇人。他到处宣传这一点。他还给大臣们和国王写了很多请愿书。

然而这一切都是枉然。人们在听他讲话时显出不乐意和不耐烦的神情。不久以后,他被宣布为危险的怪物乃至疯子。他到处求职无门,一家人饥肠辘辘。

这时穆尔塔图利听从了心灵的声音,换句话说,听从了在他身上早已存在、但直到当时却并不明朗的使命的召唤,开始从事创作。他写了一部揭露荷兰人在爪哇的罪行的长篇小说《马格斯·哈弗拉尔,或荷兰贸易公司的咖啡拍卖》。不过,这只是初试锋芒而已。在这部作品中,他似乎还在摸索他并未熟练掌握的文学创作的基本技巧。

然而他的第二部作品《情书》的创作却具有极其强烈的震撼力。这种力量源于穆尔塔图利对自己的正义性的坚定信念。

在这部作品中,有的章节犹如人在见到骇人听闻、极不公平的事情时的抱头哀号;有的章节犹如尖锐泼辣的寓言式檄文;有的章节犹如对所爱之人的温存的,带有悲伤、幽默色彩的慰藉;有的章节则是试图复活自己天真的童年时代信仰的最后拼搏。

"上帝是不存在的,否则他就应该行善,"穆尔塔图利写道。"究竟什么时候才能停止对穷人的巧取豪夺呢!"

他离开了荷兰,想在别处挣口饭吃。妻小留在阿姆斯特丹——他囊空如洗,无法把他们带在身边。

这个喜欢冷嘲热讽、备受折磨、不见容于上流社会的人,在欧洲各城市颠沛流离。他写呀,不停地写呀。他几乎没收到过妻子的信,因为她连邮票都没钱买。

他想念她和孩子们,特别想念那个长着一双蓝眼睛的小儿子。他生怕这个小男孩对别人那种信任的笑容会消失,因此恳求成年人不要过早地把他弄得眼泪汪汪。

穆尔塔图利的作品谁都不愿意出版。

不过最后还是成功了！荷兰一家大出版社同意购买他的手稿，但有一个条件，即他今后不能让这些作品在任何地方再版。

饱经风霜的穆尔塔图利认可了。他回到了祖国。他甚至还得到了一小笔钱。而他们购买手稿的目的，只不过是为了解除此人的武装。手稿虽然得以出版，但印数极少，定价昂贵，这与销毁手稿无异。荷兰商人和当局在没有控制这个火药桶之前，心里总是惶恐不安的。

穆尔塔图利去世了，他从未受到过公正的待遇。而他本来还可以写出许多杰作——这样的杰作，常言说得好，不是用墨水写成，而是呕心沥血之作。

他竭尽全力地进行过斗争，并且献出了生命。然而他却"征服了大海"。也许不久以后，这位大公无私的殉难者的纪念碑，将在独立的爪哇，在雅加达巍然耸立。

这就是那位将两项伟大的使命融于一体的人的一生。

就对自己的事业的那种狂热的忠诚而言，穆尔塔图利有一位同道，也是荷兰人，还是他的同时代人，这就是画家文森特·凡·高。

凡·高为了艺术而忘我奋斗，他的一生是无与伦比的。他梦想在法国创立"美术家协会"——一个类似公社的组织，在这个组织里，任什么也不能使他们放弃绘画。

凡·高备尝艰辛。从《吃马铃薯的人》和《囚徒放风》这两幅画可以看出，他已经坠入了人类绝望的深渊。他认为，画家的事业就是用自己的全部力量、全部才能对抗苦难。

画家的事业就是创造欢乐。于是他运用他最擅长的手段——色彩来创造欢乐。

他用自己的油画改变了大地的面貌。他仿佛用一种神奇的水把大地洗涤一新。大地上闪耀着明亮浓郁的色彩，使每棵老树都变成了一尊雕塑，每一块三叶草田都洒满阳光，这阳光与千千万万朴素的小花冠交相辉映。

他用自己的意志遏制了色彩的不断变幻，为的是让我们能够洞察色彩的美。

这样一来，难道就可以断言凡·高对人是冷漠无情的吗？他把自己所拥有的最好的东西献给了人类，这就是在流光溢彩、变幻莫测的大地上生活的才能。

他一贫如洗，桀骜不驯，不切实际。他与那些无家可归的人分享仅有的一块面包，他以亲身经验深刻认识到什么叫社会不公平。他蔑视廉价的吹捧。

当然，他并不是一名战士。他的英雄主义表现为对劳动者(农民和工人，诗人和学者)的美好未来满怀信心。他未能成为一名战士，但他愿意而且事实上已经向未来的宝库奉献了自己的一份珍宝，这就是他那些歌颂大地的绘画作品。

从各种形式的美中，凡·高兴选择了一种：颜色。大自然那种使色彩配合得天衣无缝的特点，色彩的无穷无尽的转换，还有大地的那种时时刻刻都在变化、但一年四季和在任何纬度都同样美丽的色彩，总是使他为之倾倒。

是时候了，对凡·高，对弗鲁别尔①、鲍里索夫-穆萨托夫②和高更③等画家及其他许多人，该重新进行公正的评价了。

凡是能够使社会主义社会的人的内心世界得到充实的一切，凡是能够使他们的感情生活得到提高的一切，都是我们需要的。这个家喻户晓的真理难道还需要证明吗？

其实，我们应当成为各个时代和各个国家艺术的主宰。我们应当把那些由于美不服从其意志而存在，便对美恨之入骨的伪君子从自己的国家驱赶

---

①米哈伊尔·亚历山大罗维奇·弗鲁别尔(1856—1910)，俄罗斯画家。画风接近现代派。

②维克多·埃利皮季福罗维奇·鲍里索夫-穆萨托夫(1870—1905)，俄国画家。擅长画装饰画。作品精致优雅，情调伤感。

③保罗·高更(1848—1903)，法国画家。后期印象派的主要代表人物之一。作品富于装饰性。

出去。

请原谅我节外生枝,从文学转入绘画的话题。我认为,各种艺术形式对作家提高技巧都会有所帮助。不过,这一点需要专题论述。

使命感是不能丧失的。无论是冷静的思考还是文学经验,都不能替代它。

在作家的使命中,丝毫没有庸俗的怀疑论者强加给他们的那些毛病,如虚伪的激情呀,作家自恃的特殊作用呀。这才是对作家使命的正确理解。

普里什文是一个具有绝对的作家使命感的人。他的一生都服从于使命。然而正是他说过一句至理名言:"作家最大的幸福不是以特立独行自诩,而是做一个跟所有人一样的人。"

用刨花做的假花

　　每当我思考文学创作问题时,我常常反躬自问:这究竟是什么时候开始的呢? 一般来说,这又是怎样开始的呢? 是什么让人第一次拿起笔杆就终生不放呢?

　　最难的事是回忆始于何时。显然,作为一种精神状态的人的创作活动,早在他铺开一叠叠稿纸进行写作之前就已经产生了。它始于少年时代,也许还始于童年时代。

　　同成年时代相比,童年时代和少年时代的世界对我们来说是很不相同的。在童年时代,太阳更温暖,草木更茂盛,雨水更充沛,天空更渺茫,而且每个人都有趣得要死。

　　对孩子来说,每一个大人都仿佛是一个有几分神秘的生物,不管他是带着一套发出刨花味的刨子的木匠,还是知道草为什么变绿的学者。

　　对生活和我们周围的一切富于诗意的理解,是童年时代我们得到的最大的礼物。

　　如果一个人在漫长、冷峻的岁月中不失掉这种礼物,那他就是个诗人或作家。总之,他们之间的差别是不大的。

　　生活是不断更新的,对它的感受便是一块肥沃的土壤,在这块土壤上,艺术之花渐渐展蕊开放并结出果实。

　　当我是个中学生的时候,我自然是写过诗的,而且写得如此之多,竟然在一个月里把一个厚厚的练习本写得满满的。

　　诗写得很糟糕——辞藻华丽,矫揉造作,但我当时却觉得相当优美。

　　这些诗我现在已经忘了,只记得那么几节。例如:

> 啊,摘下那低垂的细枝上的花朵吧!
>
> 细雨静静地在田野上空飘落。
>
> 枯黄的树叶一片片向天边飞去,
>
> 秋日的绛红色的晚霞正在那儿燃烧……

不过,这还是算好的。越往后我就越在诗中堆砌各种各样的、甚至华美空洞的辞藻:

> 对可爱的萨迪的忧思,像蛋白石一样
>
> 在缓慢的岁月的篇章里闪闪发光……

为什么忧思"像蛋白石一样闪闪发光",无论当时还是现在我都说不清楚。其实,令我着迷的是词的音调本身。我没有考虑词义。

我的诗多半是写海的。当时我对它几乎不了解。

这并不是一个实指的海——不是里海,不是波罗的海,也不是地中海,而是一个节日般"泛指的海"。它把各种各样的色彩、各种虚夸的事物以及没有真实人物、真实时间和现实地域的狂放的浪漫主义情调融于一体。当时在我的心目中,这种浪漫主义情调犹如浓密的大气裹住了地球。

这是一个白浪滚滚的快乐的海,是飞腾的航船和无畏的航海家的故乡。海岸上一座座灯塔像绿宝石一样闪闪发光。在一个个港口,生活无忧无虑而又热火朝天。那些皮肤黝黑、充满魅力的女子,按照我的旨意,一个个欲火难耐,堕入情网。

不错,在我的诗歌中,华丽的词句渐渐用得少了。异域风情开始从我的诗歌中渐渐消失。

不过说句实话,童年时代和少年时代总免不了对异域风情有点向往,不管是热带国家的奇风异俗还是国内战争时期的奇闻轶事在童年时代,谁没有围攻过古老的城堡;谁没有在麦哲伦海峡①和新大陆岸边那风帆破碎的船上奄奄一息,等待死亡;谁没有同恰巴耶夫②一起乘着双马敞篷车奔驰在外乌拉尔草原上;谁没有探寻过被斯蒂文生③如此巧妙地藏在一个神秘海岛上的宝物;谁没有听到过波罗金诺战役④中军旗的猎猎声,或者没有在印度半岛无法通行的密林中帮助过毛格利⑤?

异域风情给生活平添了一种奇异的色彩,这是每个少年和感受力强的人不可或缺的。

狄德罗说得好,艺术就是在平凡中找到不平凡和在不平凡中找到平凡。

不管怎样,我不诅咒我童年时代对异域风情的心醉神迷。

异域风情当然不是一下子从我的意识里消失的。它滞留了很久,就像花园里丁香花的馥郁芳香经久不散一样。在我的眼睛里,它使那个熟悉的、甚至令人厌烦的基辅渐渐改变了模样。金色的晚霞把基辅的一座座花园照得通亮,而在昏暗的第聂伯河对岸则时时闪着电光。我觉得那儿是一个神秘的国度——一个林涛呼啸的潮湿的雷雨之国。

春天给城市撒满了花瓣上布满红斑的淡黄色栗子花。这些花是如此之多,以致在下雨时,落花形成一道道屏障,堵住了水流,使有些街道变成了小小的湖泊。

雨过天晴,基辅的天空像用月长石砌成的圆屋顶一样光彩夺目。于是一首诗以迅猛之势浮上心头:

①南美洲大陆南端与火地岛之间的海峡,沟通太平洋和大西洋,系葡萄牙航海家麦哲伦于1519—1521 年率西班牙探险队进行环球航行时所发现,后以他的名字命名。

②瓦西里·伊万诺维奇·恰巴耶夫(1887—1919),又译夏伯阳。苏联国内战争时期英雄,曾任红军第 25 步兵师师长。富曼诺夫曾将其事迹写成长篇小说《恰巴耶夫》;拍有同名影片。

③斯蒂文生(1850—1894),英国作家。主要作品有《金银岛》(1883)、《化身博士》(1886)等。

④指 1812 年俄历 8 月 26 日(公历 9 月 7 日)俄法军队在波罗金诺村进行的一次战役。

⑤毛格利是英国作家吉卜林(1865—1936)的小说《丛林故事》(1894)中的人物。

春的神秘的力量主宰着宇宙，

她的额上星光灿烂。

你，温柔的姑娘，许诺给我幸福

在这忙乱的人世间……①

　　这时我正是情窦初开，这是一种奇异的状态，觉得所有的少女几乎都是绝代佳人。在大街上，在公园里，在有轨电车上，少女的每一个昙花一现的特征——腼腆而专注的眼神，头发上溢出的芳香，微启的红唇中牙齿的闪光，被风吹得裸露的小小的膝盖，冷冰冰的手指的碰撞——凡此种种都会使我浮想联翩，觉得在这一生里爱情迟早也会降临到我的身上。我对此充满信心。我是多么喜欢这样冥思遐想，而且也的确常常这样冥思遐想。

　　每次这样的相遇都在我的心中掀起一阵莫名的忧伤。

　　我那贫困的、实质上相当痛苦的青年时代的大部分时光，就在诗歌和朦胧的激情中逝去了。

　　不久以后，我就不再写诗了。我明白了，我的诗是一篇篇雕章琢句之作，是一朵朵用涂得漂漂亮亮的刨花做的假花，是一张张金箔。

　　抛开诗歌后，我写下了我的第一篇短篇小说。它也有自己的故事。这个故事我将在下一章讲述。

---

　　①这是俄国诗人阿法纳西·阿法纳西耶维奇·费特（1820—1892）的抒情诗《五月之夜》（1870）的第二节。

第一篇短篇小说

我从切尔诺贝利镇①乘轮船沿普里皮亚季河回基辅来。夏天我是在切尔诺贝利镇近郊退伍将军列夫科维奇的荒芜的庄园里度过的。我的班主任安排我到列夫科维奇家里当家庭教师。秋天，将军那个吊儿郎当的小儿子有两门课要补考，我必须给他补课。

一幢老式的地主府第矗立在洼地上。一到晚上，四周就升起寒冷的雾霭。青蛙在周围的沼地里拼命叫嚷，而且喇叭茶的气味直熏得人头痛。

喝晚茶的时候，列夫科维奇那几个喜欢胡闹的儿子常常直接在露台上开枪打野鸭子。

列夫科维奇本人身体臃肿，胡子灰白，两只黑眼睛瞪得大大的，一副凶神恶煞的样子。他从早到晚坐在露台上一张柔软的安乐椅里，被哮喘病弄得上气不接下气。有时，他扯起嘶哑的嗓子吼道："这哪像个家呀，简直是一帮二流子！一个小酒馆！我要把你们统统撵出去！不让你们继承遗产！"

不过对他那种声嘶力竭的吼叫谁都不予理睬。庄园和府第由他的妻子——"列夫科维奇夫人"掌管，这女人并不算老，性格开朗，但却十分吝啬。整个夏天她都穿着一件吱吱作响的紧身儿。

除了那几个喜欢胡闹的儿子，列夫科维奇还有一个女儿。这姑娘二十岁光景，外号叫"贞德"②。她从早到晚像男子一样骑着一匹性子刚烈的深褐色牡马，摆出一副女强人的架势。

---

①乌克兰城市(1941年设市)，普里皮亚季河码头。

②贞德(约1412—1431)，法国抗击英军的女民族英雄，被称为"奥尔良姑娘"。后被俘并被处以火刑。

她有一句口头禅——"我蔑视",不过在通常情况下并无具体意义。

当我被介绍给她时,她从马上伸给我一只手,盯着我的眼睛,说道:"我蔑视!"

我没料到我能从这个狂暴的家庭中挣脱出来,因此,当我终于登上大车,坐到用粗麻布盖住的干草上,而车夫"伊格纳季·罗耀拉"①(在列夫科维奇家里,每个人都用一个历史人物的名字作绰号。平常大家随便称他为"伊格纳特")把缰绳一拉,我们的大车便从容不迫地朝切尔诺贝利镇驶去,这时我真是大大地松了一口气。

我们的大车刚出庄园的大门,迎接我们的便是矮树丛生的洼地的静谧。

当我们好不容易到达切尔诺贝利镇时,落日已经西沉,我们在一家客店留宿,因为轮船误点了。

客店老板是一个姓库舍尔的上了年纪的犹太人。

他把我安顿在一个挂着祖先遗像的小客厅里睡觉,那些祖先都是蓄着白胡子、戴着绸圆帽的老头儿和戴着假发、裹着黑色花边披肩的老太婆。

厨房里的灯发出一股难闻的煤油味。我刚在厚实、闷热和鸭绒褥子上躺下,臭虫就钻出所有的缝隙,成群结伙地向我袭来。

我一跃而起,连忙穿上衣服,走到台阶上。客店位于河岸的沙地旁边。普里皮亚季河时不时在昏暗中闪着光。河岸上是成垛的木板。

我坐到台阶上的一条长凳上,翻起中学生制服大衣的领子。夜里寒气逼人,我浑身发冷。

台阶上坐着两个陌生人,由于天色昏暗,我无法看清他们的脸庞。一个人在抽马合烟,另一个人躬着腰,似乎在睡觉。从院子那边传来伊格纳季·罗耀拉响亮的鼾声——他睡在大车的干草上,我现在真羡慕他。

"臭虫?"那个抽马合烟的人高声问我。

凭声音我知道了他是谁。他就是那个个子矮小、性情郁闷、光脚穿着一

---

① 罗耀拉(1491? —1556),西班牙贵族,耶稣会创始人。

双套鞋的犹太人。当我和伊格纳季·罗耀拉来到客店时,是他给我们打开院子的大门,并要求付十戈比小费。我给了他一个十戈比银币。库舍尔发现了这一情况,便在窗口吼道:"从我院子里滚出去,臭花子!难道要跟你说一千遍不成!"

可是那个穿套鞋的人连看都不回头朝库舍尔看一眼。他向我丢个眼色,说道:"您听见了吗?每个银币都让他双手发痒。他太贪财了,总有一天会送命的,请记住我的话!"

当我问库舍尔,这个人是何许人时,他不乐意地回答说:"啊,约西卡!疯子。嗯,我明白,既然你穷得叮当响,那至少对别人要尊敬。别像坐在宝座上的大卫王①那样看人。"

"就为这些臭虫,您还得给库舍尔多付一笔钱呢。"约西卡使劲吸了一口烟,对我说,于是我看见了他双颊上的胡子茬,"一个人如果财迷心窍,那他是什么乱七八糟的事都干得出来的。"

"约夏!"那个躬着腰的人突然用喑哑的、凶狠的声音说。"你干吗要害死赫莉斯嘉?这一年多我一直睡不着觉……"

"尼基福尔,你脑子里真是少根弦,竟然说这种混账话!"约夏生气地吼道。"她是我害死的?您去您的神父米哈伊尔那儿问问,是谁害死了她。要么您就去问警察局长苏哈连科。"

"我的多尼娅!"尼基福尔绝望地说。"我的太阳落到沼地后面去了,永远落下去了。"

"够了!"约夏对他呵斥道。

"连安灵弥撒都不让给她做!"尼基福尔不理约夏,说道。"我要到基辅去找都主教。要是不赦免她,我就赖在那儿。"

"够了!"约夏又呵斥道。"只要能换她一根头发,我情愿舍掉我这条可恶的命。可您却尽说大话!"

---

①公元前 11 世纪末—前约 950 年以色列犹太国国王。

　　他突然一吸一顿地哽咽起来。由于他想竭力忍住，以致喉咙里发出轻轻的吱吱声。

　　"哭吧，傻瓜，"尼基福尔心平气和地、甚至赞许地说道。"要不是赫莉斯嘉爱过你这个徒有其表的倒霉鬼，我马上就可以要你的命。那我也就作孽了。"

　　"你动手吧！"约夏喊道。"您请便吧！也许这正对我的心思。我不如在坟墓里烂掉还好些。"

　　"你以前是个傻瓜，如今还是个傻瓜，"尼基福尔伤心地回答道。"行，等我从基辅回来，我就要你的命，免得你毒害我的心。我成了个十足的穷光蛋了。"

　　"那您把房子留给谁了？"约夏不再哽咽，问道。

　　"谁也没留。门窗一钉，就万事大吉！如今这个房子对我毫无用处，就像鼻烟对死人毫无用处一样！"

　　听了这场谈话，我感到莫名其妙。浓雾在普里皮亚季河上空升了起来。潮湿的木板发出阵阵刺鼻的药味。从镇上传来声声沉闷的狗叫。

　　"那个魔鬼的发面缸，就是那条轮船，也不知道什么时候能来！"尼基福尔懊丧地说。"约瑟夫，咱俩要是能喝上半瓶白酒就好了。酒一下肚，心情就会好一些。可现在去哪儿弄半瓶酒呢？"

　　由于穿着大衣，我身上变暖和了，于是靠在墙上打起盹来。

　　早上轮船还没有来。库舍尔说，由于有雾，轮船不知停在什么地方过夜，叫我不必担心，反正轮船会在切尔诺贝利镇停几个小时。

　　我美美地喝了一顿茶。伊格纳季·罗耀拉赶着车走了。

　　由于闲得无聊，我到镇上逛了起来。大街上的几家店子已经开门，从里面飘出一股股鲱鱼和肥皂的气味。理发店门口一个橡钉上挂着一块招牌，一个身穿长罩衫、脸上长着雀斑的理发师站在门口嗑葵花子。

　　我无事可做，便进去刮脸。理发师一边叹气，一边把冰冷的肥皂沫涂到我的面颊上，然后就开始像外省理发店通常为了表示客气那样进行询问：我是什么人，到这个镇上来有何贵干。

突然，几个男孩子吹着口哨，挤眉弄眼，从窗外的木板人行道上飞奔而过，然后传来了约西卡熟悉的、粗大的声音：

> 我不会用快乐的歌声
> 去惊醒我的情人的美梦。

"拉札里！"板壁后面响起了一个女人的喊声。"快把门闩插上！约西卡又喝醉了。我的天啊！怎么会弄到这个地步呢！"

理发师插上门闩，拉上窗帘。

"只要看见理发店里有人，"他叹了声气，解释道，"就会立即跑进来，又是唱，又是跳，又是哭。"

"他出了什么事？"我问。

不过理发师没来得及回答。从板壁后面走出一个年轻的女子，她头发蓬乱，一双眼睛闪着惊异、激动的光芒。

"你听我说，先生，"她说道，"首先向您问好！其次，拉札里啥都讲不清楚，因为男人无法明白女人的心。什么？你别摇头，拉札里！您好好听着，然后仔细想想我对您说的话。为的是让您知道，一个姑娘要是爱上了小伙子，下什么样的地狱都不在乎。"

"玛尼雅，"理发师说，"您别自作多情。"

从远处什么地方传来了约西卡的叫嚷声：

> 等我一命归天，
> 您就来给我上坟。
> 给我带几根香肠
> 还要烧酒一瓶。

"太可怕了！"玛尼雅说。"这就是约西卡！就是那个应当在基辅学医，毕业后当上医士的约西卡，他是切尔诺贝利镇最善良的女人彼霞的儿子。谢天谢地，如今她不在了，不用跟着丢丑了。先生，您明白吗，一个女人愿为男人受尽折磨，她该有多么痴情！"

"你这是说的什么呀，玛尼雅！"理发师嚷道。"你的话这位顾客压根儿就听不明白。"

"以前我们这儿搞过一次交易会，"玛尼雅说道。"来参加那次交易会的有护林员尼基福尔，他是个鳏夫，是从卡尔皮洛夫卡来的，还带着自己的独生女赫莉斯嘉！嗬，您要是见到了她，准会神魂颠倒！我跟您说吧，一双眼睛蓝晶晶的，就像天空一样；一对辫子黄灿灿的，就像在金水里洗过一样。性情是那么温柔，身材是那么苗条，我简直不知道该怎么说！嗯，约西卡一见到她，连话都不知道怎么说了。爱上她了。这件事，我跟您说吧，我认为一点也不值得大惊小怪。就算沙皇本人见到了她，也会得相思病的。奇怪的是，她也爱上了他。您不是见过他吗？个子矮矮的，就像那个小男孩一样，头发红红的，嗓子尖尖的，尽干些怪里怪气的事。一句话，赫莉斯嘉撇下父亲，来到了约西卡家里。您去看看这个房子吧！您去欣赏一下吧！连一只山羊在里面都嫌挤，别说是他们三个人了。不过屋里真干净。您还有什么可说的呢，彼霞把她像公主一样接到家里来了。于是赫莉斯嘉跟约西卡就像夫妻一样住在一起，约西卡他是这样开心，像盏灯一样浑身发光。可是您知道，一个犹太男子和一个信正教的女子同居是什么后果吗？他们俩不能在教堂里举行婚礼。全镇的人像一百只抱窝的母鸡一样咯咯地叫了起来。于是约西卡决定受洗改教，并且到教堂里去找米哈伊尔神父。可是神父对他说：'应该先受洗改教，然后再糟蹋信正教的姑娘。你正好倒过来了，现在不经都主教批准，我是不会给你这个耶路撒冷的贵族施洗的。'约西卡骂了他一通脏话就走了。这时我们的拉比①出来进行干涉了。他听说约西卡去要求受洗改教，便为这件事

---

①犹太教内负责执行教规、教律和主持宗教仪式的人。

在犹太教堂里把他的十代祖宗诅咒了一番。而就在这个时候，尼基福尔也来了，他扑通一声跪在赫莉斯嘉面前，央求她回家去。而她光知道哭，说啥也不肯回去。唉，那些毛孩子准是受人唆使。他们一见到赫莉斯嘉就大声叫嚷："喂，赫莉斯嘉，你是块犹太人不禁食的肉，要不要一块犹太人禁食的肉？"然后把拇指夹在食指和中指中间，对她进行侮辱。在大街上，人人都回头看她，望着她的背影冷笑。有一次，还有人从篱笆里面捡起一块牲口粪扔到她的背上。彼霞大婶的房子被人涂满了柏油。您看看！"

"唉，彼霞大婶！"理发师叹了口气。"她可是个真正的女人。"

"等一等，让我说下去！"玛尼雅对他呵斥道。"拉比把彼霞大婶叫到他那儿，说：'尊敬的彼霞·以色列芙娜，您姑息养奸，家里竟然出了这种男盗女娼的事，您已经触犯了教规。由于这件事，我要诅咒你们全家，耶和华也会把您视为淫妇进行惩罚。您应该怜惜自己的满头白发。'那么您知道她是怎么回答他的吗！她说：'您不是拉比，而是个警察！人家两相情愿，与您有什么相干，为啥要用一双油腻腻的爪子去干涉他们。'她啐了口唾沫就走了。于是拉比又在犹太教堂里把她诅咒了一通。瞧，我们这儿多么会整人。不过，我这些话您不要告诉任何人。全镇的人都把这件事当作头等大事。最后，约西卡和赫莉斯嘉受到警察局长苏哈连科传讯，局长说：'约西卡，你因侮辱希腊—俄罗斯教会①教士米哈伊尔神父，我要把你交付法庭审判。你会在我这儿尝到服苦役的滋味。至于赫莉斯嘉，我要强行把她送回父亲家里。我给你们三天时间考虑。你们搅得全县乱成了一锅粥。由于你们俩的事，我准会挨省长大人一顿申斥。'

"苏哈连科马上把约西卡关进了看守所，——后来他说，只是想吓唬约西卡一下。那么结果呢，您猜怎么着？我的话您是不会相信的，赫莉斯嘉因悲伤过度死了。看着她好可怜。那些心地善良的人好心痛啊。她哭了好几天，后来连眼泪都哭干了，眼睛也干枯了，啥也不吃，只要求让她去见约西卡。正

---

①即俄罗斯正教会。

好在最后审判日那天,她晚上睡着了,再也没有醒来。她躺着,皮肤是那样白净,神色是那么幸福,也许是感谢上帝把她从这个肮脏的世界接了回去。为什么要这样惩罚她,让她爱上那个约西卡?请告诉我,这是为什么?!难道世界上就没有别的人了吗?约西卡马上就被苏哈连科放了,但是他的精神已经彻底崩溃了,从那天起他就开始喝酒,挨家挨户讨饭。"

"我要是像他这样,宁可去死,"理发师说。"在脑门子上来他一枪。"

"嘿,您可真是个勇士!"玛尼雅大声嚷道。"要是真碰上这样的事,您见了死神准会躲得远远的。您压根儿就不懂,爱情会怎样把女人的心烧成灰。"

"女人的心也好,男人的心也好,"理发师回答道,然后肩膀一耸,"还不是一样!"

我离开理发店,回到了客店。约西卡也好,尼基福尔也好,都不在那儿了。库舍尔穿着一件破坎肩坐在窗边喝茶。一只只大头苍蝇嗡嗡叫着,在房间里飞来飞去。

小火轮来到时已是傍晚。它在切尔诺贝利镇一直停到夜里。我的座位是客舱里的一个褪色漆布沙发。

夜里又起了雾。小火轮船头靠岸停着,一直停到上午九或十点钟夜雾消散。我在船上没有找到尼基福尔。也许他和约西卡一起喝酒去了。

我之所以把这件事讲得这样详细,是因为我回到基辅之后,就把我那些写有早期诗歌习作的练习本烧掉了。目睹那些矫揉造作的诗句化为灰烬,目睹"泡沫般的水晶"、"蓝宝石般的苍穹",以及一个个小酒吧和一段段西班牙吉卜赛女郎的舞蹈一去不复返,我丝毫也不感到惋惜。

我茅塞顿开。原来与爱情相伴的并非"即将枯萎的百合的苦恼",而是一块块牲口粪。它被扔到美丽的、恋爱中的女人的背上。

我这样想着,脑子里就出现了这样一句话:"可怕的世纪,可怕的人心",决定创作我的第一篇短篇小说,即我自己所谓的描写赫莉斯嘉遭遇的"真正的短篇小说"。

在很长一段时间里,我绞尽脑汁,搜索枯肠,但我不明白的是,尽管小说写的是一个悲剧故事，为何在我的笔下却显得苍白无力。后来我悟出来了。首先因为小说是用别人的话写成，其次因为我只热衷于赫莉斯嘉的爱情，而把镇上的残忍的风俗撇在一边。

我把小说重写了一遍。我自己感到奇怪的是，那些矫揉造作、华而不实的词句怎么也"搁不进去"。它要求真实和纯朴。

当我把自己的第一篇短篇小说带到过去我曾发表诗作的那个杂志的编辑部时，编辑对我说：

"您白费力气了，年轻人，这篇小说无法刊登。光是那个警察局长就会让我们吃尽苦头。不过总的来说，小说写得很好，给我们带点别的什么东西来吧，而且请您一定要署笔名。您还是个中学生，这件事会让您受到开除的。"

我收回小说，把它藏了起来。第二年春天我才把它取了出来。重读之后我又明白了一个道理：在小说中觉察不到作者的气息——既没有作者的愤怒，作者的思想，也没有作者对赫莉斯嘉爱情的崇敬。

于是我又把小说修改了一遍，然后把它带给编辑——不是为了刊登，而是征求意见。

编辑当着我的面把它读了一遍，然后起身拍了拍我的肩膀，只说了三个字："祝贺您！"

于是我第一次确信，对一个作家来说，其主要任务是在任何一篇作品中，甚至在一篇这样简短的短篇小说中，最彻底、最充分地表现自我，从而表现自己的时代和自己的人民。在这种表现自我的过程中，任何东西都不应当成为作家的障碍，无论是在读者面前的虚伪的羞愧，无论是担心重复别的作家已经说过的话（当然是用另外的方式），无论是对批评家和编辑的顾虑。

在进行创作时应该忘掉一切，就像是为自己创作，或是为世上最亲近的人创作一样。

应该赋予自己的内心世界以自由，给它打开所有的闸门，这样你会突然惊奇地发现，你的意识里蕴藏的思想、感情和诗的力量大大超过了你的预料。

随着自己的进程,创作过程将会逐渐获得新的品质,逐渐变得复杂和丰富。

这与自然界的春天颇为相似。太阳的热量是不变的,但它却能使冰雪融化,使空气、土壤和树木变暖。大地上充满了喧闹声、汨汨声,还有水滴和雪水的嬉戏,可说是春光无限。不过我要重复一遍,太阳的热量并无变化。

创作也是如此。意识在本质上是不变的,但在创作时它却能唤起新的思想、形象、感情和语言的旋风、急流和瀑布。因此,人有时对自己所写的东西也未免感到诧异。

只有能给人们讲述新鲜的、有意义的、有趣的东西的人,只有能见别人之所未见的人,才能成为作家。

至于谈到我本人,那么我很快就明白了,我所能讲述的东西实在少得可怜。我还明白了,如果不补充营养,创作的激情就如同它的产生一样容易熄灭。我的生活经验的储备太贫乏、太狭隘了。

当时我的书本知识多于生活经验,而不是生活经验多于书本知识。必须用生活经验极大地充实自己。

明白了这一点以后,我彻底放弃了写作(有十年之久),并且像高尔基所说的"到人间去了",开始在俄罗斯漫游,不断更换职业,同形形色色的人打交道。

然而这并非人造的生活。我并非职业观察者或素材搜集者。

不! 我纯粹是过日子,并不力图记录点什么或记住点什么,以供将来写书之用。

我生活过、工作过、恋爱过、痛苦过、憧憬过、幻想过,但有一点是明确的——或迟或早,到成年之时,也许甚至到垂暮之年,我会开始写作,这绝不是因为我给自己下达了这样一项任务,而是因为这是我的生命提出的要求。还有一个原因,那就是对我来说,文学是世界上最壮丽的现象。

闪　电

构思是怎样产生的呢？

其产生和发展完全雷同的两个构思几乎是不存在的。显然，要寻找"构思是怎样产生的"这一问题的答案，不能泛泛而谈，而要对每篇短篇小说、长篇小说或中篇小说进行具体分析。

为了促使构思出现需要做些什么，或者用比较枯燥的话来说，构思的产生应当以什么为前提，对这一问题作出回答是比较容易的。构思的出现永远是由作家的内心状态决定的。

要说明构思的产生，也许借助比喻是最佳的方法。有时，比喻能使最复杂的事情变得极其明确。

有一次，有人问天文学家金斯[①]，我们地球的年龄有多大。

金斯回答道："您可以设想一座大山，比方高加索的厄尔布鲁士山。您再设想一只小麻雀，它独自在山上无忧无虑地跳来跳去，啄来啄去。于是，这只麻雀把厄尔布鲁士山啄得精光大约需要多长时间，地球就存在了多长时间。"

而让人了解构思的产生的比喻，则要简单得多。

构思——这是闪电。在大地的上空，电日复一日地积聚着。一俟大气中的电达到饱和，一朵朵洁白的积云就会变成阴森森的雷雨云，并且从雷雨云稠密的电场中迸出第一道火花——闪电。

几乎紧接闪电之后，瓢泼大雨便会席卷大地。

---

①詹姆斯·霍普伍特·金斯(1877—1946)，英国天体物理学家、天文学家。曾提出瑞利-金斯辐射定律(1905，与瑞利分别提出)，天体演化假说(金斯假说)。

如同闪电一样,构思产生于饱和着思想、感情和记忆痕迹的意识中。这一切是渐渐地、缓慢地积聚的,它们暂时还没有达到必然导致放电的电压比。这时,这整个被压缩的、还稍有点杂乱的世界正在孕育着闪电——构思。

如同闪电之产生一样,构思之产生也常常需要一个小小的推力。

谁知道呢,这种推力是不是一次邂逅相逢,是不是藏于心底的一句话,是不是一场梦,是不是一个远方的声音,是不是照在水滴上的一缕阳光,或是轮船的一声汽笛?

我们周围世界和我们自身存在的一切都可能成为推力。

列夫·托尔斯泰看见了一棵断了枝杈的牛蒡花——于是亮起了一道闪电:关于哈吉·穆拉特①的那部惊人的中篇小说的构思便产生了。

然而,假如托尔斯泰没有去过高加索,对哈吉·穆拉特其人一无所知,也未曾听说过此人,那么牛蒡花就自然不会引起他的这一构思。托尔斯泰内心里已经孕育过这个题材,唯其如此,牛蒡花才使他产生了必要的联想。

如果闪电就是构思,那么暴雨就是构思的体现。这是形象和语言的一道道井然有序的激流。这就是书。

不过,与光耀夺目的闪电不同的是,最初的构思往往是不甚分明的。

"那时,透过水晶球的魔法,/我还不能够很明白地看清/一部自由体的小说的远景。"②

构思只能逐渐成熟,占有作家的头脑和心灵,逐渐深刻化和复杂化。但构思的这种所谓"孕育"的过程与那些天真的人们所想象的情景却截然不同。它并不是表现为作家双手抱头静坐苦思,或是像个怪人似的嘴里嘟嘟囔囔,独自踱来踱去。

完全不是!构思的晶化和浓缩是每时每日,随时随地,在我们的"瞬息即

①哈吉·穆拉特(18世纪90年代末—1852),阿瓦尔汗国的统治者之一,曾参与高加索山民反对俄国统治者的斗争。1851年归附俄国,后企图逃离,被俄军击毙。

②见普希金:《叶甫盖尼·奥涅金》,智量译,人民文学出版社,1985年,第323页。

逝的生命"的每个偶然事件中,每种劳动中,每种欢乐和痛苦中,不停顿地进行着。

为了让构思成熟,作家任何时候都不能脱离生活,一头栽进"自我"之中。恰恰相反,只有经常接触现实,构思才能展苞怒放,灌满大地的汁液。

关于作家的创作,通常存在着很多偏见和成见。其中有些庸俗不堪,叫人无可奈何。

最被庸俗化的是灵感。

灵感几乎总是被一些外行想象成诗人怀着莫名的喜悦而圆圆地瞪着、并且死死地盯着天空的一双眼睛,或是被牙齿紧紧咬住的一支鹅毛笔。

很多人显然还记得《诗人与沙皇》这部影片。在影片中普希金是坐着的,他憧憬地举目望了一下天空,随即痉挛地抓起笔就写,停了一会儿,又举目仰视,嘴里咬着鹅毛笔,然后又急匆匆地写了起来。

我们见过多少作品所描绘的普希金形象啊,他简直像个兴奋不已的躁狂症患者!

在一次美术展览会上,我在一座普希金塑像旁边听到过一段有趣的对话。这个普希金身材矮小,头发像电烫过似的鬈曲着,眼睛里闪着"灵感"之光。一个小姑娘双眉紧锁,久久地望着这个普希金,然后问她的母亲:

"妈妈,他在幻想还是怎么的?"

"是的,孩子,普希金伯伯在幻想呢。"母亲温柔地回答道。

普希金伯伯"陷入了梦幻之中"!但正是这个普希金对自己是这样评价的:"我将长久地受到人们喜爱,/因为我用诗歌唤醒善良的感情,/在我这残酷的时代,我曾歌颂自由,/并且为牺牲者呼吁过宽容。"[1]

然而,如果在一位作曲家身上,"神圣的"灵感"突然光临"(必然是"神圣的",也必然是"突然光临"),那他就会抬起双眼,从容不迫地为此刻无疑正

---

[1]语出普希金的《纪念碑》(1836)一诗。

在他内心里响起的美妙旋律打着拍子——那副神态简直跟莫斯科那座故作多情的柴可夫斯基纪念碑惟妙惟肖。

不！灵感是人的一种严肃的工作状态。精神的昂扬不能用演戏时那种做作的姿态和高昂的语调来表现。众所周知的"创作的艰苦"也是如此。

关于灵感，普希金曾作过一个准确而朴实的论断："灵感是一种敏捷地感受印象，因而迅速地理解概念的心灵状态，这有助于阐述这些概念。"他补充说："批评家们把灵感与狂喜混为一谈。"[1]就像读者有时把真实和逼真混为一谈一样。

这还不是最糟糕的。而当某些画家和雕塑家把灵感和"牛犊撒欢儿似的狂喜"混为一谈时，这看上去就是对作家艰苦劳动的极端无知和大不敬。

柴可夫斯基断言，灵感是一个人像犍牛一样拼命干活时的一种状态，而绝不是时不时卖俏地挥一挥手。

请原谅我离开了正题，但我在上面所谈的一切决非小事。从这里可以看出，世上还有的是凡庸之辈。

每个人一生中都至少有过几次体验灵感的状态，这就是精神昂扬，生气勃勃，敏捷地感受现实，浮想联翩，并能意识到自己的创造力。

是的，灵感是一种严肃的工作状态，但它有自己的诗的色彩，即我所谓的诗的潜台词。

灵感附体时，有如夏日明亮的早晨，它刚刚驱散静夜的迷雾，到处洒满露珠，灌木丛的叶子湿漉漉的。它小心翼翼地把对身体有益的凉气拂向我们的面庞。

灵感有如初恋，这时心儿因预感到将与恋人进行美妙的约会，见到那双美丽无比的眸子和微笑，对她作欲说还休的表白而猛烈地跳动着。

这时我们的内心世界就像一件音律调得很准的神奇的乐器，对生活中

---

[1] 见普希金论《摩涅莫绪涅》丛刊所载丘赫尔别凯的几篇文章的札记。普希金的札记中不是"批评家们"，而是"批评家"，即那几篇文章的作者丘赫尔别凯。——原注

的一切,甚至对最隐秘、最细微的声音都能产生共鸣。

关于灵感,作家们和诗人们有很多精辟的表述。"然而,一俟神的语言/传到他那敏锐的耳中"(普希金),"这时我心中的不安才会平息"(莱蒙托夫),"声音越来越近,/于是顺从着这一哀音,/心灵渐渐变得年轻"(勃洛克)。费特关于灵感的描述是非常准确的:

> 轻轻地一推就能使灵便的帆船离开
>
> 被潮水磨得又细又平的沙滩,
>
> 一个波浪能激起另一种不同的的生活
>
> 感觉到凉风习习,来自鲜花盛开的海岸。
>
> 一个声音就能打断困人的噩梦,
>
> 忽然领略到不知所以然的亲切的感情,
>
> 给生命以气息,使隐痛变成甜蜜,
>
> 陌生的事物一下子会变得亲近。①

屠格涅夫曾把灵感比作"神的光临"②,比作人的思想和感情的闪耀。他曾惶恐地谈到作家开始把这种闪耀化为语言时所经受的空前的烦恼。

托尔斯泰关于灵感的论断也许是最朴实的:"灵感是那些能够做到的事的突然显现。灵感越明显,就越要耐心细微地工作,使灵感得以实现。"

然而,不管我们给灵感下的定义如何,我们却知道它是有良好作用的,它不应当不给人留下赠品就徒然地消失。

---

①见《费特诗选》,张草纫译,上海译文出版社,1997年,第181页。

②见 H.奥斯特罗夫斯卡娅著《回忆屠格涅夫》。

主人公的反抗

在旧时代，人们在搬家的时候，常常雇用本地监狱的囚犯搬运物品。

我们这些孩子总是怀着强烈的好奇心和同情心等着这些囚犯出来。

押送囚犯的狱吏蓄着小胡子，腰里别着大号"斗犬"牌左轮手枪。我们聚精会神地望着那些身穿灰色囚衣、头戴灰色圆形囚帽的人。在打量那些腰间用小皮带系着做工讲究、叮当作响的脚镣的囚犯时，我们不知为什么总是怀着一种特殊的敬意。

这一切都显得非常神秘。但最令人感到奇怪的是，几乎所有的囚犯看上去都是些普普通通、疲惫不堪的人，而且心地都是那样善良，怎么也不会相信他们是歹徒和罪犯。恰恰相反，他们不仅谦恭有礼，而且简直是温文尔雅。在搬运大件家具时，最怕撞着什么人或撞坏什么东西。

我们这些孩子经过跟大人一番商议，想出了一条妙计。妈妈把狱吏们带到厨房里去喝茶，而我们这时候便连忙往囚犯们的衣袋里塞面包、香肠、白糖、烟草，有时还塞钱。这些东西都是父母给我们的。

我们认为，这是一件冒险的事，因此当囚犯们一面朝厨房那边眨着眼睛，一面低声地向我们道谢，并且把我们那些小礼物藏到贴身的衣袋里去时，我们真是兴高采烈。

有时囚犯们还悄悄地交给我们一些信件。我们给信贴上邮票，然后一伙人就去往邮箱里投信。投邮之前我们四面张望，看看附近有没有警官或警察。仿佛他们料事如神，知道我们要寄什么信似的。

在那些囚犯中，我记得有一个生着白胡子的人。囚犯们管他叫班长。

搬运物品的事由他安排。有些物品，特别是橱柜和钢琴，常常卡在门里，难以转弯。有时，不管囚犯们如何费尽心机和力气，它们怎么也不肯在预定

的新地方就位,公然进行反抗。遇到这种场合,例如一个橱柜不肯就范,班长就说:

"它想待在哪儿,就把它放在哪儿吧。你们干吗折磨它!我搬东西搬了五年了,它们的脾气我了解。既然它不愿意待在这儿,你整它,它也不会服从。哪怕它被砸坏了,也不会服从。"

我在思考作家的提纲和文学主人公的行为时,想起了老囚犯的这段箴言。家具和主人公们的行为有某种相同的东西。主人公们常常跟作者对着干,而且几乎总是把他打败。不过,这个问题留待以后再谈。

当然,几乎所有的作家都给即将动笔的作品草拟提纲。有的作家拟得详细准确,有的作家则拟得非常马虎,还有一些作家,其提纲只有寥寥数语,而且它们之间似乎毫无联系。

只有那些具有即兴创作才能的作家,在进行创作之前不拟提纲。在俄罗斯作家中,在这方面最有才华的是普希金,而在我们同时代的散文作家中,当首推阿列克谢·尼古拉耶维奇·托尔斯泰。

我认为,天才的作家无需任何提纲也能进行创作。天才的内心世界是如此丰富,任何题材,任何思想,任何事件或任何对象,都会使他浮想联翩。

青年时代的契诃夫对柯罗连科说:"瞧,您的桌子上摆着一个烟灰缸。您要是愿意,我马上以它为题写一篇短篇小说。"

他肯定会把它写出来。

可以设想这样一个情景:有人在街上检到一张皱巴巴的一卢布纸币,就从这张纸币开始撰写自己的长篇小说,开头像是在开玩笑,轻松而随便。然而不久之后,这部长篇小说便既向深度开掘,也向广度扩展,充满了人物、事件、光华、色彩,在想象力的驱动下,开始毫无拘束地、汹涌澎湃地迸发,要求作家不断做出牺牲,要求作家把形象和语言的宝藏都献给它。

于是在从一个偶然事件发端的叙述中,产生了一个个思想,产生了一个个人物的复杂命运,而作家也已无法抑制自己的激情。他会像狄更斯那样伏在自己的手稿上号啕大哭,会像福楼拜那样痛苦呻吟,或者像果戈理那样开怀大笑。

这就恰似在崇山峻岭之中,只要一个非常轻微的声音,只要猎枪发出的一声枪响,便能使积雪像一条明晃晃的带子沿着陡坡滑落,很快变为一条宽阔的雪河飞流直下,几分钟之后,雪的洪流朝山谷冲去,轰隆隆的响声震动山谷,银灿灿的雪尘在整个空中弥漫。

很多作家都曾谈到,那些才华横溢而又具有即兴创作才能的人,也可以轻而易举地进入创作状态。

无怪乎非常了解普希金创作情况的巴拉丁斯基,这样描绘普希金:

> ……年轻的普希金,这个杰出的浪荡公子,
>
> 大笔一挥,一切便具有了生命……①

我曾经说过,有些提纲让人觉得是词句的堆砌。

下面举个小小的例子。我有一篇题为《雪》的短篇小说。在动笔之前,我写了整整一页提纲,这篇小说就是从这个提纲里诞生的。那么提纲的内容是什么呢?

> 一本被人遗忘的关于北方的书。北方的基本颜色——箔的颜色。河上的蒸汽。妇女们在冰窟窿里洗衣服。烟。亚历山德拉·伊万诺芙娜家的门铃上的字:"我挂在门旁,请拉得愉快些!""门铃是瓦尔代②的礼品,在拱门下发出悲戚的声音。"它们的名字就叫"瓦尔代的礼品"。战争。塔尼娅。她在哪儿,在哪个偏僻的小镇?孑然一身。云层里面的昏暗的月亮,——可怕的远方。生活被压缩在一个不大

①叶甫盖尼·阿勃拉莫维奇·巴拉丁斯基(1800—1844),俄国诗人。普希金的朋友。重要作品有叙事诗《埃达》等。这两行诗引自《伊·费·波格丹诺维奇》一诗。
②瓦尔代,俄罗斯城市。

的光圈里。这光是灯光。墙里面有什么东西响了一整夜。树枝刮在玻璃窗上。在最寂静的冬夜，我们极少出门。这应当试验……孤独和等待。一只心怀不满的老猫。任什么也不能使它感到满意。一切似乎都是可见的——甚至三角钢琴上的几支螺旋状的蜡烛（橄榄色的），不过暂时没有更多的东西。她想物色一套有三角钢琴的房子（女歌唱家）。疏散。讲述等待的故事。别人的家。旧式房子，自有它舒适之处，几盆橡皮树，"斯塔姆博里"牌或"梅沙克苏迪"牌这些老牌烟草的气味。住过一个老头，去世了。胡桃木写字台，绿呢桌布上黄斑点点。小女孩。灰姑娘。保姆。暂时没有别人。俗话说得好，千里烟缘一线牵。只能写一篇关于等待的短篇小说。等待什么？等待谁？她本人也不知道。这使她肝肠寸断。人们在成千上百条道路的十字路口邂逅，但并不知道他们过去的全部生活都是为这次邂逅做准备。概率论。适用于人心。对于傻瓜们来说，一切都很简单。国家陷在雪中。一个人必然要出现。不知什么人老是给一个死者寄信。桌上的信摆了一大摞。这就是问题的关键。什么信？信中写的是什么？海员。儿子。对他到来的恐惧。等待。她的心善良到极点。信件变成了现实。又是螺旋状的蜡烛。质量不同。乐谱。一条绣着几片橡树叶的毛巾。三角钢琴。桦树劈柴的烟。调音师——所有的捷克人都是优秀的音乐家。头巾包到眼睛上边。一切都明白了！

这就是那个可以非常勉强地称之为这篇短篇小说的提纲的东西。如果读一读这个提纲，即使不知道那篇小说，也会明白：它虽然进展缓慢，而且不甚清晰，但却是对主题和情节的执著的探索。

那么，那些经过深思熟虑和仔细校订的非常准确的创作提纲的情况又怎样呢？说句实在话，它们大多是短命的。

一旦业已动笔的作品出现人物，一旦这些人物按照作者的旨意变得生气勃勃，他们马上便会开始对提纲进行反抗，与提纲对着干。作品开始按其内在逻辑发展,而逻辑的推力自然是作家给的。主人公们的行动与他们的性格是相适应的,尽管这些性格的创造者就是作家。

如果作家迫使主人公们不按产生于内部的逻辑行动,如果作家硬要使他们回到提纲的框架中去,那么主人公们便会开始变得死气沉沉,变成活的公式,变成机器人。

这种观点,列夫·托尔斯泰曾经表述得非常简单。

在雅斯纳雅·波良纳①的访问者中,有人责备托尔斯泰,说他让安娜·卡列尼娜投身于火车之下,对她太残酷了。

托尔斯泰莞尔一笑,回答道:

"这个意见让我想起了普希金的一件事。有一次,他对自己的一位朋友说:'你看,达吉雅娜②跟我开了个什么样的玩笑。她嫁人了。她这样做完全出乎我的意料。'关于安娜·卡列尼娜,我可以说的是同样的意思。总之,我的男女主人公们有时开一些非我所愿的玩笑!他们往往做那些在现实生活中应该做和常常做的事,而不是我希望做的事。"③

所有的作家都非常了解主人公们的这种不可塑性。阿列克谢·尼古拉耶维奇·托尔斯泰说,"当我处于创作高潮的时候,我不知道主人公在五分钟之后会说什么。我惊奇地追随着他们的足迹。"

有时,次要的主人公排挤他人,自己成了主要的主人公,扭转了作品的整个进程,领着作品向前走。

只有在作家进行创作时,作品才开始真正地、充满活力地占据作家的意识。……因此,提纲遭到破坏和颠覆,一点都不特殊,一点都不可悲。

恰恰相反,这是一件自然而然的事,它仅仅证明,真实的生活喷涌而出,

---

①列夫·托尔斯泰的庄园。他在这里住了约六十年。长篇小说《战争与和平》《安娜·卡列尼娜》,以及许多中、短篇小说,都是在这里写的。

②普希金的诗体长篇小说《叶甫盖尼·奥涅金》中的女主人公。

③见 H.鲁萨诺夫的《雅斯纳雅·波良纳之行》,载 H.阿波斯托洛夫编的《永生的托尔斯泰》一书。——原注

占领了作家的提纲,然后清除障碍,以其生气勃勃的攻势,摧毁最初的创作提纲的框架。

这绝不是对提纲的贬损, 也不是要把作家的作用仅仅归结为按照生活的提示记录一切。要知道,作品中形象的生命是由作家的意识、记忆、想象力及其整个内心体系决定的。

一部中篇小说的创作始末

"火星"

我试图回忆一下,我的中篇小说《卡拉–布加兹海湾》的构思产生的过程。这一切是怎样发生的呢?

在我的童年时代,一个头戴沾满尘土的帽子、帽缘下溜的老头儿,每天晚上都来到基辅第聂伯河畔的弗拉基米尔岗。他带着一个油漆剥落的天文望远镜,把它安在三根弯曲的铁支架上,每次都要安老半天。

这个老头儿被称为"星占家",而且被当作意大利人,因为他有意把俄语弄得怪腔怪调的,就像外国人讲话一样。

老头儿安好天文望远镜后,便用单调的、背书似的声音叫道:

"亲爱的先生们和女士们! 晚上好! 你们只要花五个戈比,就可以从地球飞往月球和各个星球。我特别建议你们看看火星这颗不祥之星,它的颜色跟人血一样。谁要是降生之时火星附体,那他一上战场,就会被火枪手一枪打死。"

有一次,我和父亲去了弗拉基米尔岗,用天文望远镜观看火星。

我看见了一个黑漆漆的深渊和一个浅红色的球,它没有任何支架,无畏地悬在这个深渊当中。当我观看这个球时,它开始悄悄地朝天文望远镜的边上移动,藏到它的铜圈外面去了。"星占家"轻轻地转动了一下天文望远镜,让火星回到了原位。但它又朝铜圈那边动了起来。

"喂,怎么样?"父亲问道。"你看见了什么吗? "

"是的,"我回答道。"我连运河都看见啦。"

我知道火星上住得有人——火星人,还知道他们不知什么缘故在自己的星球上挖了很多大运河。

"哼,未必是这样!"父亲说。"别瞎说啦!任何运河你都看不到。看到过这些运河的只有一个人,他是意大利天文学家斯基帕雷利①,而且他用的是大天文望远镜。"

同胞斯基帕雷利的名字没有对"星占家"造成任何影响。

"在火星的左边,我还看见了一颗什么行星,"我信心不足地说。"但它不知什么原因在天上四处乱跑。"

"哼,这哪是什么行星!""星占家"善意地大声说道。"那是一只虫子飞到你的眼睛里去了。"

他死死地抓住我的下巴,灵巧地从我的一只眼睛里弄出一粒尘土。

火星的景象使我感到又冷又怕。一离开天文望远镜,我便顿觉轻松,就连基辅街上的暗淡的灯光,出租四轮马车辚辚的声音,以及混合着尘土味的凋谢中的栗子花味,都使我感到又舒适,又安全。

不,当时我压根儿就不想离开地球,飞往月球或火星!

"为什么它是红色的呢?"我问父亲。

父亲告诉我,火星是一颗死亡中的行星,以前它也像我们的地球一样美丽——有大海,有高山,还有茂盛的草木,但大海和河流渐渐干涸了,草木枯死了,高山彻底风化了,于是火星就变成了一片大沙漠。也许火星上的山都是由红岩构成,因此火星上的沙子也是浅红色。

"那就是说,火星是一个由沙子构成的星球啰?"

"是的,好像是这样的,"父亲同意说。"火星上过去发生的事情,我们的地球将来也可能发生。它会变成沙漠。不过这将是亿万年之后的事。因此你不必害怕。而且在那之前,人总会想出一个法子,阻止这种荒唐的事发生。"

我口里回答说,我压根儿就不害怕,而实际上,我心里又害怕,又为我们

---

①乔万尼·斯基帕雷利(1853—1910),意大利天文学家。彼得堡科学院国外通讯院士(1874)和国外名誉院士(1904)。1877年发现火星上有被他称之为"运河"的细线网状物。

的地球感到难过。而且我在家里又从哥哥那儿得知,就是现在,沙漠几乎已经占了地球总面积的一半了。

从那时起,对沙漠的恐惧(虽然我还没见过沙漠)就成了我心中挥之不去的念头。尽管我在《环球》杂志上也读了一些关于撒哈拉沙漠、西蒙风①和"沙漠之舟"——骆驼的引人入胜的短篇小说,但它们并未使我着迷。

不久以后,我被迫第一次领略到了沙漠的滋味。这进一步加深了我对沙漠的恐惧。

夏天,我们全家人到住在乡下的祖父马克西姆·格利戈里耶维奇那儿去避暑。

那个夏天雨水很多,气候温和。草长得很茂盛,篱笆旁边的荨麻长得有人那么高。田里的庄稼正在抽穗。从菜园里飘出多汁的莳萝的阵阵香味。一切都预示着有个好收成。

然而有一次,我和祖父坐在河边钓鲥鱼,突然他慌忙地站起身来,用手掌做了个遮阳,久久地望着河对岸的田野,然后懊恼地啐了口唾沫,说道:"刮过来了,这个杀人魔王!真恨不得让它永远消失!"

我朝祖父看的方向望了一眼,只见到一道模模糊糊、又长又大的波浪形东西,别的什么也没看见。这个波浪形的东西迅速逼近,我以为是大雷雨要来了,但祖父却说:"那是干旱风!万恶的地狱之火!是从布哈拉,从沙漠里刮来的!所有的东西都会被烧毁!真是大祸临头呀,科斯契克。连气都喘不过来啦。"

那道凶险的巨浪沿着地面笔直朝我们涌来。祖父连忙收起他那根老长老长的榛木鱼竿,对我说:"快往家里跑,要不眼睛会被尘土封住,我随后就来,快跑吧!"

我朝家里跑去,但干旱风在半路追上了我。旋风发出呼呼的声音,疾驰而来,卷起满天沙尘,把一片片禽类的羽毛和一块块木片也刮到了空中。四

---

①指北非和阿拉伯半岛沙漠区的干热风,常伴随着沙尘暴。

周一片混沌。太阳突然变得毛茸茸的,变得像火星一样血红。一棵棵爆竹柳左右摇晃,发出尖厉的哨声。从后面吹来的热气滚烫滚烫的,就像衬衣后背起了火似的。沙子在齿间喀嚓作响,把眼睛也遮住了。

费奥多西娅·马克西莫芙娜姑妈站在家里的门槛上,双手捧着一个用绣花手巾包着的圣像。

"上帝啊,救救我们吧,宽恕我们吧!"她惊慌地嘟囔道。"圣洁的圣母啊,别让它刮到这儿来吧!"

干旱风旋转着向祖父的房子袭来。关得不严的窗玻璃发出叮叮当当的响声。屋檐上的干草被掀了起来。一大群麻雀像一发发黑色的子弹从屋檐下飞奔而出。

当时父亲没有和我们一起来——他留在基辅。妈妈吓得脸色都变了。

我记得,最难受的事是温度越来越高。我以为,过一两个小时,屋顶上的干草就会起火,接着我们的头发、衣服也会烧起来。因此我禁不住哭了起来。

傍晚时分,稠密的爆竹柳的叶子都蔫了,就像一块块灰色的破布吊在那儿。在各家的篱笆旁边,都有几堆被风吹拢来的细如面粉的黑色沙尘。

拂晓的时候,树叶变黄了,干枯了。摘下的树叶用手一搓便成了粉末。风越刮越大,开始把那些枯死的、脏兮兮的树叶吹落下来,很多树变得光秃秃、黑黢黢的,就像深秋的景色一样。

祖父到野外转了一趟,回来时一副茫然失措和非常可怜的样子。他老半天都解不开麻布衬衣领子上的红结,两只手不停地抖着。他说道:"要是夜里风儿不停,那所有的庄稼就会烧个精光。果园也是这样,菜园也是这样。"

然而风还是刮个不停。整整刮了两个星期,虽然有所减弱,但后来风势又加大了。眼看着大地变得灰不溜秋,一片荒凉。

各家各户的女人都连哭带嚎,男人们无精打采地坐在墙脚边的土阶上,这里可以躲风,他们用粗棍子在地上剔来剔去,偶尔说道:"简直就是石头,哪里是地呀!这一下让死神拽住了袍子,叫人连躲的地方都没有啦。"

父亲从基辅来了,把我们带回城里。当我向他详细询问关于干旱风的事时,他不乐意地回答说:"收成完蛋了。沙漠正在向乌克兰逼近。"

"那能不能想想办法呢?"我问。

"毫无办法。你又不能用石头修一道两千俄里长的高墙。"

"为什么?"我问道。"中国人就修了一道万里长城呀。"

"那是中国人,"父亲回答道。"他们都是手艺高超的工匠,而且这是哪个年代的事啊。"

童年时代的这些印象,似乎随着岁月的流逝逐渐淡忘了。不过它们当然还继续存在于我的记忆深处,而且偶尔还会浮上心头。只要一出现干旱,它们往往就会引起我的无名的焦虑。

当我成年之后,我爱上了俄罗斯中部。究其原因,可能是由于那里的自然界空气清新,有许多清澈、凉爽的江河,潮湿、稠密的树林,阴沉的天气和霏霏的细雨。

因此当干旱侵入俄罗斯中部,像一把烧红的尖刀刺入它的躯体的时候,我的焦虑就被对沙漠的无力的愤怒所取代。

利夫内的大雷雨

多年以后,沙漠又让我想起了它。

1931年,我去奥廖尔州的利夫内市避暑。当时我的第一部长篇小说早已脱稿,正准备付印。因此我一心只想找一个没有熟人的小城市,在那里可以专心致志地进行创作,而不受任何人事的干扰。

以前我从未到过利夫内。我很喜欢这个小城的整洁,喜欢处处盛开的向日葵,用整块整块石板铺成的马路,以及那条名叫"贝斯特拉娅索斯纳"的河,这条河在黄澄澄的泥盆纪①石灰岩深处冲出了一个峡谷。

我在郊区一幢破旧的木板房里租了一个房间。这幢房子盖在河边的悬

---

①古生界第四个系,相应于地质历史的古生代的第四个纪,始于四亿一千万年前,延续约六千万年。

崖上。房子后面伸展着一个半荒芜了的花园，园子里像河岸上一样杂草丛生。

房东上了年纪，生性胆怯(他在车站报亭里卖报)，他的妻子是个性格忧郁、身体瘦弱的女人，还有两个女儿：大的叫安菲莎，小的叫波琳娜。

波琳娜是个身体虚弱、皮肤洁白的姑娘，她在跟我谈话时，总感到很难为情，把一条金黄色的辫子反反复复地解了又编，编了又解。她年方十七。

安菲莎是个十九岁光景的姑娘，身材匀称，脸色苍白，长着一对森严的灰眼睛和一副声音很低的嗓子。她老是穿着一身黑衣服，俨然是一个见习修女。她在家里几乎不做任何事情，只是几小时几小时地躺在花园干枯的草地上看书。

在房东家的阁楼上乱堆着许多被耗子咬坏了的书籍，大部分是索伊金①版的外国古典作家的文集。我也从阁楼上拿过这些书。

有几次，我从花园里向下俯视，发现"贝斯特拉娅索斯纳"河岸上有安菲莎的身影。她坐在陡峭的悬崖下一丛山楂旁边，在她身旁则坐着一个消瘦的十六岁光景的少年，他一头浅黄色头发，神态非常斯文，长着一双目光专注的大眼睛。

安菲莎经常偷偷地带东西到岸边给他吃。男孩子吃的时候，安菲莎总是温存地望着他，有时还在他的头发上一阵抚摸。

有一次，我看见她突然用双手把脸蒙住，失声痛哭起来，哭得身子不停地抖动。男孩子停止进食，吃惊地望着她。我悄悄地走开了，好久好久都力图不去想安菲莎和那个男孩子。

而我曾经天真地以为，在宁静的利夫内，任何人都不会把我从我正在创作的长篇小说的人物和事件的范围中拽出去呢！可是生活却立即把我的天真的幻想彻底打破了。不用说，在我没弄清楚安菲莎的情况之前，压根儿就

---

①彼得·彼得罗维奇·索伊金（1862—1938），俄国出版家。1885 年在彼得堡创办出版社，1938 年停办。

谈不上专心致志、安安静静地进行创作。

当我还没见到她和那个男孩子在一起的时候，每次看到她那痛苦不堪的目光，我就猜想在她的生活中一定有一个什么伤心的秘密。

事实果然如此。

几天以后，我在半夜里被轰隆隆的雷声惊醒了。利夫内经常有大雷雨。居民们把原因归结为利夫内矗立在铁矿床上面，似乎是这个矿把大雷雨"吸来了"。

夜在窗外忙乱着，时而被急速的白光冲破，时而又缩成一片混沌。从隔壁传来吵吵嚷嚷的声音，后来我听到安菲莎愤怒地吼道：

"这是谁的主意？是哪部法律规定我不能爱他？你们把这部法律给我看看！既然给了我生命，你们就不能把它夺走。他一天比一天虚弱，就像一支小蜡烛。就像一支小蜡烛！"她大声吼道，喘得上气不接下气。

"孩子他妈，你别说了！"房东信心不足地对妻子吼道。"让这个傻瓜蛋随心所欲地活着吧。你是管不住她的。至于说到钱，安菲莎，反正我是不会给你的。"

"我才不要你们的臭钱呢！"安菲莎吼道。"我自个儿去挣，我要把他带到克里米亚去。也许他在那儿能够多活一两年。反正我要离开你们。你们的脸都会丢尽。这一点你们可要弄清楚！"

我开始琢磨发生了什么事。门外走廊上有人也在哭哭啼啼和擤鼻涕。

我打开门，借着一道突如其来的闪电的亮光，我看见了波琳娜。

我轻轻地叫了她一声。突然一个霹雳炸开天空，仿佛一击就把这座破房子连屋顶一起砸进了地里。波琳娜惊慌地抓住我一只手。

"上帝啊！"她喃喃地说。"这件事会是个什么结果呢？而且还是这样的大雷雨天气。"

她悄悄地告诉我，安菲莎一个心眼地爱上了科利亚。他是寡妇卡尔波芙娜的儿子。卡尔波芙娜挨家挨户去给人洗衣服。这个女人性情温和，不爱说话。而科利亚却有病，他得了肺结核。安菲莎脾气暴躁，性烈如火，不服任何人管。要么让她按自己的心愿去做,要么让她自杀。

隔壁屋里的声音突然静寂了。波琳娜跑回了自己的房间。我躺下后凝神细听了很久,一直无法合眼。房东屋里静悄悄的。于是我打起盹儿来了。在睡意蒙眬中,我听到了一阵阵懒洋洋的雷声和汪汪的狗叫声。后来我就进入了梦乡。

我入睡的时间大概不长,突然被一阵猛烈的敲门声吵醒了。敲门的是房东。

"我们家不得了啦,"他在门外无精打采地说。"打扰您了,请别见怪。"

"到底出了什么事?"

"安菲莎跑啦。事情就是这样。我马上去斯洛博特卡,去卡尔波芙娜家里。她也许上那儿去了。请您照看一下我的家人。妻子昏死过去了。"

我连忙穿上衣服,给女主人带了缬草酊。波琳娜叫了我一声,我跟她一起走到外面的门廊上。我虽然无法解释原因,但我知道不幸的事马上就会降临。

"我们去河边看看吧。"波琳娜小声说。

"你们家里有手电筒吗?"

"有。"

"快点拿来。"

波琳娜拿来了一只不很亮的手电筒,于是我们沿着滑溜溜的悬崖向下面的河边走去。

我相信,安菲莎就在这儿附近的什么地方。

"安菲莎——莎——莎!"波琳娜突然绝望地大声喊道,这喊声不知为什么把我吓坏了。"她犯不着喊!"我心里想。"犯不着!"

闪电在河对岸发出阵阵白光,不过亮度已经减弱,变得温和些了。雷声只是隐约可闻。悬崖上的灌木丛里响起了沙沙的雨声。

我们沿着河边向下游走去。手电筒的光非常微弱。后来一道迟来的闪电在我们头顶上一闪,把天空照得通明,借着这道闪电的亮光,我看到前面的岸边上有一个白色的物体。

我走到这个白色的物体跟前，弯腰一看，发现是安菲莎的连衣裙和汗衫，她的一双打湿了的鞋子也在这里乱摆着。

波琳娜大叫一声，就转身朝家里跑去。我跑到渡船跟前，叫醒了摆渡人。我们登上平底小木船，顺流而下，在两岸之间划个不停，两只眼睛死死地盯着河面。

"深更半夜的，只怕找不着，又下这么大的雨！"摆渡人说，然后打了个呵欠——他还睡意未消。"要不是浮起来，你反正找不着。就是说，死神连美人儿也不怜惜呢。事情就是这样，亲爱的。她把衣服也脱了，这就是说，她只求快一点儿死。这姑娘真是！"

第二天早晨，安菲莎在拦河坝附近被发现了。

她躺在棺材里的样子，有一种说不出的美。一对湿润的、沉甸甸的辫子犹如赤金，两片苍白的嘴唇上挂着一丝歉疚的微笑。

有个老太婆对我说："亲爱的，你别看她。不能看。她的这种美呀，无意中会使人心碎呢。"

然而我却无法不看安菲莎。我平生第一次见证了女性那种无限的、比死神还强大的爱情。到那时为止，关于这种爱情我仅仅在书本上读到过和听别人谈到过。当时，我不知为什么认为，这种爱情主要落在了俄罗斯女人的身上。

送葬的人很多。科利亚远远地跟在后面——他怕安菲莎的亲人。我本想走到他跟前去，但他没等我靠近就狂奔起来，拐入一条小胡同，便无影无踪了。

这件事弄得我心乱如麻，连一行字都无法再写了，不得不从郊区搬到市区，说得更准确些，不是市区，而是火车站，住进了铁路医生玛丽娅·德米特里耶芙娜·沙茨卡娅那又矮又暗的房子里。

安菲莎死前不久的一天，我路过城市公园。夏日电影院附近的地上坐着许多男孩子。看来,他们在等待什么,吵吵闹闹,就像一群麻雀。

不一会,从电影院出来一个头发花白的人,他给孩子们一人分一张电影票。孩子们边挤边骂,涌进了厅里。

从脸部来看,那个头发花白的人显得比较年轻,不会超过四十岁。他和蔼地把眼睛微微一眯,朝我看了一眼,向我挥了挥手,便离开了。

我决定从孩子们那里弄弄清楚这个怪人的情况,于是进电影院去看了一部旧片《红小鬼》①,我坐了一个半小时,只听见孩子们不断地吹口哨、跺脚、欢呼、惊叫和呼哧呼哧地喘气。

散场后,我和孩子们一起出来,便问他们,那个头发花白的人为什么给他们买电影票。

一大群孩子立刻吵吵嚷嚷地朝我围了过来。事情多多少少算是弄清楚了。

原来那个头发花白的人是铁路医生玛丽娅·德米特里耶芙娜·沙茨卡娅的兄弟。他是个病人,"脑子出了毛病"。他从苏维埃政府领取一笔数目可观的退休金,但原因却不清楚。每当给他送退休金来的那天,他就召集车站的所有孩子,领他们去看电影,这种事每月一次。

孩子们知道送退休金的确切日期。这一天,他们一清早就在沙茨基家附近逛来逛去,或者坐在站前的小花园里,装出一副来到那里纯属偶然的样子。

这就是我从孩子们那里了解到的所有情况。那些与主旨无关的细节自然不包括在内。例如亚姆斯卡娅镇的孩子们也想在沙茨基身上捞一把,但车站的孩子们对他们进行了毁灭性的反击。

安菲莎死后,我的女房东一直卧病在床,老说心痛。有一天,她家里来了一位医生,这就是玛丽娅·德米特里耶芙娜·沙茨卡娅,于是我就跟她认识

---

①1923年根据П.А.勃利亚欣的同名中篇小说改编的故事片,由И.Н.佩列斯季阿尼执导。
——原注

了。她戴着一副夹鼻眼镜,是个身材高大、性格坚定的女人。她虽然已经上了年纪,但却保持着高等女校学生的风姿。

我从她口里得知,她的弟弟是个地质学家,得了精神病,并且的确因撰写过许多在我国和欧洲都很负盛名的学术著作而领取一份特殊的退休金。

"您不能再住在这儿啦,"玛丽娅·德米特里耶芙娜用一种医生惯有的不容反驳的口吻对我说。"秋天快来了,雨会下个不停,这儿尽是烂泥,无法通行。而且环境也很凄惨,怎么写得出东西! 搬到我家里去吧。我家只有一个老母亲、一个弟弟和我。而车站宿舍有五个房间。弟弟是个性情温和的人,对您不会有妨碍的。"

我表示同意,并且搬到了玛丽娅·德米特里耶芙娜家里。于是我就结识了地质学家瓦西里·德米特里耶维奇·沙茨基,他是我未来的中篇小说《卡拉–布加兹海湾》的主人公之一。

家里的确非常安静,甚至有点儿冷寂。玛丽娅·德米特里耶芙娜整天待在门诊部里或是出诊,老太婆整天坐着摆纸牌卦,而地质学家则很少出房门。他从早晨起便开始一版一版地读报,然后便急急忙忙地写什么东西,几乎一直写到深夜,每天要把一本厚厚的普通练习本写满。

偶尔从僻静的车站那边传来唯一的一辆调车机车的几声汽笛。

沙茨基开始怕见我这个生人,后来习以为常了,便开始跟我交谈。从多次的交谈中,他的病的特点便显露了出来。从早晨起,当沙茨基还不感到疲倦时,他是个完全健康的人和有趣的交谈者。他知识面很宽。但只要稍感疲倦,便开始出现谵妄,这种谵妄源于一种狂想,但这种狂想是按照严格的逻辑展开的。

沙茨基的病史在《卡拉–布加兹海湾》中已有记述。他在中亚细亚进行地质考察时被白军俘虏。每天他都和其他俘虏一起被带去枪毙。但沙茨基很走运,当枪毙每队名列第五的人时,他名列第三,而枪毙每队名列第二的人时,他名列第一。他毫发无损,但却精神失常。他的姐姐费了很大的劲才在克拉斯诺沃茨克找到他,他当时住在一节坏了的铁路货车车厢里。

每天傍晚，沙茨基都要去一趟利夫内邮局，给人民委员会寄一封挂号信。邮政局长根据玛丽娅·德米特里耶芙娜的要求，并不将这些信发往莫斯科，而是交给她，她则将信付之一炬。

我很想知道沙茨基所写的这些报告的内容。不久我就弄清楚了。

有一天晚上，他走进我的房间，当时我正躺在床上看书。我的两只鞋子搁在床边，鞋尖朝外。

"鞋子是永远不能这样搁的，"沙茨基气冲冲地说。"这是很危险的。"

"为什么？"

"您马上就会知道。"

他走出房间，一分钟后给我带来一张纸。

"您读读吧，！"他说。"读完后，就敲敲墙告诉我，我会再来。如果您有什么地方不明白，我给您解释。"

他走了。我读了起来：

致人民委员会。我曾不止一次警告人民委员会，一场预示着我国将要毁灭的严重危机已经临近。

众所周知，地层中蕴藏着强大的物质能（如在煤炭、石油、页岩中）。人类已经学会将这种能释放出来，并对它加以利用。

然而很少有人知道，在这些地层中也凝聚着它们形成的那些时代的精神能。

利夫内市位于欧洲泥盆纪石灰岩最深广的地区。在泥盆纪，朦胧的意识在地球上刚刚萌生，这是一种残暴的、没有丝毫人性特点的意识。当时处于主宰地位的是多板纲①的迟钝的脑子。

这种未发育的精神能浓缩在软体动物菊石中。泥盆纪石灰岩的所有地层中遍布着菊石的化石。

①海洋软体动物，双神经亚门。贝壳由八块石灰质板组成。

每一块菊石都是当时的一个小小的脑子,含有巨大的、凶险的精神能。

在多少个世纪中,幸亏人类没有学会释放地质层中的精神能。我之所以说"幸亏",是因为这种能一旦被从静止状态中释放出来,它就会使整个文明遭到毁灭。被它毒害的人类就会变成凶残的野兽,一任卑鄙、盲目的本能主宰。而这就意味着文化的毁灭。

然而,正如我不止一次向人民委员会所陈述,法西斯分子已经找到了释放泥盆纪精神能和复活菊石的方法。

既然最丰厚的泥盆纪石灰岩就在我们的利夫内下面,那么法西斯分子也就打算在这里把这种能释放出来。如果此事得以实现,全人类的精神的灭亡和随之而来的肉体的灭亡便无法预防。

法西斯分子释放利夫内地区泥盆纪精神能的计划,制订得极其详细。犹如所有最复杂的计划一样,这个计划的弱点也是不难找到的。只要有一个小小的细节被忽略,这个计划就会失败。

因此,一方面必须立即用大部队包围利夫内,另一方面应当严令市民改变习以为常的行为举止(因为法西斯分子的计划正是针对利夫内的习以为常的生活流程制定的),与法西斯分子的期待反其道而行之。现举例加以说明。利夫内的所有公民在睡觉时往往把鞋子置于床前,鞋尖朝外。今后应当让鞋尖朝里。正是这个细节可能受到计划的忽视,因此,这件原本很小的事就会导致计划失败。

应该补充的是,从利夫内泥盆纪地层中自然渗出的(当然是微不足道的)传染性精神病毒导致该市的风俗较之其他规模相同、类型相同的城市要粗野得多。有三个城市位于泥盆纪石灰岩最深厚处,它们是克罗梅、利夫内和叶列茨。无怪乎关于这三个城市有这样一句古谚:"克罗梅——小偷的天堂实在美,利夫内——小偷活得有滋味,叶列茨——小偷个个像公子。"

法西斯政府派往利夫内的密使是当地的一位药剂师。

现在我终于明白，沙茨基为什么要让我的鞋子鞋尖朝里了。与此同时，我不禁感到毛骨悚然。我明白了，沙茨基家的平静是一点也不稳固的，每分钟都可能发生爆炸性事件。

不久以后，我发现这种爆炸性事件并不稀少，但沙茨基的母亲和玛丽娅·德米特里耶芙娜善于掩饰它们，不让外人知道。

第二天晚上，我们大家坐在桌边喝茶，心平气和地谈论着顺势疗法问题，沙茨基却一把抓起牛奶壶，神态自若地把牛奶倒进茶炊的烟筒里。老太太大叫一声。玛丽娅·德米特里耶芙娜严厉地望了沙茨基一眼，问道："你这是玩什么花招？"

沙茨基一边歉疚地微笑着，一边开始解释，这种把牛奶倒进茶炊烟筒的奇招肯定是法西斯分子的计划无法预料的，因此它当然会破坏这个计划，拯救整个人类。

"回自己房里去！"玛丽娅·德米特里耶芙娜依然严厉地说道，她站了起来，生气地把窗户打开，把烧焦的牛奶的烟雾放出去。

沙茨基头一低，老老实实地回自己房里去了。

不过沙茨基在"神志清醒的时刻"却谈笑风生，口若悬河。我这才知道他过去主要是在中亚细亚工作，是卡拉-布加兹海湾的最早的勘查者之一。

他走遍了海湾东岸各地。这在当时几乎是一项有生命危险的工作。他把这些描绘下来，标到地图上，并且在海湾附近干燥的群山中发现了煤矿。

从沙茨基嘴里，我第一次知道了卡拉-布加兹海湾的情况，这是里海的一个恐怖神秘的海湾，海水中的芒硝储量是取之不尽的，沙漠是能够消灭的。

沙茨基对沙漠的恨犹如对活人的恨一样——极其强烈，极其坚决。他把它称为干瘟、狼疮、破坏大地的癌、自然界令人不解的卑劣行径。

"沙漠唯一的长处就是毁灭，"他说。"他就是死神。人类应该清楚这一点。当然，如果人类还没有发疯的话。"

奇怪的是，居然听到一个疯子说出这样的话。

"应该降服它，不让它喘息，应该不停顿地、致命地、无情地对它进行打击。要不倦地打击它,直到它一命呜呼。这样在它的尸体上就会生长出一座雨量充沛的热带乐园。"

他唤醒了在我心中沉睡的对沙漠的仇恨——这是我童年时代那些感受的回声。

"如果人们把耗费在互相残杀上的一半财力和人力,"沙茨基说,"用来根治沙漠,那沙漠早就消失了。各国人民的财产和千千万万的人的生命都被投入战争。还有科学和文化。就连诗歌也被巧妙地变成了大屠杀的同谋者。"

"瓦夏!"玛丽娅·德米特里耶芙娜在自己的房间里大声喊道。"放心吧!再也不会有战争了。永远不会有了。"

"永远不会有,这是瞎说!"沙茨基突然回答她道。"最迟今天夜里,菊石就会复活。你们知道在哪儿吗?在阿达莫夫斯卡娅磨坊附近。咱们出去逛逛,检查一下。"

他开始胡言乱语。玛丽娅·德米特里耶芙娜把弟弟带了出去,给他服了"别赫捷列夫药水"①,让他躺到床上。

而我却想早点完成那部长篇小说,以便开始创作一部关于消灭沙漠的新书。《卡拉-布加兹海湾》的尚不清晰的构思就这样产生了。

我离开利夫内时已是深秋。临走之前,我去向原来的房东辞行。

暮霭沉沉。车辙里的冰喀嚓作响。果园里的花叶几乎都凋谢了,但苹果树上还稀稀落落地挂着几片粉红的枯叶。在冻结了的天空中,披着冰冷的夕阳余晖的最后一朵云彩正在渐渐变暗。

波琳娜跟我并肩走着,信赖地挽住我的一只手。这一举动使我觉得她仍是一个小姑娘,于是一种对她,对这个孤独、羞涩的少女的柔情洋溢在我的心中。

从城里的电影院飘来隐隐的音乐声。家家户户灯火通明。茶炊的轻烟在

---

①俄国神经学家、精神病学家和心理学家弗拉基米尔·米哈伊洛维奇·别赫捷列夫(1857—1927)发明的一种治疗精神病的药水。

一座座果园上空缭绕。点点繁星已经开始在光秃秃的树枝后面闪烁。

一种无名的焦虑使我的心都揪紧了,我想,为了这片美好的大地,甚至为了波琳娜这样一个少女,也必须唤起人们投入争取欢乐的、理性的生活的斗争。一切使人苦恼和忧伤的东西,一切哪怕会勾起一滴眼泪的东西,都应该连根拔除。还有沙漠,还有战争,还有不公平,还有谎言,还有对人类心灵的鄙视。

波琳娜把我送到城边的街区。我在那里同她告别。她低下头,开始拆解她那条金色的辫子,突然说道:"从现在起我要多读书,康斯坦丁·格奥尔基耶维奇。"

她抬起那对羞涩的眼睛,握了一下我的手,便急匆匆回家去了。

我回莫斯科坐的是硬席车,里面的人挤得满满的。

夜里,我去连廊抽烟。我放下车窗,把头探到窗外。

火车沿着路堤在树叶凋零的森林里飞驰。树木几乎看不见。主要是根据声音判断,因为车轮的轰隆声在密林里引起急促的回声。空气仿佛经过粒状雪的冷却,吹到脸上可以闻到一股冻坏了的树叶的气味。

秋夜的天空在森林上面与火车同步飞驰,灿烂的星光把它照得一片朦胧。一座座铁桥发出短促的隆隆声。尽管火车在急速行驶,但仍然能在桥下黑乎乎的水中(不知是沼泽呢还是江河)看到转瞬即逝的繁星的反光。

火车不断地轰响着,被蒸汽和烟雾紧紧地裹着。车灯摇来晃去,发出叮叮当当的声音,里面的蜡烛即将燃尽,但依然十分明亮。车窗外面,一道道紫红色的火星沿着轨道飞掠而过。机车欢叫着,沉醉于自己的高速运行之中。

我深信,火车正载着我奔向幸福。一部新书的构思已经在我的脑子里诞生。我相信,我一定能把它完成。

我把头探到窗外唱了起来,这是一些不连贯的词句,我歌唱夜,歌唱世上没有比俄罗斯更可爱的地方。风像少女散开的芳香的辫子,拂在我的脸上。我好想吻吻这辫子,吻吻这风,吻吻这清凉的、满是泉水的大地。但这件事我无法做到，只能像着了魔似的瞎唱。在东方的天际，出现了一抹微弱的、非常柔和的青色光芒，这一美景使我感到十分震惊。

我惊异于东方天际的那种迷人的魅力，惊异于它那纯净的、微弱的光芒，不一会我才恍然大悟，原来这是正在升起的新的曙光。

我在窗外所看到的种种景象和在我心中涌动的种种欢乐之情，莫名其妙地汇成一个决心——创作，创作，再创作！

但创作什么呢？在那一瞬间，我那些关于大地的迷人的魅力的沉思，我那不让大地陷入贫瘠、干枯和死亡的热望，究竟以什么为中心聚集，究竟像磁石那样吸干什么主题，对我来说是无所谓的。

过了一段时间，这些想法汇成了《卡拉-布加兹海湾》的构思。不过，它们也可以汇成另一本书的构思，但这本书的主要内容肯定相同，而且同样充满当时支配着我的种种感情。很明显，构思几乎永远是源自内心的。

从那以后，生活中的一个新阶段——所谓构思的"酝酿"阶段便开始了。说得更确切一点，就是以现实的内容充实构思的阶段。

研究地图

我在莫斯科弄到了一张详细的里海地图，而且久久地漫游于（当然是在想象中）它那干旱的东岸地区。

早在童年时代，我就有看地图的嗜好。我可以一连几小时伏在地图上，就像看一本动人心弦的书一样。

我研究着人迹罕至的河流，奇形怪状的海岸，深入到用一个个小圆圈标示着无名猎区购销站的泰加森林腹地，像吟诗一样反复吟咏着那些清脆悦耳的地名——尤戈尔海峡①和赫布里底群岛②、瓜达腊马山脉③和因弗内斯④、

①位于俄罗斯瓦伊加奇岛和欧亚大陆海岸之间，沟通巴伦支海和喀拉海。

②大西洋中群岛，属英国。约有五百个岛屿。

③西班牙中部的山脉。

④大不列颠岛大西洋岸小城。

奥涅加河①和科迪勒拉山系②。

所有这些地方在我的想象中渐渐复活，它们是如此清晰，以致我觉得我能够虚构游历各大洲和各国的日记。

就连我那具有浪漫主义气质的父亲，也不赞成我对地图的这种过分迷恋。

他说，这种做法会使我深感失望。

"如果生活一帆风顺，"父亲说，"你有机会出去旅行，那么你得到的就只有烦恼。你所看到的东西与你的想象会截然相反。举例来说吧，墨西哥就可能是个尘土飞扬、一穷二白的国家，而赤道的天空则是晦暗和乏味的。"

我不相信父亲的话。我无法想象赤道的天空是晦暗的，哪怕只有那么一刻。在我看来，它是湛蓝湛蓝的，就连乞力马扎罗山上的积雪都被它染蓝了。

不管怎么，我对地图的这种迷恋已经改不掉了。后来，当我长大成人之后，事实清楚地向我说明，父亲的话并非完全正确。

例如，当我初次踏上克里米亚的土地时（在那之前，我在地图上对它进行过详细的研究），它确实与我想象的样子迥然不同。

但我对克里米亚的预想却使我对它的观察要敏锐得多，假如我对它一无所知便来到这个地方，情况就不会是这样了。

每走一步，我都发现一些未曾预想到的东西，克里米亚的这些新的特点留下了特别深刻的记忆。

我觉得，我们跟某些人的"神交"，其作用也同样显著。

例如，每个人心目中都有自己的果戈理。但假如我们有机会在他生前见到他，那就会在他身上发现很多与我们想象不一致的特点。而正是这些特点会在我们的脑海中留下鲜明、有力的印象。

但假如没有这种预想，那果戈理身上的很多东西我们也许就不会发现，

---

①俄罗斯平原北部河流。

②世界最长的山系，纵贯美洲大陆西部，全长一万八千余公里，北起阿拉斯加，南到火地岛。

而他在我们眼里也就是个十分平常的人。

我们惯于把果戈理想象得有点儿忧郁、多疑、冷漠。因此我们马上就会发现他那些与上述形象相去甚远的品质——目光炯炯，充满活力，甚至有些轻佻、爱笑，衣着雅致，乌克兰口音很重。

这些观点我很难以充分的说服力表达出来，但我认为，情况的确如此。

在地图上浪迹天涯，在想象中周游各地，这种习惯有助于在现实生活中对这些地方进行正确的观察。

在这些地方似乎会永远留下您的想象的一丝极其轻微的印痕，留下一道强加的色彩，一种强加的光泽和一层薄雾，有了这层薄雾，你在亲眼观察它们时就不会感到乏味了。

总之，我在莫斯科就已经游历了里海阴沉的海岸，与此同时，我读了许多书籍和科学报告，甚至读了许多描绘沙漠的诗歌——在列宁图书馆能够找到的一切，我几乎都读了。

我读了普尔热瓦利斯基[1]和阿努钦[2]，斯文·赫丁[3]和万别里，马克-加哈姆和格鲁姆-格尔日迈洛[4]等人的著作，谢甫琴科在曼格什拉克半岛所写的日记[5]，

---

[1] 尼古拉·米哈伊洛维奇·普尔热瓦利斯基(1839—1888)，俄国旅行家、中亚考察家、彼得堡科学院院士。

[2] 德米特里·尼古拉耶维奇·阿努钦(1843—1923)，俄国人类学家、地理学家、民族志学家和考古学家。

[3] 斯文·赫丁(1865—1952)，瑞典旅行家。

[4] 格利戈里·叶菲莫维奇·格鲁姆-格尔日迈洛(1860—1936)，俄国地理学家和动物学家。写有关于中亚细亚的著作。

[5] 塔拉斯·格利戈里耶维奇·谢甫琴科(1814—1861)，乌克兰革命民主主义诗人、画家。他曾被监禁在里海东岸的曼格什拉克半岛。

希瓦①和布哈拉②的史书，海军中尉布达科夫③的呈文，旅行家卡列林④的作品，以及一些地理考察报告和阿拉伯诗人的诗作。

一个反映人类钻研精神和丰富知识的辉煌世界展现在了我的面前。

去里海，去卡拉–布加兹海湾的时机终于到了，但我没有钱。

不过钱我最终还是弄到了，尽管花了很大的力气。我先乘车去萨拉托夫，然后乘船沿伏尔加河下行至阿斯特拉罕。在那里我被困住了。不多的一点路费已经用完。要想继续前进，我不得不在阿斯特拉罕为《三十天》杂志和阿斯特拉罕报写几篇特写。

为了完成这些特写，我到阿斯特拉罕草原和恩巴市⑤去了一趟。这两次旅行对我创作《卡拉–布加兹海湾》也很有帮助。

去恩巴市我坐的是船，它沿着里海芦苇丛生的海岸航行。这艘旧式明轮轮船有一个奇怪的名字——"天芥菜"号。跟所有旧式轮船一样，它的很多东西都是用红铜做的。扶手、罗盘、望远镜、各种仪器，就连船舱的高高的门槛——全是红铜制品。"天芥菜"号很像一只用砖头擦得溜光锃亮的、不断冒烟的大肚子茶炊，在浅海的轻浪上飘动着。

海豹像游泳的人一样，仰卧在里海温暖的水中。它们偶尔懒洋洋地摆动摆动丰满的鳍脚。

在一个个捕鱼的浮码头（鱼栈）上，一群牙齿洁白、身穿蓝色水手服的姑

---

①苏联花拉子模州城市。16世纪末—1920年为希瓦汗国首都，1920—1924年为花拉子模苏维埃人民共和国首都。

②苏联城市。16世纪—1920年为布哈拉汗国、布哈拉埃米尔国都城，1920年—1924年为布哈拉苏维埃人民共和国（后称社会主义共和国）首都。

③阿列克谢·伊万诺维奇·布塔科夫（1801—1869），俄国水文地理学家。曾参加1840—1842年环球探险。1848—1849年考察咸海，整理了第一批水文地理资料并绘制了咸海地图（1850年出版）。后升任海军少将。

④格利戈里·西雷奇·卡列林（1801—1872），俄国旅行家和自然科学家。1832年和1836年曾领导里海考察工作。最早描述卡拉博加兹戈尔湾。

⑤原苏联阿尔纠宾斯克州城市，位于恩巴河畔。

娘,朝着"天芥菜"号的背影又是吹哨,又是哈哈大笑。她们的脸颊上沾满了鱼鳞。

一朵朵白云和一座座白色的沙岛倒映在光亮的水中,有时云和岛实在无法辨别。

小城古里耶夫炊烟袅袅,这是干粪的烟,而去恩巴市我却坐的是刚刚投入运营的内燃机车,它从无水的草原穿过。

在恩巴河①畔的多索尔,许多油泵在呼哧呼哧地抽取石油,这些油泵分布在水色鲜红的湖泊之间,四周弥漫着盐水的气味。住房的窗户上没有玻璃,代替它们的是密密的金属丝网。网子外面沾满了小飞虫,遮得屋里黑黝黝的。

我亲眼看到一个工程师被避日虫咬了一口,第二天便死了。

中亚细亚暑气蒸人。每天夜里,满天星斗透过尘埃闪闪发光。哈萨克老人们穿着肥大的灯笼短裤在街上闲逛,这种短裤是用印有五颜六色图案的印花布做的——玫瑰色的底子上点缀着大朵大朵的黑芍药花和片片绿叶。

然而每次旅行结束之后我都回到阿斯特拉罕,回到报社一位记者的小木屋里。他把我拖到自己家里,我在他家里已经住惯了。

小木屋位于瓦尔瓦齐耶夫运河岸边一座小花园里,那里的金莲花一丛丛地怒放。

我在凉亭里写我那些特写——凉亭是这样小,只能让一人容身。晚上我就在那里过夜。

记者的妻子是个体弱多病、彬彬有礼的少妇,她整天躲在厨房里一边翻看着一件件婴儿服,一边偷偷地哭泣——两个月前,她刚刚出生的儿子夭折了。

我离开阿斯特拉罕后,便去了马哈奇卡拉、巴库和克拉斯诺沃茨克。后来的一切都写在我的《卡拉-布加兹海湾》里了。

我回到了莫斯科,但几天后,我不得不以记者的身份去北乌拉尔的别列兹尼基和索利卡姆斯克。

---

①在哈萨克西部,长712公里,流域面积4.04万平方米公里。消失于里海附近的盐土中。

我从难以置信的亚洲的酷暑中一下子来到一个长满阴郁的云杉、遍地都是沼泽、一座座山上覆盖着苔藓和冬天早早地降临的地方。

在那里我开始创作《卡拉–布加兹海湾》。我住在索利卡姆斯克的一家旅馆里,它设在一座原来的修道院之内。

旅馆里弥漫着一股十七世纪的气味——神香、面包和皮革的气味。每天夜里,穿着皮袄的更夫们敲着铁板报时,在朦胧的雪光映照下,一座座"斯特罗加诺夫王朝"①时期古老的雪花石膏教堂泛着白光。

在这里,没有任何东西让人联想起亚洲,因此我在写它时,不知为什么反倒觉得容易一些。

这就是《卡拉–布加兹海湾》的创作始末,当然我说得非常简短、仓促。有关我的《卡拉–布加兹海湾》的所有会见、旅行、谈话和事件,不仅无法详细讲述,就是简单地列举一下也是不可能的。

你们肯定已经发现,搜集到的素材只有一部分——也许还是很小的一部分——用到了中篇小说中。大部分素材被排除在小说之外。

但为此惋惜却没有必要。这些素材随时会在新的作品中复活。

我在创作《卡拉–布加兹海湾》时,并不考虑素材配置的准确性,而是按照我在里海岸边旅行时素材积累的先后次序来处理。

《卡拉–布加兹海湾》出版之后,批评家们在这部中篇小说中发现了"螺旋结构",并且对此欣喜若狂。但这并非我刻意而为,因此于心无愧。

当我创作《卡拉–布加兹海湾》时,主要考虑的是,我们生活中的许多东西充满着抒情的和英雄主义的性质,这种性质可以表现得生动而准确。不管那部小说写的是芒硝的故事,还是在北方的森林里盖造纸厂的故事。

这一切能以巨大的力量撞击人们的心灵,但有一个必备的条件,即创作这些中篇小说的人要力求真实,要相信理智的力量,相信心灵的拯救威力和热爱大地。

---

①斯特罗加诺夫家族是 16—20 世纪俄国最大的商人和实业家。

心灵的痕迹

啊,心灵的记忆! 你胜过理智的可悲的记忆……

——巴丘什科夫[1]

读者们常常询问从事创作的人,后者如何为自己的作品搜集素材,是否要长时间搜集。而当他们得到这样的答复:作家并不特意搜集任何素材,而且从来都不这样做,他们总是感到十分惊异。

上面所谈当然不包括作家为了创作某部作品而对必要的科学材料和知识性材料进行研究。话题仅仅涉及对现实生活的观察。

生活素材,即陀思妥耶夫斯基所谓"日常生活的种种细节"[2]是不需要去研究的。作家本来就生活在这种素材之内(如果可以这样表述的话)。他们生活着,痛苦着,思考着,快乐着,参与大大小小的事件,因此生活的每一天自然会在他们的记忆中和心灵上留下自己的标记和痕迹。

读者们(顺便提一下,还有某些青年作家们)认为作家就是手里总是拿着笔记本到处闲逛的人,是生活的职业"记录员"和观察者,这种认识必须根除。

谁要是逼迫自己去积累观察材料,跑来跑去做记录("就像怕忘记了什

---

①康斯坦丁·尼古拉耶维奇·巴丘什科夫(1787—1885),俄罗斯诗人。这两句诗引自他的《我的天才》一诗。

②这句话引自 1876 年 4 月 9 日陀思妥耶夫斯基写给乌克兰著名教育家赫·达·阿尔切夫斯卡娅的信。信中写道:"……我正在准备写一部卷帙浩繁的长篇小说(指《卡拉马佐夫兄弟》——译者)。我打算专门进行研究——不是研究现实生活本身,我对它本来就够熟悉的了,而是日常生活的种种细节。"

么"),他肯定可以搜集到一大堆形形色色的素材,但这些素材却是死的。换句话说,如果把这些素材从笔记本中移到活生生的散文的结构中去,那它们几乎总会失去自己的表现力,看起来就像一块块异物。

任何时候都不要以为,正是这丛花楸或者正是这个头发花白的乐队鼓手某个时候可以用在我的某篇短篇小说之中,因此我必须特别留心地、甚至有点人为地去进行观察。这是一种所谓"尽职尽责"的观察,纯粹是出于业务上的动机。

任何时候都不应该把观察材料,即使是非常成功的观察材料强行塞入散文之中。如果有必要,它们会自动进入作品和自动归位。作家常常感到惊异的是,每当作品需要时,某个早已彻底遗忘的事件或细节会突然生气勃勃地浮上心头。

创作的基础之一就是良好的记忆力。

如果我讲讲写作短篇小说《电报》的经过,也许我的上述种种观点就会变得更加明确。

有一年晚秋时节,我迁居到梁赞郊区的一个村子,住在曾经名噪一时的版画家波扎洛斯金①的庄园里。在那里只住着一个年老体衰但却待人亲切的妇人——波扎洛斯金的女儿卡捷琳娜·伊凡诺芙娜,她在庄园里孤独地度着自己的晚年。她的独生女娜斯嘉住在列宁格勒,她已经把自己的母亲彻底忘了——仅仅每两个月给母亲寄一次钱。

这是一幢很大的、发出回声的府邸,用圆木砌成的墙壁已经发黑,我在里面借住一个房间,老妇人住在另一头。去那一头必须穿过空荡荡的门厅和几个地板上满是灰尘、嘎吱作响的房间。

除了老妇人和我之外,府邸里再没有什么人居住。这幢府邸被认为是有纪念意义的。

_____

①伊凡·彼得罗维奇·波扎洛斯金(1837—1909),俄国版画家。

院子里有几间破旧的杂屋，院子后面有一个像府邸一样荒芜了的大花园，这个大花园又潮湿，又阴冷，在秋风中沙沙作响。

我是来搞创作的，起初我在自己的房间里写个不停，从早晨一直写到天黑。天黑得很早，五点钟就得点灯。这是一盏旧的煤油灯，灯罩的形状像一朵郁金香，它是用毛玻璃做的。

不过后来我改为晚上写作。白天只有那么几个小时，在这段时间里，我可以去秋冬之交的森林里和草原上溜达溜达，坐在房间里实在可惜。

我久久地溜达着，发现了许多秋天的征兆。每天早晨，在一个个水洼中玻璃般的薄冰下面，可以看到一个个气泡。这种气泡很像空心的水晶球，有时里面裹着一片白杨或白桦的紫红色或柠檬色叶子。我喜欢敲碎薄冰，取出这些冻僵了的叶子，把它们带回家去。不久以后，我的窗台上就积了一堆这样的叶子。它们暖和过来，并且散发出一股酒精的气味。

在森林里溜达是最惬意的。草原上常常刮风，而森林里却阴沉沉、静悄悄的，只有薄冰碎裂时发出的咯吱声。森林里之所以特别静寂，也许是阴云造成的。阴云低低地悬在大地上空，有时连松树的树冠也被云雾裹住了。

我有时去奥卡河的支流钓鱼。在那里的灌木丛里，柳树叶子的那种又酸又涩的气味，常常弄得脸部的皮肤像在抽搐。河水是黑的，发出朦胧的浅绿色的反光。秋天的鱼警觉性高，难得上钩。

后来便是阴雨连绵，秋雨浇得花园一片狼藉，使发黑了的草倒伏地面。空气中可以闻到一股湿雪的气味。

秋天的征兆是很多的，但我并没有绞尽脑汁去记住它们。不过有一点我是很明确的，那就是我永远不会忘记秋天的这种悲凉，它跟轻快的心情和朴实明朗的思想奇妙地交织在一起。

一团团乌云拖着潮湿、褴褛的下摆从地面掠过。乌云越阴沉，雨越寒冷，内心里便变得越是朝气蓬勃，越是轻松，真个是文思泉涌，下笔成章。

秋天的感受，它所唤起的那种感情和思想的体系，是非常重要的。而称之为素材的一切——人物、事件和单个的细节——我凭经验知道，它们暂时牢牢地保存在对秋天的这种感受之中。一旦我在某篇短篇小说中回到这种感受，这一切便会马上浮之于心头，倾注于笔端。

我并没有把我借住的那幢旧的府邸当作素材加以研究。我仅仅是爱上了它的忧郁和静寂，爱上了那架简易挂钟的没有规律的报时声，爱上了从壁炉内不断冒出的桦树劈柴的烟味，爱上了挂在墙上的几幅旧的版画（剩下的版画为数不多，因为卡捷琳娜·伊凡诺芙娜的全部版画几乎都被州博物馆拿走了）。这几幅版画是：布留洛夫①的《自画像》、别洛夫②的《背十字架者》和《捕鸟者》、波琳娜·维亚尔多③的肖像。

窗玻璃是旧式的，表面很不平整，它们像彩虹一样闪着五颜六色的光，而且蜡烛的火焰映在上面不知道为什么出现重影。

所有的家具——长沙发呀，桌子呀，椅子呀，都是用浅色木料做的，它们已经被岁月磨得发光，并且跟圣像一样发出一股柏树的气味。

府邸里有许多令人发笑和已经没用的东西：一盏盏火炬形的铜制小夜灯呀，一把把暗簧锁呀，一个个装着已经硬化的雪花膏、商标上印有"巴黎"字样的大肚子小瓷瓶呀，一束满是灰尘的蜡制山茶花呀（挂在一根生了锈的大钉子上），一把用来擦呢面牌桌上记分粉笔字的小圆刷呀。

还有三本很厚的日历，它们的年代分别为一八四八年、一八五〇年和一八五二年。在日历上的宫廷女官名单中，我发现了普希金的妻子娜塔丽娅·尼古拉耶芙娜·兰斯卡娅④的名字和普希金的情人伊丽莎白·克萨维里耶芙娜·沃龙佐娃⑤的名字。这件事不知为什么使我颇为伤感，我至今也不明白原

---

①卡尔·彼得罗维奇·布留洛夫（1799—1852），俄国画家。《自画像》作于1848年。

②瓦西里·格利戈里耶维奇·别洛夫（1833或1834—1882），俄国画家。巡回展览画派协会组织者之一。

③波琳娜·维亚尔多（1821—1910），法国女歌唱家，屠格涅夫的女友。

④普希金的妻子在普希金逝世七年后嫁给禁卫军骑兵团团长彼得·彼得罗维奇·兰斯科伊，改姓兰斯卡娅。

⑤沃龙佐娃系诺沃罗西亚边区全权总督兼比萨拉比亚省总督沃龙佐夫伯爵的妻子。普希金曾为她写了十四首诗。

因所在,也许是由于府邸里一片死寂吧。从远远的奥卡河那边,从库兹敏水闸附近,传来了一艘轮船的汽笛声,于是我想起了一首诗,它在我的脑海里久久地萦回:

> 阴沉的白昼逝去了,阴沉的夜晚
> 用铅灰色的云雾遮住了天空;
> 宛如一个幽灵,朦胧的月亮
> 从松林的后面冉冉上升——①

每天晚上,我都去卡捷琳娜·伊凡诺芙娜那儿喝茶。

她本人视力很差,因此邻居家一个叫纽尔卡的小姑娘每天都来她这儿两三次,帮她做各种家常琐事。小姑娘性格阴郁,对什么都不满意。

纽尔卡摆好茶炊,就跟我们一起喝茶。她从碟子里呷茶时弄得声音很响。卡捷琳娜·伊凡诺芙娜说起话来总是轻言细语,但不管她说什么,纽尔卡都要用一句话评论一番:"瞧你说的! 瞎扯! "

我说了她几句,她竟然对我也说:"瞧你说的! 好像我什么都不懂似的,好像我是个傻瓜蛋似的! "

然而实际上,纽尔卡也许是唯一爱卡捷琳娜·伊凡诺芙娜的人。而且绝不是因为卡捷琳娜时而送给她一项旧的、缀有蜂鸟标本的天鹅绒帽子,时而送给她一个玻璃珠发饰,或者一条年久发黄的花边。

卡捷琳娜·伊凡诺芙娜曾跟父亲在巴黎住过,认识屠格涅夫,参加过维克多·雨果的葬礼。她跟我提起这些事时,纽尔卡总是说:"瞧你说的! 瞎扯! "

不过纽尔卡常常坐不了好大一会儿,便要回家去服侍"自己那几个小家伙"睡觉。

卡捷琳娜·伊凡诺芙娜整天拎着一个旧式的缎子小提包。里面藏着她的

---

①引自普希金于1824年写的一首无标题诗。这首诗是献给沃龙佐娃的。

所有财宝:娜斯嘉的几封信,不多的一点钱,一本护照,以及娜斯嘉的一张照片——娜斯嘉是个长着两道弯弯的细眉和目光暗淡的美女——还有卡捷琳娜·伊凡诺芙娜本人少女时代的一张已经发黄的照片,那简直是温柔、纯洁的化身。

除了抱怨自己年老体弱之外,卡捷琳娜·伊凡诺芙娜从无其他怨言。但我从一些邻居和火警棚看守——脑子糊涂但却心地善良的老汉伊凡·德米特里耶维奇那儿得知,卡捷琳娜·伊凡诺芙娜不是过的人的生活,而是在痛苦中煎熬。娜斯嘉已经有三年多没有回来过,这就是说,她已经把母亲给忘了,而卡捷琳娜·伊凡诺芙娜已来日无多。说不定还没来得及见女儿一面,爱抚她一下,摸摸她的一头"美丽迷人"的金发(这是卡捷琳娜·伊凡诺芙娜对她的头发的评价),便离开人世了。

娜斯嘉常常给卡捷琳娜·伊凡诺芙娜寄钱,但也有间断的情况。在这种间断的时候,卡捷琳娜·伊凡诺芙娜如何度日,谁也不知道。

有一次,卡捷琳娜·伊凡诺芙娜要我陪她到花园里去。从早春的时候起,她就一直没有去过花园。由于身体虚弱,她总是无法出门。

"我的亲爱的,"卡捷琳娜·伊凡诺芙娜说,"对我这个老婆子,您可别见怪呀。我想最后一次看看花园。我未出阁的时候,常常在花园里读屠格涅夫的作品,读得像着了魔似的。有几棵树还是我亲手栽的呢。"

她穿衣就用了老半天。她穿了一件暖和的斗篷式旧大衣,围了一块厚厚的头巾,紧紧地挽着我的手,缓缓地走下台阶。

暮色降临了。花园里的树叶已经凋零。落叶很不利于走路。它们发出很响的沙沙声,在脚下微微地滑动。在绿色的晚霞中,有一颗星星在闪烁。在远处的森林上空,挂着一弯新月。

卡捷琳娜·伊凡诺芙娜在一棵饱经风雨的菩提树旁停住步子,用一只手扶着树,哭了起来。

我紧紧地扶着她,不让她跌倒。她哭着,就像那些年事很高的人一样,并不因泪水纵横而感到羞愧。

"我的亲爱的,"她对我说,"千万不要活到这么大的岁数,孤苦伶仃的!千万不要!"

我小心翼翼地领她回家,晚上卡捷琳娜·伊凡诺芙娜让我看看一束信件,这些信件是她的父亲留下来的,由于年深日久,已经发黄。

其中有画家克拉姆斯科伊①和版画家约尔丹②寄自罗马的信函。约尔丹谈到了自己同丹麦著名雕塑家托瓦德森③的友谊,也谈到了拉特兰宫中那些奇妙的大理石雕像。

像往常一样,这些信我是在夜里读的。风在墙外疾驰,在潮湿的、光秃秃的灌木丛中怒吼,灯不时发出噼噼啪啪的响声,好像是由于无聊在自言自语。正是在这里,在一个阴沉沉的黑夜,我一边听着乡村守夜人在村子的寨门附近敲梆子的声音,一边读着这些寄自罗马的信件,不知为什么又有些纳闷,又感到惬意。

那天夜里,我对托瓦德森产生了兴趣,后来我在莫斯科弄到了所有涉及他的著作,知道他与童话作家克里斯蒂安·安徒生情长谊深。几年之后,我写了一篇关于安徒生的短篇小说。这篇小说的问世,也应该归功于这座乡间古宅。

几天之后,卡捷琳娜·伊凡诺芙娜就倒在床上,再也起不来了。她并没有什么病,只是觉得十分疲倦。

我给在列宁格勒的娜斯嘉拍了一封电报。纽尔卡搬到了卡捷琳娜·伊凡诺芙娜的房间,万一有事,可就近照顾。

一天夜里,纽尔卡在我房间的墙壁上拼命捶着,并且用惊恐的声音喊道:"快来呀!老太太快死啦!"

卡捷琳娜·伊凡诺芙娜已经不省人事,只剩一点儿气了。我摸了摸脉——它已经不再跳动,只是轻轻地颤动,像蛛丝一样细细的。

---

①伊凡·尼古拉耶维奇·克拉姆斯科伊(1837—1887),俄国画家。巡回展览画派的领导者之一。

②费奥多尔·伊凡诺维奇·约尔丹(1800—1883),俄国版画家。

③伯尔特·托瓦德森(1768 或 1770—1844),丹麦雕塑家,古典主义的代表人物。

我穿上衣服，点上灯笼，去乡村医院请大夫。医院坐落在树林里，隔得挺远。朔风从采伐场那边吹来阵阵锯屑的气味。时间已经是深夜，连狗都不叫了。

医生给卡捷琳娜·伊凡诺芙娜打了一针樟脑，长叹一声，便离开了。他临走时说，这是濒死状态，但将持续很长时间，因为卡捷琳娜·伊凡诺芙娜的心脏十分健全。

快天亮的时候，卡捷琳娜·伊凡诺芙娜离开了人世。我不得不给她阖上眼睛。我也许永远不会忘记，我是多么小心地阖上她那半开的眼睑，而突然从里面滚出了一颗浑浊的泪珠。

纽尔卡哭得上气接不上下气，她递给我一个皱巴巴的信封，说："这是卡捷琳娜·伊凡诺芙娜的遗嘱，吩咐怎样对她进行安葬。"

我拆开信封，字条是用老年人颤抖的手写的，我读了几行，讲的是希望在她死后给她穿什么衣服，我把字条交给了早晨来给卡捷琳娜·伊凡诺芙娜办后事的几位妇女。

然后我就去墓地选墓址，当我回来时，卡捷琳娜·伊凡诺芙娜已经穿戴完毕，并已停床，我停住步子，感到不胜惊讶。

她的卧姿犹如一个窈窕的少女，身穿一件旧式的带拖裙的金色晚礼服，拖裙随意地罩住她的双腿，下面露出一双小小的黑麂皮鞋子。她的双手握着一支蜡烛，手上戴着一副白色羊皮手套，这副手套绷得紧紧的，一直戴到肘部。一束丝质红玫瑰别在晚礼服的胸部。

她的脸上盖着一块头纱，假若不是袖子和白手套之间干枯的、满是皱纹的肘部露了出来，那就会以为躺着的是一个身材苗条的妙龄女郎。

娜斯嘉迟到了三天，她来到时死者已被安葬。

上面所说的一切就是那种日常的创作素材，散文就是从这种素材中产生的。

必须强调的是，种种情况，种种细节，以及这幢乡间府邸和秋天的状况本身,同卡捷琳娜·伊凡诺芙娜的境遇是完全吻合的,同她逝世之前她所经受的沉重的精神悲剧是完全吻合的。

当然,远不是当时我所见所想的一切都写进了《电报》。有很多东西未被小说吸收,这种情况是经常发生的。

为了创作一个短小的短篇小说,常常需要像写作教程所说的那样,"挖掘"大量的素材,以便从中选取最重要的东西。

我曾有幸不止一次观察那些优秀配角演员的工作。他们所扮演的角色在全剧中总共只有两三句台词,但他们却不厌其烦地询问作者,不仅问这个角色的性格、外表如何,而且也问他的经历和出身环境的情况。

对于一个演员来说,这些情况是应该成竹在胸的,只有这样才能准确地表达这两三句台词。

作家的情况也是如此,素材的储备应当大大超过短篇小说所需之量。

以上我讲的是《电报》的写作情况。其实每篇短篇小说都有自己的经历和自己的素材。

有一年冬天我住在雅尔塔。每当我打开窗户,屋里便会飞进许多橡树的枯叶。它们在地板上随风舞动,发出沙沙的响声。这不是古橡的树叶,而是那种长在克里米亚夏季山地牧场斜坡上的矮橡树丛叶子。

每天夜里,寒风从白雪覆盖的群山那边阵阵吹来。雪在摇曳的星光下闪着奇异的光彩。

诗人阿谢耶夫①住在我的隔壁,他正在写一首关于英雄的西班牙的诗(这正是西班牙事件②时期),歌颂"巴塞罗那古老的天空"。

诗人弗拉基米尔·卢戈夫斯科伊③用他那雄浑的男低音唱着英国水手的古老歌曲:

---

①尼古拉·尼古拉耶维奇·阿谢耶夫(1880—1963),俄罗斯诗人。
②指 20 世纪 30 年代西班牙的反法西斯民族革命战争。
③弗拉基米尔·亚历山罗维奇·卢戈夫斯科伊(1901—1957),俄罗斯诗人。

别了,陆地!航船驶向海洋,

海鸥的身影已留在船尾的后方……

每天晚上,我们都聚集在收音机旁,收听西班牙的战况。

我们曾到锡梅伊兹镇①天文台去过一趟。一位头发斑白的天文学家告诉我们观察星空——在广袤的苍穹上闪烁着几点疏疏朗朗而又极其遥远的星光。

在雅尔塔,偶尔可以听到黑海舰队的舰艇进行射击实习的炮声。在这种情况下,长颈瓶里的水便微微颤动,而轻微的轰隆声便沿着山地牧场滚动,然后迷失在松林的针叶中,最后则完全消失了。

夜里,常常从空中传来看不见的飞机的隐隐的轰鸣声。

我正读德国作家布鲁诺·弗兰克②一部描写塞万提斯的作品。这部作品字数不多,因此我把它读了几遍。

当时,四个爪子的卐字开始迅速横行欧洲。亨利希·曼③、爱因斯坦④、雷马克⑤、斯蒂芬·茨威格⑥等德国的高尚人士,不屑于与"褐色的瘟神"⑦和疯魔希特勒为伍,离开了自己的祖国。这些流亡者的内心里都对人道主义的胜利怀着坚定的信心。

---

①克里米亚城镇,滨黑海,距雅尔塔 21 公里。

②布鲁诺·弗兰克(1887—1945),德国作家,1933 年侨居国外。

③亨利希·曼(1871—1950),德国小说家。1933 年希特勒上台后受到迫害,流亡巴黎,1940年定居美国。著有长篇小说《帝国三部曲》等作品。

④爱因斯坦(1879—1955),德国理论物理学家。1933 年侨居美国。创立狭义相对论和广义相对论。

⑤雷马克(1898—1970),德国作家。1938 年被剥夺德国公民权,1939 年流亡美国。著有《西线无战事》等作品。

⑥斯蒂芬·茨威格(1881—1942),奥地利作家,1938 年流亡英国,1941 年到达巴西。著有长篇小说《焦躁的心》和大量中短篇小说。

⑦指法西斯褐衫党徒。

盖达尔把一只毛烘烘的、长着一对笑眯眯的黄眼睛的大狼狗领到我们的房子里。他说这是一只山地牧羊犬。

盖达尔假装对文学一无所知。他总喜欢装出一副老实憨厚的样子。

每天夜里，黑海都发出凄厉的喧声。白天它也是喧闹的，但听得不十分清晰。在海浪的伴奏下写作要轻松一些。

这就是当时"日常生活"的种种细节。这些细节构成了短篇小说《猎犬星座》的内容。在这篇小说中，您几乎可以找到我在上面提到的一切：干枯的橡树叶、头发斑白的天文学家、大炮的轰鸣、塞万提斯、对人道主义的胜利怀着坚定信心的人们、山地牧羊犬、夜航的飞机等等。

这一切当然是连接在一定的关系之中，进入一定的情节之中的。

当我创作这篇小说时，我时时刻刻力求保持夜里寒冷的山风阵阵吹来的那种感觉。这似乎是小说的主旋律。

金刚石般的语言

> 你对我国语言的珍贵常常感到惊异:每个音都是一件礼物;一颗颗饱满又硕大,犹如珍珠本身,老实说,有的名称比物品本身更珍贵。①
>
> ——果戈理

小林地区的泉水

许多俄语单词本身就充满诗意,光芒四射,如同宝石发出神秘的光泽。

我当然明白,宝石的光泽毫无神秘之处,任何一个物理学家都可以轻松地用光学规律对这种现象作出解释。

然而宝石的光泽仍然会引起人们的神秘感。宝石虽然流光溢彩,其实它的内部并无光源,不过人们很难同意这种看法。

人们对许多宝石,甚至对海蓝宝石这样普通的宝石的态度,也是如此。对它的颜色无法下一个明确的定义。这种颜色至今还没找到一个恰当的词来形容。

аквамарин(海蓝宝石)意为海水。若从名字判断,它是一种反映海浪颜色的宝石。事实并非完全如此。在它那透明的深处的确有浅绿和浅蓝两种柔和的色彩,但它的总的特点却在于,它从内部发出一种明晃晃的纯粹的银光(正是银光,而不是白光)。

如果仔细观看海蓝宝石,你似乎可以看到一汪静静的、色如星辰的海水。

显然,正是海蓝宝石和其他宝石的这些色彩和光泽的特点引起了我们的神秘感。它们的美在我们看来似乎仍是不可解释的。

---

① 见果戈理:《当代抒情诗人的描写题材》(1844)。

而要解释我们的许多单词何以"充满诗意，光芒四射"，那是比较容易的。显然，只有当单词表达了我们认为充满诗意内容的概念时，我们才觉得它是具有诗意的。

然而，要说明单词本身（而不是它所表达的概念）对我们的想象力所起的作用，则要困难得多。举例来说，哪怕是"зарница"（夜晚远处的闪电）这样的普通单词，也是如此。这个单词的发音本身就似乎表达了夜晚远处闪电的那种慢悠悠的光。

当然，对单词的这种感觉是十分主观的。对这种感觉不能一味坚持，也不能把它当作普遍原则。我是这样领会和聆听这个单词的，但我极不愿意把这种感受强加于人。

无可争辩的只有一点，即大多数这类具有诗意的词汇与我们的大自然有关。

只有对自己的人民怀着赤子之爱，有着"深入骨髓"的了解，并且能够感觉到我们大地的内在魅力的人，俄罗斯语言才会向他们彻底展示它那真正神奇的特性和丰富的内容。

大自然中存在的一切——水、空气、天空、云、太阳、雨、森林、沼泽、河流、湖泊、草地、田野、花卉和青草——在俄罗斯语言中有大量优美的词汇和名称。

为了证实这一点，为了研究我们语言的丰富、准确的词汇，我们不仅应该阅读凯戈罗多夫[1]、普里什文、高尔基、阿列克谢·托尔斯泰、阿克萨科夫[2]、列斯科夫[3]、蒲宁[4]等许多熟谙大自然和人民语言的大师的作品，而且还要研

[1]德米特里·尼基福罗维奇·凯戈罗多夫（1846—1924），俄国自然科学家和科普作家。
[2]谢尔盖·季莫菲耶维奇·阿克萨科夫（1791—1859），俄国作家。彼得堡科学院通讯院士。著有《家庭纪事》等作品。他是一位热爱俄罗斯大自然的诗人。
[3]尼古拉·谢苗诺维奇·列斯科夫（1831—1895），俄国作家。俄罗斯语言大师。
[4]伊凡·阿列克谢耶维奇·蒲宁（1870—1953），俄国作家。代表作为长篇小说《阿尔谢尼耶夫的一生》。1933年在法国获诺贝尔文学奖。

究一个主要的、取之不尽的语言的源泉——人民本身：农民、摆渡人、牧人、养蜂人、猎人、渔夫、老工人、护林巡查员、浮标看守人、手工业者、农村画家、手艺人和所有阅历丰富、妙语连珠的人。

自从我遇见一位护林员以后，这些想法在我心里就变得特别明确了。

我记得，这件事情我好像在哪篇文章中讲过。如果确有其事，那就请原谅我，但我不得不把这个老故事重讲一次，因为它对探讨俄语这个话题是很有意义的。

我和这位护林员在小林地区溜达。在远古的时候，这里曾是一片很大的沼泽，后来它干涸了，草木丛生，现在只有那厚厚的、古老的苔藓和苔藓上一个个小水坑，以及一丛丛杜香，才让人想起原来的沼泽。

我不赞成对小林地区那种普遍的、鄙夷不屑的态度。小林地区有很多独特的迷人之处。形形色色的幼龄树——云杉和松树，白杨和白桦——稠密而又和谐地生长在一起。那里总是明亮、干净，犹如节日之前经过收拾的农舍的正房。

每当我来到小林地区，我都觉得画家涅斯捷罗夫①的风景画的许多特点正是在这些地方找到的。这里的每一根小茎，每一条细枝都充满诗情画意，因此显得特别醒目和绚丽。

在苔藓上的某些地方，正如我前面所说，有一些圆圆的小水坑。坑里的水看起来似乎是静止不动的。但如果凝神细看，就会发现一股静静的水流时刻不停地从水坑的深处喷涌出来，一片片越橘的枯叶和一根根黄色的松针在里面转来转去。

我们在一个这样的水坑旁边停住步子，饱饱地喝了一顿水。这水稍有一点松节油的味道。

---

①米哈伊尔·瓦西里耶维奇·涅斯捷罗夫（1862—1942），俄罗斯画家。俄罗斯联邦功勋艺术活动家（1942）。

"泉水!"护林员一边看着一只拼命挣扎的甲虫刚从水坑中浮起又马上沉入水底,一边说道:"说不定伏尔加河的源头也是这样的水坑呢?"

"是的,说不定是这样。"我同意说。

"我很喜欢解字,"护林员突然说道,然后不好意思地笑了一下。"真奇怪! 常常有这样的事,你哪一天被一个词儿给缠住了,那就会不得安宁。"

护林员沉默了一会儿,把肩上的猎枪扶正,问道:"听说,您好像正在写书?"

"是的,正在写。"

"这么说,您用词想必是经过一番琢磨的。可我不管怎样苦思苦想,却很难把一个词儿解释清楚。你在森林里溜达,词儿一个接一个地从脑子里冒了出来,你翻来覆去地琢磨:它们是从哪儿来的呢? 可就是一点儿也弄不明白。我没有知识,没读过书。不过有时候,你也能把一个词儿解释清楚,那就别提多高兴了。可是高兴个啥呢? 我又不是教孩子们读书的。我是个护林人,一个普普通通的巡查员。"

"那么现在是哪个词儿缠住了您呢?"我问。

"就是'родник'(泉水)这个词儿。我早就注意它了,老是在反复琢磨。为什么会有这个词儿,想必是因为水是从这儿涌出来的。泉水形成河,而河呢流遍了我们母亲般的大地,流遍整个祖国,哺育着人民。您瞧,这里有三个词儿:родник(泉水)、родина(祖国)、народ(人民),把它们放在一起真是太合适了。这些词儿就像亲族一样![1]就像亲族一样!"他把最后一句话重复了一遍,笑了起来。

这几个普通的词儿向我揭示了我国语言的最深的根。

人民自古以来的全部经验,人民性格中的全部诗意都蕴藏在这些词儿里。

---

[1]这几个词是同根词。

语言和大自然

为了充分掌握俄罗斯语言,为了不失去对这种语言的感觉,我深信,不仅应该经常跟普通的俄罗斯人打交道,而且应该接触牧场、森林、江河、古老的柳树、百鸟的啼叫和榛树丛下每一朵不断点头的小花。

想必每个人都有发现的幸福时刻。我在树木繁密、水草丰盛的俄罗斯中部也曾经有过这样一个发现的夏天——一个雷雨和彩虹频频出现的夏天。

在这个夏天,可以听到松涛的呼啸和鹤群的鸣叫,可以看到大朵大朵的白色积云、变幻莫测的夜空和密密麻麻、芳香袭人的绣线菊,还可以听到公鸡的高亢的啼叫和姑娘们的歌声,当晚霞把她们的眸子染成金色,夕烟刚刚开始小心翼翼地在一个个水潭上空缭绕的时候,她们在暮色苍茫的草地上尽情歌唱。

在这个夏天,我用触觉、味觉和嗅觉重新认识了许多词儿,在此之前,这些词儿我虽然知道,但却非常陌生,毫无感受。以前它们所展示的只是一个普通的、贫乏的形象。直到那时才发现,每个这样的词儿都蕴含着无数栩栩如生的形象。

这究竟是些什么词儿呢?它们是如此之多,以至很难决定从哪些词儿说起。也许还是从有关"雨"的词儿说起最方便吧。

我当然知道,雨有毛毛雨、过云雨、连阴雨、蘑菇雨、疾雨、带状雨、斜雨、骤雨,还有暴雨(倾盆大雨)。

然而,抽象地知道这些雨是一回事,亲身体验它们,并且懂得每一种雨所蕴含的诗意和区别于其他雨的种种特征,却是另一回事。

如果做到了后面这一点,所有这些给雨定名的词儿便会变得生气勃勃,变得非常坚实,充满表现力。那时你通过每个这样的词儿都能看到和感觉到你所说的东西,而不是仅凭习惯机械地念出它的发音。

顺便说说,作家的语言对读者的作用,是有规律可循的。

如果一个作家在进行创作时,不能看到语言后面他所写的东西,那么读者也不会看到它们后面的任何东西。

然而，如果作家能够清晰地看到他所写的东西，那么最普通的、有时甚至是陈旧的词儿也能获得新意，以惊人的力量作用于读者，并且在读者的心中引起作家企图传达给他的种种思想、感情和情绪。

显然，这就是所谓潜台词的秘密。

不过，我们还是回到雨这个话题上来吧。

跟雨相关的征兆是很多的。太阳钻进乌云，炊烟贴近地面，燕子低低地盘旋，公鸡不按时序在院子里啼叫，白云在空中被拉成一长缕一长缕的薄雾——凡此种种，都是雨的征兆。而在下雨之前不久，虽然乌云还未笼罩大地，就已经能闻到水气轻柔的呼吸了，它也许是从正在下雨的地方传过来的。

然后第一阵雨点就开始滴下来了。"滴"这个俗词确切地表达了下雨之初的情景。那时，雨点儿还是稀稀落落的，它们在满是尘土的道路上和屋顶上留下一个个小黑点。

后来雨就越下越大。于是刚被雨水打湿的土地就发出一种奇妙的、凉爽的气味。不过这种气味持续的时间并不长，它很快就被湿草特别是荨麻的气息所代替。

值得注意的是，不管要下的雨是什么雨，刚开始下的时候，它总是被亲昵地称为小雨。"小雨快来了"，"小雨变大了"，"小雨把草淋湿了"。

作家一旦对某个词有了直接的印象，这个词就会变得生气勃勃，并且帮助作家正确地使用它。为了对此有一个具体的了解，让我们来分析一下几种不同的雨。

比方说，疾雨和蘑菇雨有何区别呢？

"疾"是迅速、急促的意思。疾雨往往垂直倾泻，而且来势迅猛。它总是伴随着巨大的响声，有如千军万马狂奔而来。

疾雨来时，河上的景致特别美丽。每一滴雨都在水面上砸出一个深深的圆坑，就像一个用水做的小杯子。雨点猛地一弹，又重新落下，在它消失前的瞬息，还能在这个水杯的底部看到它。雨点亮闪闪的，宛如一颗珍珠。

与此同时,整个河面上都响起一种玻璃相撞的声音。根据这种声音的高低,你可以判断,雨是越下越大呢,还是越下越小。

而细细的蘑菇雨则是从低悬的乌云里懒洋洋地洒下来的。这种雨形成的水洼总是很暖和的。它不是哗哗作响,而是轻轻地哼着催眠曲,只能隐隐约约地感觉到它在矮树丛中忙忙碌碌,仿佛在用柔软的爪子时而摸摸这片叶子,时而摸摸那片叶子。

森林中的腐殖土和苔藓对蘑菇雨的吸收是不慌不忙的,非常充分的,因此在这种雨下过之后,蘑菇就开始迅速地、蓬勃地生长,如有黏性的牛肝菌、黄色的杏菌、美味牛肝菌、粉红色的松乳菇、密环菌和无数的毒菌。

下蘑菇雨时,空气中稍微带点儿烟味,因此,狡猾、谨慎的斜齿鳊很容易上钩。

关于过云雨,即出太阳时下的雨,民间说是"公主落泪"。在阳光的照耀下,这种雨的雨点很像一颗颗大泪珠。如果不是童话中的美丽的公主,谁又能洒下如此晶莹的痛苦之泪或欢乐之泪呢?

下雨时,光线是千变万化的,声音是多种多样的——从木板房顶上有节奏的敲打声和排水管里细微的流水声到所谓大雨倾盆时密集而又急促的轰隆声,这些都是值得反复品味的。

上面所谈仅仅是关于雨这个话题的一小部分。然而这一点已经足够激怒一位作家,他板起脸孔对我说:

"我宁肯描写充满生气的街道和房屋,也不愿意描写您那令人生厌的、死气沉沉的自然现象。雨除了给人带来烦恼和不便之外,当然一无是处。您简直是个幻想家!"

在俄语中,有多少绝妙的描绘所谓天象的词儿啊!

夏天的雷雨从大地上空滚过,然后 заваливаются(落到)地平线后面去了。民间却不说乌云过去了,而喜欢说乌云(свалилась)(落了)。

闪电时而猛地一下笔直劈到地上,时而在黑乎乎的乌云里阵阵闪耀,宛如一棵棵连根拔起、枝条繁密的金树。

彩虹在烟雾腾腾的、潮湿的远方闪耀。隆隆的雷声从天上滚过,它虽然声音低沉,断断续续,但却震得大地战抖。

前不久我住在乡下的时候,有一天雷雨大作,一个小男孩跑进我的房间,用一对因狂喜而睁得大大的眼睛望着我,说:"咱们看 грома(雷)去!"

грома 这个词儿他用的是复数①,这也是对的,因为那天风狂雨骤,刹那间,四面八方都响起了隆隆的雷声。

小男孩说"看雷",这使我想起了但丁的《神曲》中的一句话——"阳光沉寂了"。两者都是概念的错位。不过,这种错位赋予语言以特殊的表现力。

我在前面提到过"зарница"(夜晚远处的闪电)一词。

这种闪电通常发生在七月份庄稼成熟的时候。因此民间有一种迷信,说这种闪电"照庄稼"(它每天夜里给庄稼照明),因此庄稼灌浆就灌得快。在卡卢加州,这种闪电叫"庄稼闪"。

与闪电一样具有诗意的词是 заря(霞光),它是俄语中最优美的词儿之一。

人们从来不会大声说这个词。谁要是用力去喊这个词,这种情景甚至是难以想象的。因为它近似于夜的那种凝固的寂静,这时乡村果园树丛的上空升起了一抹纯净的、淡淡的蓝色曙光。"蒙蒙亮",这是民间对一天中的这个时辰的说法。

在这个朝霞初升的时刻,晨星低悬在大地上空,闪烁着耀眼的光芒。空气像泉水一样纯净。

在朝霞照耀下,在拂晓时刻,有一种处女般纯贞的东西。每当朝霞升起,青草便缀满露珠,一个个村子飘出一股股热气腾腾的鲜牛奶的香味。而在村外的晨雾中,响起了牧人的扎列卡管②的旋律。

不一会儿,天就破晓了,温暖的屋子里静悄悄、昏沉沉的。但圆木墙上却映出了一方方橙黄色的光华,一根根圆木宛如一层层琥珀闪闪发光。太阳出来了。

---

①在俄语中,гром(雷)是没有复数的。
②俄罗斯的一种管乐器,用木头或芦苇制成,带有用牛角或榆木做的喇叭口。

秋天的朝霞则有所不同,它愁眉苦脸,姗姗来迟。白昼不愿意苏醒:反正无法把冻僵了的大地照暖,也无法让笑容可掬的阳光归还。

花草树木都蔫了,只有人不认输。一清早各家各户就生好炉子,炊烟在一个个村子上空缭绕,沿着大地飘荡。然后一场朝雨就可能像击鼓似的噼里啪啦打在蒙着水气的玻璃窗上。

霞光不仅有朝霞,而且还有晚霞。我们常常把夕阳和晚霞这两个概念搞混了。

晚霞是在落日西沉之后才出现的。那时它主宰着渐渐暗淡的天空,给天空抹上许许多多的色彩(从赤金色到绿松石色),然后慢慢地融入迟暮和黑夜。

长脚秧鸡在矮树丛中声声啼叫,鹌鹑也在咕噜咕噜地叫着,麻鸦也嗡嗡地鸣叫,最初的星星已经开始闪烁,而在烟雾弥漫的远处的上空,晚霞的余晖仍久久不肯消失。

北方的白夜,列宁格勒的夏夜是一种持续不断的晚霞,或许是晚霞和朝霞这两种霞光的连接。

关于这种现象,任何人的描绘都不如普希金那样惊人地准确:

> 我爱你啊,彼得的杰作,
> 爱你严峻、端庄的容颜,
> 爱涅瓦河汹涌澎湃的浪涛,
> 和它那大理石砌成的堤岸,
> 爱你铁栏杆上的一个个花纹,
> 爱你一个个沉思的夜晚,
> 爱你没有月亮的光辉和透明的幽暗,
> 那个时候,我坐在自己的房间,
> 写作或是读书,无须点上灯盏,
> 空旷的街道,沉睡的大楼
> ——清晰地呈现在我的眼前,

海军部的尖塔也被照得光灿灿，

朝霞匆匆地接替着晚霞，

它只给了黑夜半个小时，

不让夜色把天空遮蔽，

天空依然是金光闪闪。①

这些诗句不仅是诗歌的顶峰，其中不仅有准确性、心灵的明朗和宁静，而且还蕴含着俄语的全部魅力。

不妨做一个这样的假设：俄罗斯诗歌消失了，俄语本身也不存在了，留下来的只有这几行诗，那么我们语言的丰富性和音乐般的力量对每个人依然是非常清楚的。因为普希金的这几句诗犹如一个具有魔法的水晶球，凝聚着我们的语言的种种不平凡的品质。

创造这种语言的人民是真正伟大和幸福的人民。

花和草

探寻词的释义的不仅是那个护林员，还有许多人也正在探寻。而且在没有找到之前，他们是不会罢休的。

我记得，有一次我在谢尔盖·叶赛宁的一首诗中读到了"свей"这个词，它使我感到非常惊讶：

沿着被风吹起的 свей，

沿着茫茫的沙漠，

脖子上套着绳索，

我走向那忧愁之乡。②

---

①见普希金的叙事诗《铜骑士》的《序诗》。

②见谢尔盖·亚历大山罗维奇·叶赛宁的诗《在那长满黄色荨麻的地方……》。

我不知道"свей"的意思，但我感觉到这个词具有一种诗意。这个词本身就似乎放射着诗意的光芒。

我很久都未能弄清楚这个词的意思，而各种猜测也无济于事。为什么叶赛宁要说"被风吹起的свей"呢？显然，这个词跟风多少有点儿关系。但又是什么关系呢？

这个词的含意，后来我是从方志学家兼作家尤林那儿弄清楚的。

凡是跟俄罗斯中部的自然现象、生活方式和历史渊源稍许有点关系的一切，尤林都很感兴趣，而且往往是打破沙锅问到底。

就这方面而言，他很像那些熟悉和热爱乡土的人，这些人对那些俄罗斯小城市中依然保存着的本乡本土的地理、植物、动物和历史的各种有趣而又有特点的东西，都耐心细致地进行研究，一点一滴地加以收集。

尤林来到我住的村子看我，于是我们一起去河对岸的牧场溜达。我们沿着河边干净的沙滩向小桥走去。头天夜里刮过风，因此跟往常刮风之后的情况一样，沙滩上出现了一道道波纹。

"您知道这叫什么吗？"尤林问我，他指了指沙滩上的波纹。

"不知道。"

"叫свей，"尤林回答道。"风把沙子свевает(吹成)这种波纹。因此就产生了这个词。"

我真是喜出望外，显然，那股高兴的劲儿简直像那位护林员弄清了一个词的释义一样。

这就是叶赛宁为什么写出"被风吹起的свей"的诗句和为什么要提到沙子("沿着茫茫的沙漠……")的原因。我最高兴的是，正如我的预料，这个词所表达的是一种普通的、富于诗意的自然现象。

叶赛宁的故乡康斯坦丁诺沃村(现为叶赛宁诺村)离奥卡河对岸不远。

太阳总是从那边落下去。从我去过之后，我就觉得叶赛宁的诗极其出色地描绘了奥卡河对岸满天的晚霞和潮湿的牧场上的暮色，每当黄昏降临，不知是雾呢还是从森林中的火烧迹地飘来的焦烟，便在牧场上空萦回。

在这些似乎没有人迹的牧场上，我碰到过许多事情，还有不少奇遇。

有一次，我在一个小湖边钓鱼，湖岸很高很陡，长满善于攀爬的悬钩子。湖的四周尽是老柳树和黑杨树。因此湖上总是没有风，就连阳光明媚的日子，也是昏沉沉的。

我坐在水边，身后是密密的树丛，从上面压根儿就看不见我。湖边开满了黄菖蒲花，稍远一点，湖水又深又浑，只见一个个气泡不断从水底冒出来——也许是鲫鱼在淤泥里翻腾觅食。

在我的上方，有许多齐腰高的花儿，几个乡下孩子正在那儿采酸模。凭声音判断，那儿有三个小姑娘和一个年幼的小男孩。

两个小姑娘在模仿乡下多子女的女人的口气交谈。两个人学的大概都是自己的母亲。这是她们经常玩的一种游戏。另一个小姑娘一直没有说话，只是用尖细的声音唱着：

> 响起了空袭情报，
> 一个小美人来到世上……

下面的词儿她不知道了，沉默了一会儿，她又唱起了那支描写"空袭情报"的歌儿。

"情报，情报！"一个嗓子嘶哑的小姑娘气冲冲地说道。"我从早到晚受苦受累，为的是把他们这帮鬼崽子、小冤家送去上学。可他们在学校里究竟学了些什么？连一个字都不会念！应该念'警报'，而不是'情报'！我马上告诉你爹，让他教训你一顿。"

"前两天我那个别箕卡呀，"另一个小姑娘说，"得了个两分，考的是算术。我把他狠狠地揍了一顿，手都打麻了呢。"

"你这是瞎说，纽尔卡！"那个年幼的小男孩用低沉的嗓音说道。"别箕卡是他妈妈揍的。就揍了两三下。"

"瞧你说的，鼻涕鬼！"纽尔卡嚷道。"你再说呀！"

"你们听着,姑娘们!"嗓子嘶哑的小姑娘兴高采烈地嚷了起来。"咳,我这就给你们讲一件事!在这儿,在鸟滩附近的一个地方,有一棵矮树。一到半夜,整棵树呀,一直到树尖,就开始冒蓝火!好大的火啊!就这么冒着,一直冒到天亮。走拢去都怕,好吓人的。"

"克拉娃,它怎么会冒火呢?"纽尔卡吃惊地问。

"说明有宝贝,"克拉娃回答道。"下面埋的有宝,是一支金铅笔,谁要是得到这支铅笔,用它写出自己最大的愿望,那这些愿望马上就会实现。"

"给我呀!"小男孩一本正经地说。

"给你什么呀?"

"铅笔呀!"

"你别缠着我!"

"给我呀!"小男孩嚷道,并且突然讨厌地大声哭了起来。"给我铅笔呀,傻丫头!"

"啊,你敢骂人?"纽尔卡吼道,马上传来了一记响亮的巴掌声。"倒霉鬼!我干吗生你这个孽种啊!"

不知为什么,小男孩马上不哭了。

"你呀,亲爱的,"克拉娃用一种假装的甜蜜口吻说,"别打自己的孩子。孩子是不经打的,会打坏的。你呀,要像我那样做,教他们懂道理。要不然长大之后,就是一群笨蛋,对人对己没有任何好处。"

"教他什么呢?"纽尔卡气冲冲地反问道。"你来试试教他!看他让不让你教!"

"怎么能不教呢!"克拉娃反驳说。"对他们样样都得教。这会儿他死死地缠着咱们,吵吵闹闹的,可是你瞧,身边的花儿朵朵都不同。这儿的花呀,有好几百种呢。可他知道什么呢?什么也不知道。就连这种花的名字都不知道。"

"毛脚鸡。"小男孩说。

"这不是毛脚鸡,是肺草。你自己才是毛脚鸡呢。"

"匪草！"小男孩甚至有点儿钦佩地重复了一遍。

"不是'匪草'，是'肺草'。音要念准。"

"匪草，"小男孩连忙又重复了一遍，而且马上问道："这叫什么呢，这个粉红色的？"

"这是薄荷。跟我念一遍：薄荷！"

"行，薄荷。"小男孩同意说。

"你别催我，老老实实地跟我念。瞧，这是绣线菊。香香的！嫩嫩的！你要吗？给你摘一朵？"

那个小男孩看来很喜欢这个游戏。他一边呼哧呼哧地喘着气，一边非常认真地跟着克拉娃念花的名字。她像放连珠炮似的说："你瞧，这是猪殃殃。这是睡莲，就是那个有白铃铛的。这是杜鹃泪。"

我听了后只能感到惊讶。小姑娘认识许多花。她叫出了女娄菜、紫茉莉、石竹花、荠菜、细辛、肥皂草根、唐菖蒲、缬草、百里香、金丝桃、白屈菜和许多其他花草的名字。

不过这一堂令人惊叹的植物课却突然中断了。

"我身上扎了刺——刺啦！"小男孩突然又大声哭了起来。"你们把我带到哪儿来啦？傻丫头！带到尽是刺的地方啦！现在我连家都回不去了！"

"喂，你们这些丫头片子！"一个老汉的声音在远处喊道。"干吗欺负小孩呀？"

"帕霍姆大爷，是他自个儿被刺扎伤了！"纯正发音的捍卫者克拉娃大声回答说，然后低声地对小男孩说："哼，没良心的！你自个儿才欺侮人呢，不管什么人你都欺侮！"

听声音，老汉走到了孩子们跟前。他朝湖上俯看了一眼，看见了我的几根钓竿，说道："有人在这儿钓鱼，可是你们却闹翻了天。这么大的牧场，你们还嫌小吗！"

"哪儿有人钓鱼？"小男孩连忙问道。"让他给我钓一会儿吧！"

"往哪儿钻？"纽尔卡吼道。"还想掉进湖里吗，不听话的家伙，该死的！"

不一会儿，孩子们就走了，因此我压根儿没见到他们的样子。不过老汉在岸上站了一会儿，想了想，轻轻地咳了两声，然后用一种没有把握的口吻问道："公民，您带了烟吗？"

我回答说带了烟，于是老汉跑下来找我要烟，一路上发出很大的响声。他老是被悬钩子钩住，在斜坡上跌跌撞撞，骂骂咧咧地来到我的跟前。

老汉身材瘦小，但手里却拿着一把大刀，那把刀装在皮套子里。老汉猜到我大概对这把刀感到不安，便连忙说："我是来砍柳条的，用来编篮子和篓子，一点一点地编。"

我告诉老汉，刚才这儿有个小姑娘十分了得，各种花草都叫得出名儿。

"是克拉娃吧？"他问。"这是集体农庄的饲马员卡尔纳乌霍夫的女儿。她奶奶是全州最好的草药医生，她还有什么不知道的呢？您去跟她奶奶聊一聊，会叫您听得入迷。可不是，"他说，沉默了一会儿，然后叹了口气。"每种花都有自个儿的名字……就是说，都登记造册了。"

我惊奇地看了他一眼。老汉又要了一支烟便走了。过了一会儿我也走了。

当我钻出树丛，踏上牧场的大路时，老远就看到前面有三个小姑娘。她们每个人都拿着一大把花。其中一人还牵着个光着脚丫子、头戴大便帽的幼小的男孩子。

小姑娘们的步子很快。可以看到她们的脚后跟一闪一闪的。后来传来了尖细的歌声：

响起了空袭情报，
一个小美人来到世上……

太阳已经落到奥卡河对岸，落到叶赛宁诺村后面去了，浅红色的斜晖照亮了东方绵延不绝的森林。

词 典

有时,脑子里会浮想联翩。比方说,想编几部新的俄语词典(当然,现有的通用词典除外),觉得这是一件挺不错的事。

其中的一部,比方说,拟收跟自然有关的词汇,第二部收优美、准确的方言土语,第三部收各种行话,第四部则收乱七八糟的、已经僵死的词汇,以及污染俄语的各种文牍主义用语和低级下流的字眼。

后者之所以有用,是能让人们不再使用那些毫无意义和十分蹩脚的语言。

收集跟自然有关的词汇的想法,是那天我在牧场的小湖边听到那个嗓子嘶哑的小姑娘历数各种花草的时候,在脑海里产生的。

当然,这应该是一部详解词典。每个词条都应该有释义,而在释义之后,则应附上从作家、诗人和学者的著作中摘引的,与这个词有学术关系或诗学关系的若干片断。

例如,在"冰柱"一词后面可以附上普里什文作品中的下面这段话:

在陡峭的河岸上有许多黑洞洞的穹窿,那些垂在穹窿下面的又密又长的树根,如今都变成了冰柱。它们越变越大,越变越长。而当春回大地,轻柔的微风在水面上吹起层层涟漪,细浪触到陡岸下尖尖的冰柱的时候,冰柱便晃来晃去,互相碰撞,发出叮叮当当的声音。这是春天的最初的声音,是风神之琴。

而在"九月"一词之后,附上巴拉丁斯基的下列诗句更佳:

九月来临了！太阳迟迟升起，

闪耀着寒冷的光芒，

在平静如镜的水面上，

跳动着点点金光。①

关于这些词典，我做过一些设想，特别是关于"自然"词典，我将它分成以下几个部分："森林词汇"、"田野词汇"、"牧场词汇"，以及关于四季、气象、江河、湖泊、植物、动物的词汇。

我清楚地知道，这种词典应该编得像一部书那样适于阅读。这样一来，它既能提供有关我们自然的各种知识，又能使人认识到俄语的无限丰富性。

当然，这项工作一个人是无法胜任的，就是干一辈子也难以完成。

每当我思考这部词典时，我真想倒回去二十年，当然不是由我本人来编这部词典——我没有从事这项工作的必要的知识，但哪怕参加编写也行。

我甚至已经开始为这部词典作了一些笔记，但我照例弄丢了。要想凭记忆还原，几乎是不可能的。

有一年，我几乎用了整整一个夏天的时间来收集花草的知识。我从一本旧的植物鉴定手册上知道了它们的名称和特性，并将其全部抄录。这是一件很有吸引力的工作。

在此之前，我从来都没有如此清晰地思考过自然界所发生的一切的合理性，以及每片树叶、每朵小花、每条根须或每颗种子的高度的复杂性和完美性。

这种合理性有时仅仅显示于外表，甚至显示得颇为过分。

有一年秋天，我和一位朋友在奥卡河荒凉的旧河道里打了几天鱼。旧河道与奥卡河在几百年前便已分道扬镳，如今变成了一个又深又长的湖。湖的四周草木丛生，要想钻到湖边颇有难度，而有些地方则无法通行。

---

①见 E.A.巴拉丁斯基的诗《秋》。

我穿的是毛线衣,上面粘了很多扁扁的、带刺的鬼针草籽、牛蒡籽和其他植物种子。

白天阳光明媚,寒气逼人。晚上我们在帐篷里和衣而睡。

第三天下了一场小雨,我的毛线衣打湿了,到了半夜,我感到胸部和胳膊上有几处地方剧痛,就像针扎一样。

原来是一些又圆又扁的草籽在吸收水分之后动了起来,它们开始像螺旋一样转动,往我的毛线衣里钻。它们钻进毛线衣后,又扎进了衬衣,到了半夜便终于触到了我的皮肤,然后开始不慌不忙地往里面扎。

这也许是合理性的最明显的例子之一。种子落到地上,在最初的几场雨落下之前,它一动不动地躺在那儿。对它来说,钻进干燥的土壤是没有意义的。然而,一旦大地被雨水淋湿,种子便被扭成螺旋状,开始膨胀,复活,像螺旋钻一样旋入地里,并在适当的时候开始发芽。

我又撇下"叙述的主线",谈起种子来了。然而,当我写到关于种子的事情时,我不由得又想起了一个令人惊异的现象。我不能不提到它。好在它与文学还有某种关系——虽然这种关系很不密切,应该说是一种纯粹比拟性的关系——特别是这样一个问题:什么样的书可以千古流传,而什么样的书却经不起时间的考验,将会自动消亡,就像那朵感伤的小花,"在一个阴暗的早晨未开即谢了"。

话题涉及的是普通的椴树花的香味问题,这种树是我们公园里富有浪漫情调的树木。

这种香味只有离得远远的才能闻到,在树的跟前则几乎是闻不到的。椴树似乎被一个巨大的香味的圆环围在中间。

显然,这种现象自有其合理性,只不过我们尚未弄明白。

真正的文学犹如椴树花。

为了检验和评价文学的力量和它的完美程度,为了感受它的气息和不朽的美,往往需要一段时间的距离。

如果时间能使爱情和人类其他种种感情消失,正如使对人的怀念本身消失一样，那么它也能使真正的文学获得不朽。

应该回忆一下萨尔蒂科夫–谢德林的话：文学是不受衰亡的规律支配的。还有普希金的话："在我遗留的诗歌中，我的灵魂将超脱骨灰，获得永生"。①以及费特的话："这片树叶虽已枯萎飘落，但它将在诗歌中闪着永恒的金光"。②

各个时代和各个民族的作家、诗人、艺术家和学者的类似言论，简直不胜枚举。

这一观点将激励我们去"完善喜爱的思想"，孜孜不倦地追求，勇攀艺术技巧的新高峰。它还会使我们意识到，在人类精神的真正创造和人类生气勃勃的心灵根本不需要的那种灰色的、萎靡不振的、鄙俗不堪的文学之间，有一条不可逾越的鸿沟。

瞧，关于椴树花的特性这一话题，简直可以天南海北地聊！

显然，一切都可能给人的思想带来帮助，因此任何东西都不应受到忽视。其实，有些童话就是在干豌豆或破瓶颈这类无关紧要的物品乃至废物的微小帮助下产生的。

上面的话离开了本题，不过现在我仍然试图凭记忆简略地回忆一下我为拟议的(几乎是幻想的)那部词典所作的一些笔记。

据我所知，我们的某些作家是有这类"私人"词典的，但他们却秘不示人，也不愿提及它们。

我在前面谈到的泉水、雨、雷雨、霞光，"沙地上的波纹"和各种花草的名字，也是在记忆中恢复的"词典笔记"。

我最初的笔记是有关森林的。我生长于没有森林的南方，也许正是由于这个原因，在俄罗斯中部的自然物中，我最先爱上的是森林。

第一个使我完全着迷的"森林"词汇是 глухомаь(荒凉的地方)。不错，它

---

①见普希金的抒情诗《纪念碑》。
②见费特的抒情诗《致诗人》。

不仅仅跟森林有关，但我最初是从一些护林员嘴里听到这个词的，"глушняк"（密林、老林、野生丛林）一词也是如此。从那以后，在我的脑海里，глухомань一词便与茂密的、长满青苔的森林，潮湿的密林，被暴风吹折、满地狼藉的树木，腐烂物和朽木桩的碘酒般的气味，浅绿色的昏暗和寂静联系在一起了。"我的家乡，你是我的故园，我的古老的荒凉的地方！"

接着便是那些真正的森林词汇：造船木材林、山杨林、小林地区、沙地松林、小灌木林、苔藓沼泽（森林干沼泽）、火烧迹地、阔叶林、空闲地段、林边、护林哨所、桦树林、采伐场、树皮、净松枝、林间通道、木质坚密的松树、栎树林，以及其他许多普通的、如诗如画的词汇。

就连"森林界桩"或"护桩"这类枯燥无味的术语，都充满着不可捉摸的魅力。如果您了解森林，那您就会同意这一点。

一根根不高的界桩竖在一条条窄窄的林间通道的交点上。它们附近总是有一个上面长满渐渐枯萎的深草和草莓的小沙丘。这种沙丘是在立界桩时用从坑里挖出来的沙子堆起来的。在砍平的界桩的上端烙有一组数字，这是"林班"的号码。

在这些界桩上，几乎总是有一些蝴蝶收拢翅膀取暖，还有一些蚂蚁在忙碌地跑来跑去。

界桩旁边比森林里暖和些（或许这只是那么一种感觉）。因此你总会坐下来休息休息，背靠在界桩上，两耳谛听着树梢轻轻的沙沙声，两眼则注视着天空。在林间通道上，天空清晰可见。一朵朵镶着银边的白云在天上徐徐飘动。也许这样坐上一个星期，坐上一个月，也见不到一个人。

在天空和白云里笼罩着中午的宁静，这种宁静也笼罩着森林，笼罩着垂向灰化的地面的风铃草干枯的蓝色花萼，也笼罩着您的心灵。

有时，在一两年之后，你又认出了那个熟悉的旧界桩。你每次都会感叹，多少光阴像流水一样逝去了，在这段时间里你又去过多少地方，体验了多少痛苦和欢乐，而这个界桩却无论昼夜，无论寒暑仃立在这里，犹如一个忠实的、百依百顺的朋友在将你等待。只不过它身上长出的黄苔藓更多了，而菟丝子则爬到了桩顶上。菟丝子已经开花，由于受到森林暑气的熏蒸，散发出扁桃般的淡淡的苦味。

消防瞭望台是眺望森林的最佳处所。从那儿可以清楚地看到森林伸展到地平线后面的景象，它们时而登上陡坡，时而下到谷地，犹如矗立在一道道沙沟之上的一道道要塞的壁障。有的地方时而有水光闪现——那是像镜子一样平静的森林湖泊，或者是浅红色的，"冰冷的"森林小溪的深潭。

从瞭望台上可以一眼望尽整个树木繁茂的低地和整个壮丽庄严的林区——它无边无际，神秘莫测，正威风凛凛地召唤人们进入它那迷宫般的密林。

这种召唤是难以抗拒的。必须马上背起行囊，带上罗盘，走进森林，潜入这片郁郁葱葱的针叶树的海洋。

我和阿尔卡基·盖达尔就这样做过一次。我们在森林里信步逛了一整天和几乎一整夜，头顶上繁星闪烁，它们透过松树的树冠仅仅为我们两人照亮（因为四周的一切都在沉睡），直到天亮之前我们才走到一条曲曲弯弯的森林小河边。它笼罩在弥天大雾中。

我们在岸边点起一堆篝火，在它旁边坐了下来，很久很久都默然无语，只是谛听着河水从近旁一棵倒在水中的大树下流过时的潺潺声，后来则传来了一声驼鹿的哀鸣。我们默默地坐着，抽烟，直到东方升起一抹轻柔的浅蓝色朝霞。

"要是能这样坐一百年就好了！"盖达尔说："你觉得够吗？"

"未必够。"

"我也会觉得不够。把军用饭盒给我。咱们煮点茶吧。"

他摸黑儿朝河边走去。我听见他用沙子擦洗军用饭盒的声音，还听到他因军用饭盒的金属提梁脱落而把饭盒骂了一通。然后他轻轻地哼起了一支我不熟悉的歌子：

> 密林里藏着匪帮，
> 自古就暗淡无光。

怀里的宝剑啊，

已磨得明晃晃。

他的歌声使我的心情变得非常宁静。森林静静地耸立着，也在谛听盖达尔的歌声，只有小河仍在生那棵挡路的大树的气，老是唠唠叨叨，潺潺作响。

还有很多词虽不属于森林词汇，但却跟森林词汇一样，以其所隐含的魅力强烈地感染着我们。

俄语中有关四季和跟四季有关的自然现象的词汇是异常丰富的。

就拿早春来说吧。她，这位被料峭的寒风冻得浑身发冷的春姑娘，背囊里就有很多优美的词汇。

起初是解冻、融雪、房檐滴水。雪变成了粒状，出现了许多小孔，慢慢地下沉和发黑。雪受到雾的侵蚀。道路渐渐变得泥泞不堪，简直无法通行。河上的冰层开始出现一个个窟窿，露出的水是黑的，而小丘上的雪已经多处融化，露出地面。在坚硬的积雪边缘上，款冬已经长出了黄澄澄的嫩芽。

后来河面上出现了冰的第一次浮动（正是浮动，而不是流动），这时冰层开始斜着裂开，冰块开始错位，于是从一个个冰窟窿和缝隙里冒出了一股股水。

流冰不知为什么多半是在黑黢黢的夜里开始的。在此之前，沟谷里已经处处冒水，而融化的雪水则从草场和田野中流了出来，汇在一处，形成春汛，它裹挟着一块块像碎瓷片一样的残冰，发出叮叮当当的撞击声。

要列举一年四季的种种特点是不可能的。因此我按下夏天不表来谈秋天，谈谈初秋的那些日子，亦即时序刚交九月的时候。

大地渐渐变得满目萧疏，不过前面还有个"小阳春"，太阳将放射出最后的非常明亮但却像云母般颇有寒意的光芒，凉爽的空气将把天空洗得湛蓝湛蓝，蛛丝将在空中随风飘荡（迄今为止，有些地方一些虔诚的老太婆仍然把蛛丝称为"圣母的细纱"），枯萎的树叶将洒落在荒寂的水塘溪涧。一棵棵白桦树犹如一群戴着绣有金叶头巾的美女亭亭玉立。"忧郁的季节啊，多么令人赏心悦目！"①

然后就是阴雨天,秋雨绵绵,凛冽的北风"朔风"在铅灰色的水面上吹起一道道皱纹,严寒接踵而至,夜里黑漆漆的,露水冰冷冰冷的,朝霞昏沉沉的。

一切都这样按部就班地进行着,然后便是第一股寒潮席卷大地,第一场雪从天而降,大地上出现了初雪后的雪橇道路。于是冬天降临了。伴随着冬天而来的是频繁的暴风雪、雪暴、低吹雪、大雪和酷寒天气,以及田野上一块块路标、雪橇滑铁的吱嘎声和灰蒙蒙的、风号雪舞的天空。

我们的许多词汇是跟雾、风、云、水密切相关的。

在俄语词典中,特别丰富的是关于河流以及深水段、深水洼、渡船和浅滩的词汇。平水期,这些浅滩轮船是难以通行的,为了预防搁浅,只能沿着"主流"航行。

我认识几个渡船主人和渡船水手。学俄语就得拜他们为师。

渡船是热闹的乡村集市。它取代了民间的集会和乡村的茶馆。

在渡船上,妇女们一面假装骂自己的丈夫为二流子,一面慢腾腾地拉着铁索;毛茸茸的、屈从命运的马儿一面从旁边的大车上撕咬干草,匆匆忙忙地咀嚼着,一面斜视着卡车上的小猪在麻袋里拼命地嚎叫和挣扎;男人们则抽着用有毒的绿色烟叶卷成的烟卷,不烧到手指头决不罢休。要想聊天,不上这样的渡船又上哪儿呢?

要想了解农村的——也不仅仅是农村的——种种新闻,要想听到各种机智的、出人意料的格言警语和不可思议的故事,只有到用干草屑填满缝隙的渡船上去。你只消坐在那儿,边抽烟边听,任凭渡船在两岸之间来来去去。

几乎所有的渡船主人都是饱经沧桑的人,他们非常健谈,而且说话俏皮。一到傍晚,他们谈锋更健,那时人们不再来回渡河消磨时光,太阳已经安详自若地落到陡岸后面去了,蚊子在空中团团飞舞,嗡嗡鸣叫。

那时,他们可以坐在棚子旁边的长凳上,用被铁索磨得粗糙的手指,客

---

①这两句诗出自普希金的抒情诗《秋》(1833)第七节。

客气气地从一个偶然来到而且不急着赶路的客人手上接过一支烟卷，不用说还会评论一番："这烟味太淡，抽根玩玩而已，一点都不过瘾。"不过仍然高高兴兴地抽着，并且眯着眼睛望着河面，就聊开了。

总之，在河岸上，在码头上（它们被称为浮码头或"轮船码头"），在用平底木船搭成的浮桥附近（那儿常常聚集着许多有着特殊习俗和传统的船民），生活丰富多彩，热闹非凡，为研究语言提供了充足的养料。

伏尔加河和奥卡河流域的语言是非常丰富的。假如在我国的生活中没有这两条河，那是不可思议的，正如没有莫斯科，没有克里姆林宫，没有普希金和托尔斯泰，没有柴可夫斯基和夏里亚宾①，没有列宁格勒的铜骑士②和莫斯科的特列嘉柯夫美术馆③一样不可思议。

雅济科夫④（按照普希金的说法，他的语言炽热如火）曾在一首诗中对伏尔加河和奥卡河做过精彩的描绘，而对奥卡河的描绘更佳。

在这首诗中，雅济科夫代表许多伟大的俄罗斯河流（其中也包括奥卡河）向莱茵河表示敬意。

> ……河水猛涨，从橡树林
> 流入穆罗姆地区辽阔的荒原，
> 是那样威严、辉煌和从容
> 沿着可敬的河岸……

① 费奥多尔·伊凡诺维奇·夏里亚宾（1873—1938），俄国男低音歌唱家、歌剧演员。曾在歌剧中饰演鲍里斯·戈都诺夫、浮士德、伊凡·苏萨宁等角色。
② 指 1782 年揭幕的彼得一世雕像，位于涅瓦河畔。
③ 俄罗斯和苏联艺术博物馆，1856 年为 П.М.特列嘉柯夫创立，后逐步扩大，成为世界著名艺术博物馆之一。
④ 尼古拉·米哈伊洛维奇·雅济科夫（1803–1846），俄罗斯诗人。下面的诗句引自他的《致莱茵河》一诗。

好吧,让我们记住"可敬的河岸"吧,我们将为此向雅泽科夫致谢。

我国的方言土语是丰富多彩的,并不亚于"自然"词汇。

滥用方言往往说明作家不成熟和缺乏艺术修养。不加选择地使用那些难懂的、甚至广大读者完全不懂的词汇,主要是为了自我炫耀,而不是出于赋予自己的作品以艺术感染力的愿望。

已经存在着一座高峰,这就是纯洁、灵活的俄罗斯标准语。若要用方言来丰富它,需要严格的选择和高度的鉴赏力,因为我国不少地方的语言和发音,既有真正的珍珠,也有很多拙劣的、不悦耳的词汇。

说到发音,那种元音脱落的发音也许是最刺耳的了。例如,把"бывает"说成"быват",把"понимает"说成"понимат",还有那个众所周知的"однако"(但是)。那些描写西伯利亚和远东题材的作家,往往把这个词当作笔下几乎所有主人公神圣不可侵犯的常用语。

只有生动、悦耳、易懂的方言,才能使语言得到丰富。

要想使方言变得明白易懂,根本就不需要什么枯燥的说明,也不需要作什么脚注,而只要把这个词置于一定的语境之中,使读者无须借助作者和编者的注解就对它的意义一目了然。

对读者来说,一个生僻难懂的词儿,就可以破坏一篇结构完美的散文。

只有当文学作品明白易懂的时候,它才能存在下去和产生影响,这是无须证明的。佶屈聱牙的或者故作高深的文学作品,只对作者有用,对人民是毫无用处的。

空气越清新,阳光就越明媚。散文越清新,它就越完美,它在人的心灵中所引起的共鸣就越强烈。这种思想,列夫·托尔斯泰表述得简明扼要:"朴素是美的必要条件。"①

我曾听到过许多方言,就拿弗拉基米尔州和梁赞州来说吧,有一部分方

---

①见列夫·托尔斯泰致列·安德列耶夫的信(1908年)。

言当然是难懂乏味的,但偶尔也能遇到一些表现力极强的词汇,例如,在这两个州至今还保留着一个古词"окоём"(视野),其意义与"горизонт"(地平线、视野)相同。

辽阔的地平线从奥卡河高高的河岸伸展出去,河岸上有一个叫"окоемово"(视野)的村子。从视野村,正如村民们所说,"看得到半个俄罗斯"。

地平线就是我们举目远眺、尽收眼底的陆地上的一切,或者用古话来说,就是"емлетоко"(目力所及)的一切。"окоём"(视野)一词即来源于此。

"стожары"(天火星)一词也十分悦耳,在上述两个州里(也不仅是在这两个州里),老百姓用它来称呼猎户星座。

由于发音相近,这个词使人联想起寒冷的天火(猎户星座真的非常明亮,特别是秋季,它们的确像银色的烈火在漆黑的天空熊熊燃烧)。

这样的词儿也能美化现代标准语,然而在梁赞的方言中,人们不说"утонул"(淹死了),而说"уходился"(安静了),这既缺乏表现力,又颇为费解,因而在全民语言中毫无生存的权利。不过,那个用以代替"можно"(可以)的词"льзя"(行)却因其具有古语色彩而显得趣味盎然。

"喂,小伙子,这样调皮怎么 льзя(行)呢! 这是完全 нельзя(不行)的。"

所有这些词儿——不管是 окоем(视野)、стожары(天火星)、льзя(行),还是"九月"的动词 сентябрит(初秋的寒冷),我都是在跟一个老汉闲聊时听来的。这个老汉有一颗地地道道的童心,是个安分守己的劳动者,是个穷人,但这并不是因为他一贫如洗,而是因为生活俭朴,容易满足,他是梁赞州索洛特奇村的一个单身农民,名叫谢苗·瓦西里耶维奇·叶列辛,于 1954 年冬天去世。

谢苗老爹是俄罗斯性格最完美的典范——自尊、高尚、慷慨,尽管从外表来看,他的生活非常俭朴。

他对任何事都有自己的见解,因而令人终生难忘。他喜欢讲小酒馆的事,说在那里"庄稼汉们通宵不睡,吵闹不休",不停地争论、喝茶和抽马合烟。而对集体农庄的茶馆,他却长期不买账,因为那里要"凭票"(凭收款收据)才供应食品,他觉得这样做很荒唐:"我要它干啥,这个什么票! 我付了钱,给我拿下酒菜来,不就得了! "

谢苗老爹有一个梦寐以求的理想,可惜没有实现。他想做一个细木工,做一名能工巧匠,让全世界都为他的神奇作品而感到惊异。

然而这个理想实际上却变成了一场持久、热烈的争论:应该怎样把窗框上的装饰面板镶"平"呀,或者怎样修好踩坏了的台阶呀,而且用的是一套费解的术语,要记住它们是不可能的。

一个人会怎样给他所生活的地方增光啊! 谢苗死后,这个地方的魅力就几乎丧失殆尽,以至很难下决心前往那儿。在河边的沙丘墓地,在几株垂柳的掩映下,矗立着他的坟墓,据说墓上摆着一个灰色的粒状磨盘。

在寻找词汇时,不能忽视任何东西。你永远无法知道,你在哪儿会找到一个真正的词儿。

为了研究海洋、海事和海员的语言,我开始阅读航路指南——这是船长们的参考书。书中汇集了某个海的各种资料:深度、水流、风、海岸、港口、灯塔、暗礁、沙洲,以及对于安全航行来说所必须知道的一切。所有的海都有航路指南。

我弄到手的第一本航路指南是黑海和亚速海的指南。我一翻开书页,就被它那准确的、非常独特的美妙语言所震惊。

不久以后,我就弄清楚了它的独特性的原因所在:从 19 世纪初开始,每隔同样的年限,由佚名作者编写的航路指南便出版一次,每一代海员都对其进行修订。因此,一百多年来语言变化的种种景象便在航路指南中得到了极其鲜明的反映。我们的曾祖辈和祖父辈的语言同现代语言融在一起。

根据航路指南判断,某些概念发生了很大的变化。例如,关于最猛烈、最具有破坏性的风——诺沃罗西斯克东北风(布拉风),航路指南是这样说的:

"刮东北风时,海岸为浓密之 мрачность 所笼罩。"

对于我们的曾祖父辈来说，мрачность 意为黑雾，而对于我们来说，它是一种精神状态①。

所有的航海术语，如同海员的口语一样，都是绝妙的。从"风玫瑰"到"轰隆作响的北纬四十度"（这不是诗歌中任意虚构的词汇，而是航海文件中这一纬度的名称），几乎每个词都可以写几首长诗。

巡航战船、多桅船、纵帆船、快速帆船、纤索、横桁、绞车、海军锚、"樯楼"值更、半小时一次的钟声、测程仪、涡轮机的轰鸣、警笛、船尾旗、烈风、台风、雾、眩目的无风区、浮标灯、"深水"海岸、"陡峭的"海岬、节②、链③，在所有这些术语中，在亚历山大·格林所谓"绘画般的航海劳动"的方方面面，都饱含着一种自由奔放的浪漫情调。

海员的语言有力、鲜明，充满沉着的幽默。如同许多其他行业的语言一样，这种语言也值得专门研究。

---

①在现代俄语中，мрачность 意为忧郁、悲观。

②舰船速度单位，即海里/小时。

③海上测距单位，相当于 0.1 海里或 185.2 米。

阿尔什万格商店逸事

1921年冬天，我住在敖德萨一家以前的服装店里，店名叫"阿尔什万格及其伙伴"。我未经许可就擅自占用了二楼的试衣室。

我拥有三个镶着波希米亚刻花玻璃镜子的大房间。镜子紧紧地嵌在墙内，我和诗人爱德华·巴格里茨基[①]费尽心机，试图把这些镜子拆卸下来，拿到新市场上去换些食品，但却无济于事。甚至连一块玻璃的咔嚓声都没有听到。

除了三个装着腐烂刨花的空箱子，试衣室里没有任何家具。好在玻璃门可以轻易地从铰链上卸下来。每天晚上我把它卸下，搁在两只箱子上面，把被褥一铺，以门当床。

玻璃门很滑，因此那条旧褥子和我老是从门上滑下来，滚到地板上，这种事一夜要发生好几次。

只要褥子一动，我便会立即醒来，气也不敢出一声，手指也不敢动一下，愚蠢地以为褥子也许会停下来。可是褥子却慢慢地、毫不留情地滑动着，我的妙计不起作用。

这件事一点也不可笑。那年冬天冷得出奇。从港口到"小喷泉"的海面都结了冰。猛烈的东北风把一条条花岗石马路刮得光溜溜的。一场雪也没下过，这比满街积雪更让人觉得冷得多。

试衣室里有一只小铁炉，但没有东西生火。而且靠这个可怜的小炉子把三个大房间烧热也是不可能的。因此我只用小铁炉烧胡萝卜茶。做这件事有

---

①爱德华·格奥尔基耶维奇·巴格里茨基(1895—1934)，俄罗斯诗人。

几张旧报纸就够了。

第三只箱子被当成了桌子。每天晚上我点一盏油灯放在上面。

我躺下的时候,把我所有的防寒物品都盖在身上,借着油灯的亮光阅读格奥尔基·申格尔翻译的何塞·马里亚·埃雷迪亚①的诗集。诗集是在这饥馑的一年在敖德萨出版的,但我可以证明,它并未削弱我们的英勇精神。我们觉得自己像罗马人一样坚毅刚强,并且想起了申格尔本人的诗句:"朋友们,我们是罗马人,我们的鲜血正在流淌……"

我们的鲜血,当然没有流淌,但我们这些快乐的年轻人,有时毕竟感到极度饥寒交迫,不过谁也没有怨天尤人。

在楼下,也就是一楼店面开展活动的是一个美术合作社,他们的活动非常繁忙,但却颇有点可疑。这个企业的老板是个爱唠叨的老画家,外号叫"招牌大王",在敖德萨可说家喻户晓。

合作社承制招牌、女帽和"木鞋"(一种具有古希腊、罗马简朴特点的女式便鞋:只要在木头鞋掌上钉几根带子,便大功告成),还绘制电影海报(这些海报是用水胶涂料画在不平整的胶合板上的)。

有一次,这个工作室非常走运,它接到为当时黑海唯一的轮船"彼斯捷尔"号制作所谓"船首装饰"的订货。这艘轮船打算前往巴统进行处女航。

装饰品是用铁板做的,然后在黑色的底板上画上金色的植物图案。

这项工作把所有的人吸引住了,就连民警若拉·科兹洛夫斯基有时也离开近旁的岗位,跑来看看热闹。

当时我在《海员报》当秘书。以报社工作为主的有许多青年作家,其中包

---

①何塞·马里亚·埃雷迪亚(1842—1905),法国巴那斯派诗人。生于古巴,后定居法国,代表作为诗集《锦幡集》(1893),收十四行诗约150首。

括卡达耶夫①、巴格里茨基、巴别尔②、奥列沙③和伊里夫④。至于经验丰富的老作家中常来我们编辑部的,只有安德烈·索鲍里⑤,他是个很可爱的人,老是心神不定,坐不安席。

有一次,索鲍里给《海员报》带来自己的一篇短篇小说,这篇小说支离破碎,杂乱无章,不过题材倒是有趣,而且的确才华横溢。

大家读了这篇小说后都感到棘手。发表这样草率的作品是不行的,而让索鲍里对它进行修改,谁都没有勇气。在这方面,索鲍里是说不通的——这倒不是出于作者的自尊心(在索鲍里身上,这种东西恰恰几乎没有),而是由于神经质:他不愿回头面对自己已经完成的作品,对它们已经失去了兴趣。

我们坐在一起冥思苦想:怎么办呢?跟我们坐在一起的还有我们的校对——勃拉戈夫老头,他从前是俄国发行量最大的报纸《俄罗斯言论报》⑥的社长,大名鼎鼎的出版家瑟京⑦的左右手。

他是个沉默寡言的人,被自己的历史吓坏了。他仪表堂堂,跟我们编辑部这些衣衫褴褛、闹闹哄哄的年轻人毫不协调。

我把索鲍里的手稿带回阿尔什万格商店,打算再看一遍。

很晚的时候(还不到十点,但沉浸在黑暗中的城市从黄昏起就已经空旷无人,只有风在一个个十字路口幸灾乐祸地咆哮),民警若拉·科兹洛夫斯基来敲商店的门。

---

①瓦连京·彼得罗维奇·卡达耶夫（1897—1986），俄罗斯作家。主要作品有《时间呀,前进!》、《黑海波涛》四部曲、《团的儿子》等。

②伊萨克·埃马努伊洛维奇·巴别尔(1894—1941),俄罗斯作家。主要作品有《骑兵队》等。

③尤里·卡尔洛维奇·奥列沙(1899—1960),俄罗斯作家。主要作品有长篇童话小说《三个胖子》等。

④伊里亚·伊里夫(1897—1937),原名伊里亚·阿尔诺里多维奇·法因济利贝格,俄罗斯作家,与叶甫盖尼·彼得罗夫合著《十二把椅子》、《金牛犊》等作品。

⑤安德烈·索鲍里(1888—1926),原名尤里·米哈伊洛维奇·索鲍里,苏联犹太作家。

⑥俄国自由资产阶级日报,1895—1918年在莫斯科出版,1897年起由瑟京发行。

⑦伊凡·德米特里耶维奇·瑟京(1851—1934),俄国启蒙派出版家。

我把一张报纸拧成一卷,将它点着,像举着火炬一样举着它,去开那扇用一节锈痕斑斑的煤气管顶住的沉甸甸的店门。举着小油灯是不行的,它不仅经不住一丝最微弱的风儿,就连一个专注的眼神也会使它熄掉。

"有个公民找您",若拉说。"请您证明一下他的身份,我就放他进来。这儿有工作室,光是颜料,据说就值三亿卢布。"

当然,要是注意到,比方说吧,我在《海员报》每月的收入是一百万卢布(按市场价这笔钱只够买四十包火柴),那么这个数目也就不会像若拉所觉得的那样令人啧啧称奇了。

站在门外的是勃拉戈夫。我证明了他的身份。若拉把他放进店里,还说过两三个小时,他要来我们这儿暖暖身子,喝杯开水。

"事情是这样的,"勃拉戈夫说。"我老想着索鲍里这篇小说。一篇很有才气的作品。不能让它埋没了。您知道吧,作为一个老报人,我有一个习惯,就是不放弃好的小说。"

"有什么办法呢?"

"把手稿给我。我用人格担保,我不动稿子一个字。我留在这儿,因为回兰热龙街去是不行的——肯定会把我的衣服剥光。我当着您的面把手稿弄一弄。"

"什么叫'弄一弄'?"我问。"'弄一弄'的意思就是修改呀。"

"我不是对您说过了吗,既不删掉一个字,也不增加一个字。"

"那您怎么做呢?"

"您等着瞧吧。"

在勃拉戈夫的话里,我感到有某种难以猜测的东西。在这个朔风怒号的冬夜,某种神秘的东西跟这个神态自若的人一起来到了阿尔什万格商店。

勃拉戈夫从口袋里掏出一截非常粗的蜡烛头,这种蜡烛是教堂用品。蜡烛头上像螺旋似的盘着一条条金色的纹路。他点燃蜡烛头,把它往箱子上一搁,然后坐到我的破行李箱上,手里握着一支木匠用的扁铅笔,埋头看起手稿来。

半夜里,若拉·科兹洛夫斯基来了。我正好烧了开水,还沏了茶,不过这次沏的不是干胡萝卜茶,而是切碎后烘干的甜菜茶。

"你们可要明白,"若拉说,"从远处看,你们两个像是造假票子的。你们这是在干什么呢?"

"修改一篇小说,"我回答道。"给下一期用。"

"你们可要明白,"若拉又说道,"不是民警局的每个工作人员都明白你们在干什么。你们应该感谢上帝,当然上帝是不存在的,因为在这儿执勤的是我,而不是别的什么笨蛋。在我看来,文化是至高无上的。至于那些造假票子的,都是些行家,他们用一块牲口粪,既能造出钞票,又能造出居住证。据说巴黎的卢浮宫博物馆有一块黑天鹅绒垫子,上面摆着一只漂亮得难以形容的大理石手。这不是莎拉·伯恩哈特[1]的手,也不是肖邦或维拉·霍洛德纳娅[2]的手,而是欧洲最著名的伪币制造者的手的模塑品。我忘了他的名字。当时他的脑袋被砍掉了,而手却拿来展出,好像他是个高超的小提琴手似的。这是个很有教育意义的故事吧?"

"一般吧,"我回答说。"您有糖精吗?"

"有,"若拉回答说。"是片剂。我可以分一点给您。"

直到天亮之前,勃拉戈夫才定稿。他没有让我看稿子,当我们来到编辑部,女打字员把稿子打好之后,他才让我看。

我读完小说,不禁愣住了。这是一篇内容简洁、文从字顺的小说。一切都变得清清楚楚、明明白白。原先那种草率成文、佶屈聱牙的情况连一点痕迹都没有留下。与此同时,的确一个字也没有增删。

我朝勃拉戈夫一瞥,他正在抽一支用黑如茶叶的库班烟草卷成的粗烟卷,脸上带着微笑。

"这是一个奇迹!"我说。"您是怎么做到的?"

①莎拉·伯恩哈特(1844—1923),法国著名女演员。
②维拉·瓦西里耶芙娜·霍洛德娅(1893—1919),俄国女电影演员。

"我只不过是把所有的标点符号都打得正确无误罢了。索鲍里对标点符号简直是乱用一气。我特别仔细地把句点标上了，还分了段。亲爱的，这可是件大事啊。连普希金都谈到过标点符号问题呢。标点符号的意义，就是为了突出思想，理顺词与词之间的关系，使句子明白易懂，音调准确。标点符号就像音符。它们使文章浑然一体，而不致杂乱无章。"

小说登出来了。可是第二天索鲍里闯进了编辑部。他像往常一样没戴帽子，头发蓬乱，两只眼睛发出一种奇怪的光。

"谁动了我的小说？"他扯起嗓子叫道，然后手杖一抡，在放着许多报纸合订本的桌子上猛地一击，只见灰尘像一团浓云从桌子上升了起来。

"谁也没动过，"我回答说。"您可以核对原稿。"

"撒谎！"索鲍里嚷道。"瞎说！我反正会弄清楚是谁动的！"

一场大闹看来是不可避免的了。胆小的同事们迅速逃离了办公室。但我们的两个女打字员柳辛娜和柳夏却像往常一样跑来看热闹，脚上的"木鞋"发出叭哒叭哒的声音。

这时勃拉戈夫沉着地、甚至有点沮丧地说道："如果您认为给尊稿改正标点符号就是动它，那我承认，动它的是我。我要尽到校对的职责。"

索鲍里朝勃拉戈夫奔去，一把抓住他的双手，使劲地摇了摇，然后抱住老头，并按莫斯科的习俗，吻了他三次。

"谢谢！"索鲍里心情激动地说。"您给我上了一堂绝妙的课。遗憾的是，上得太晚了。我觉得对自己过去的那些作品有罪。"

晚上，索鲍里不知从哪儿弄到了半瓶白兰地，带到了阿尔什万格商店。我们请来了勃拉戈夫；巴格里茨基和下了班的若拉·科兹洛夫斯基也来了，于是我们为了文学和标点符号频频举杯，把白兰地喝得精光。

从此以后，我深深地相信，适时适地打上一个句号，能对读者产生多么惊人的影响。

似乎微不足道

几乎每个作家都有自己的鼓舞者，自己的保护神，那人通常也是作家。

只要读几行那人的作品，自己就会立即冒出创作的念头。某些作品似乎能够喷出酵母液，使我们心醉神迷，受到感染，迫使我们拿起笔来。

奇怪的是，这样的作家，这样的保护神，就其作品性质、风格和题材而言，往往与我们相去甚远。

我认识一位作家，他是一位坚定的现实主义者，专以日常生活为创作题材，为人冷静、沉着。但他的保护神却是放荡不羁的幻想家亚历山大·格林。

盖达尔把狄更斯称为他的鼓舞者。至于我本人，那么司汤达的《罗马书简》①的任何一页都能唤起我的创作的欲望，尽管我的作品与司汤达的小说截然不同，这使我本人也感到诧异。有一年秋天，我在读司汤达作品的同时，创作了短篇小说《273护林区》，它写的是普拉河畔的禁伐林。在这篇小说中，司汤达式的东西是绝对找不到的。

老实说，我并没有仔细琢磨过这种情况。我之所以提到它，仅仅是为了说明，有许多乍看上去微不足道的情况和习惯，却对作家的创作有所帮助。

大家知道，普希金最佳的创作状态在秋天。无怪乎"波尔金诺的秋天②"

---

①根据这句话的语境判断，它并非指《罗马来信·论当代意大利文学》（及其续篇《论当代意大利文学的第二封信》）。对司汤达来说，这两部作品多少有些"一般"。帕乌斯托夫斯基很可能是指《罗马漫步》，他对该书极为赞赏。

②波尔金诺村是普希金家族的领地，位于尼热戈罗德省（今下诺夫戈罗德州）。1830年8月31日，普希金为了筹措结婚经费，从莫斯科前往波尔金诺村办理分产手续，他原打算在那儿住三个星期，后因周围发生霍乱疫情，滞留达三个月之久。在这段时间里，他创作了抒情诗29首、童话诗2首、叙事诗1首、"小悲剧"4部、中篇小说6部，《叶甫盖尼·奥涅金》的最后3章。这三个月是创作丰收的三个月，在文学史上被誉为"波尔金诺的秋天"。

成了创作大丰收的同义词。

普希金在给普列特尼奥夫①的一封信中说:"秋天即将来临。这是我最喜爱的季节——我的体质通常会增强——我的文学创作季节即将来到"。

问题的实质,也许是不难理解的。

秋天天高气爽,略带寒意,它具有一种"临别的美",远方清晰可见,空气清新宜人。秋天给大自然描绘的是一幅简洁的图画。深红色和金黄色的森林,每小时都变得更加稀疏,线条变得更加突出,剩下的唯有光秃秃的枝丫。

眼睛渐渐习惯了明朗的秋天景色。这种明朗的景色又渐渐地控制了作家的意识、想象和手。诗歌和散文的喷泉喷射出清澈、凛冽的泉水,这泉水还偶尔发出碎冰的叮当声。头脑是清醒的,心儿跳得有力而均匀。只有手指稍有点儿发冷。

秋天临近,人的思想的庄稼也在渐渐成熟。关于这一点,巴拉丁斯基说得非常精辟:"珍贵的庄稼正在成熟,你也将把思想的谷粒收割,实现人的完美的命运。"②

普希金,用他本人的话来说,每逢秋天,他又会精神焕发;每逢秋天,他都会变得年轻。歌德曾经断言,天才的一生往往会几度青春,这显然是对的。

就在这样一个秋日里,普希金写了一首诗,非常鲜明地表现了诗歌创作的复杂过程。

> 我忘记了世界,在甜蜜的宁静中
> 我的幻想使我如痴如梦,
> 于是,诗兴在我的心中苏醒:
> 内心里洋溢着滚滚的激情,

---

①彼得·亚历山大罗维奇·普列特尼奥夫(1792—1865),俄罗斯作家、诗人、批评家。从19世纪20年代中期起,普列特尼奥夫主持普希金作品的出版工作。此信写于普希金启程去波尔金诺的当天(1830年8月31日)。

②见巴拉丁斯基的诗《秋》。

它战栗、呼唤、寻求,梦魂中

想要自由自在倾泻尽净——

这时一群无形之客向我走来,

似曾相识,都是我幻想的成品。

于是脑海中的思想如狂涛汹涌,

于是轻快的韵律迎着思潮奔腾,

于是手指握住笔,笔尖儿伸向纸,

刹那间——诗章恰似流泉涌。①

这是对创作的极其精辟的分析。只有在精神昂扬、激情滚滚的情况下,才能做出这样的分析。

普希金还有一个特点。他在写作时若遇到钉子,就干脆放过,从不在此纠缠,而是继续往下写。以后他再回头把放过的地方补上,但也只是在灵感出现的时候,他对灵感从不孜孜以求。

我看到过盖达尔写作时的情景,这和作家通常的写作情景迥然不同。

当时我们住在梅晓拉森林的一个村子里。盖达尔住的是临街的一幢大房子,而我则住的是花园深处的一个旧澡堂子。

当时盖达尔正在写《鼓手的命运》。我们商定,从早晨到吃午饭前这段时间专心致志地工作,决不以钓鱼互相引诱。

有一次,我正在澡堂子敞开的窗户旁写作,连四分之一页都没写完,盖达尔就从大房子里出来,装出一副悠闲自在、冷漠无情的神态,从我的窗前走过。

我假装没看见他。盖达尔在花园里一面踱来踱去,一面自言自语,然后又从我的窗前走过,但这一次显然是要竭力对我进行挑逗。他又是吹口哨,

---

①见普希金的诗《秋》(1833)。

又是故意咳嗽。

我一声没吭。于是盖达尔第三次从我窗前走过,气冲冲地看了我一眼。我仍然一声没吭。

盖达尔忍不住了。

"听我说",他说道,"别装糊涂啦!你反正是个快手,对你来说,停一会儿不算一回事。瞧,好一个博博雷金①!我要是这样写个不停,那我也能出一部一百八十卷的全集啦。"

他很喜欢这个数字。他又乐滋滋地重复了一遍:"一百八十卷!一卷也不少!"

"行了,"我说,"你就实话实说吧,你要干什么?"

"我要你听听,我想出了一个什么样的妙句。"

"什么句子?"

"好,你听:'老头儿受苦啦,受苦啦!——乘客们说道。'妙吧?"

"我怎么会知道!"我回答说。"得看搁在哪儿,具体语境如何。"

盖达尔勃然大怒。

"'具体语境如何','具体语境如何'!"他模仿我的语调说。"该是什么语境,就是什么语境呗!好吧,就算是这样吧!你就坐着写你的全集吧。我可要去把这个句子记下来。"

然而他却没能忍耐多久。过了二十分钟,他又来到我的窗前踱来踱去。

"喂,你又想出什么佳句来了吗?"我问。

"听我说,"盖达尔说道,"过去我只是模模糊糊地怀疑你是个没有自制力的知识分子,是个喜欢嘲笑人的人。可现在我对这点深信不疑,同时也感到非常难过。"

---

①彼得·德米特里耶维奇·博博雷金(1836—1921),俄国作家。彼得堡科学院名誉院士(1900)。著有长篇小说《生意人》等作品。他的中长篇小说广泛地反映了19世纪下半叶俄国社会各阶层的生活。

"走吧,走吧,你知道该去哪儿!"我说。"我好心好意求你了,别打扰我吧!"

"瞧,好一个拉热奇尼科夫①!"盖达尔说,但毕竟还是走了。

五分钟后他又回来了,远远地给我大声念了一个新句子。这个句子,说真的,简直出乎意料的好。我对它称赞了一番。盖达尔需要的就是这个。

"好啦!"他说。"从现在起我再也不上你这儿来了。永远不来了!即使没有你的帮助,我也会写得马马虎虎。"

突然, 他又用非常蹩脚的法语补充道:"再见了, 俄罗斯苏维埃作家先生!"

当时他刚开始学法语,简直对它着魔了。

盖达尔又好几次回到花园,但并没有干扰我,而是在远处的一条小径上走来走去,口中念念有词。

这就是他进行创作时的情景——一边走路,一边构思句子,然后把它们记下来,然后又构思。他一天到晚在屋子和花园之间踱来踱去。我感到奇怪,并且相信盖达尔的中篇小说进展缓慢。然而后来发现,他是在玩花招。比起那种一句句写的方法,他写的东西要多得多。

两三个星期后,他完成了《鼓手的命运》的创作,春风得意地来到我住的澡堂子,问道:"要不要我给你念一部中篇小说?"

我自然很想听听。

"行,你就听吧!"盖达尔说,他往屋子中间一站,双手往衣袋里一插。

"手稿在哪儿?"我问道。

"只有最差劲的乐队指挥才在面前的乐谱架上放一部总谱。"盖达尔教训式地回答道,"我要手稿干吗!它在桌子上休息呢。你究竟要不要听?"

于是他把中篇小说给我背诵了一遍,从第一行到最后一行。

---

①伊凡·伊凡诺维奇·拉热奇尼科夫(1792—1869),俄国作家。擅长历史长篇小说创作。主要作品有《最后一个新贵》、《冰屋》等。

"你总会出点错吧,而且还是大错吧。"我半信半疑地说。

"那就打赌!"盖达尔吼道。"错误不会超过十个,要是你输了,你明天就去梁赞,到旧货市场上给我买只旧式晴雨表。我已经看中了一只。卖主就是那个老太婆,还记得吗? 在下雨时她在头上扣了一个灯罩。我立即去把手稿拿来。"

他把手稿拿来了,又把中篇小说背诵了一遍。我边看手稿边听。只有几个地方背错了,而且都无关紧要。由于这件事,我们俩争论了好几天——盖达尔到底赢没赢。

总而言之,我买了晴雨表,这使盖达尔欣喜若狂。我们决定根据这个笨重的铜制仪器来安排我们的垂钓活动,但很快就上当受骗了,晴雨表明明预报"大旱",而实际上却连下三天暴雨,我们都淋得一身透湿。

那真是神仙过的日子:玩笑不断、"对弈"、争论文学问题、去湖上和旧河床上钓鱼。这一切都无形中帮助了我们进行创作。

当费定①开始创作他的长篇小说《不平凡的夏天》时,我正好有幸跟他在一起。

下面我想写写这方面的情况,希望得到费定的谅解。不过我总觉得,每位作家,特别是像费定这样的大师的工作方式,不仅对作家们,而且对所有文学爱好者来说,都是饶有趣味和大有裨益的。

我们住在加格拉②临海的一幢小房子里。这幢房子很像革命前那种廉价的"带家具出租的公寓",已经破败不堪。

每当风暴来临之时,它便在风浪中摇来晃去,轧轧作响,眼看就会倒塌似的。门上的锁都断了,穿堂风一吹,门就自个儿慢慢地、不祥地开了,一动不动地停那么几秒钟,想一想,突然砰的一声关上,震得天花板上的灰泥纷纷洒落。

---

①康斯坦丁·亚历山大罗维奇·费定(1892—1977),俄罗斯作家。曾任苏联作协第一书记。主要作品有三部曲《初欢》、《不平凡的夏天》和《篝火》。

②原苏联阿布哈兹自治共和国城市,黑海港口,海滨气候和矿泉疗养地。现属格鲁吉亚。

新加格拉和旧加格拉的所有野狗都在这幢房子的凉台下面过夜。有时，它们趁主人临时外出之机，钻进屋里，往床上一躺，便泰然自若地打起呼噜来。

进屋时一定要提高警惕，不管侵占您的床铺的狗的性子如何。那种有良心的、胆小的狗会一跃而起，失望地叫着逃之夭夭。如果您挡了它的路，它会惊恐地咬您一口。

如果碰到的是一条无赖成性、非常老练的狗，那它就会躺在床上不动，并且用充满仇恨的眼光望着您，还发出可怕的叫声，使您不得不叫邻居前来帮忙。

费定那间屋子的窗户朝向凉台，凉台下面就是大海。每当风暴袭来之时，凉台上的藤椅就被摞到这扇窗户旁边，以免被浪涛打湿。在这摞椅子上老是蹲着一群狗，它们从高处望着伏案写作的费定，轻轻地叫着，示意要进入他那又明亮又暖和的房间。

起初，费定老是埋怨这群狗把他弄得直打哆嗦。只要他把稿子一放，稍作沉思，再往窗外一望，便看到几十只燃烧着仇恨之火的狗眼正盯着他。他甚至因此感到颇为尴尬，似乎犯了过错，因为他住在暖和的屋子里信笔涂鸦，干的是显然没有意义的事情。

这当然对费定的工作多少有些妨碍。但他很快便习惯了，对这群野狗不再予以理睬。

我以为，我们这种简单、杂乱的生活使他想起了青年时代，那时我们可以在窗台上，在油灯下，在墨水结冰的房间里——在任何条件下写作。

大多数作家在早晨写作，有些作家白天也写，只有很少的作家才在夜里写。

费定能够在一昼夜中的任何时候写作，而且经常是这样做。只是偶尔停笔休息休息。

每天夜里，他在哗哗地响个不停的海浪声中写作。这种习以为常的喧声不仅对他没有妨碍，而且对他有所帮助。相反，构成妨碍的倒是寂静。

一天深夜，费定把我叫醒，心情激动地说："你知道吗，大海沉默了。咱们到凉台上去听听。"

原来，笼罩着海岸的是一种深沉的宇宙的寂静。我们屏住呼吸，想要在黑沉沉的夜里捕捉到一丝哪怕是最微小的涛声，然而除了耳鸣之外，任何声音都未能听到。耳鸣是我们的血液发出的声音。在高空那亦如宇宙般的黑暗中，有几颗星星在隐隐约约地闪烁。我们已经习惯了日夜喧闹的涛声，这种寂静反而使我们的心情感到压抑。当天夜里，费定没有拿起笔来。

在对费定的无意观察中，我发现他在伏案写作某章之前，都要经过冥思苦想、反复调整，并用沉思与回忆进行充实，做到对一这章的内容甚至一个个句子胸有成竹。

费定只写那些经过仔细观察、并且与整体密切相关的东西。

费定头脑清晰、坚定，目光犀利，他对构思和表现构思的模棱两可的情况是不能容忍的。在费定看来，小说应该写得极其精确，锤炼得像钻石一样坚硬。

福楼拜的一生是在追求文体完美的痛苦过程中渡过的。他竭力追求小说的晶化，有时简直难以自制。在某些情况下，修改手稿对他来说，并非使小说达到完美的手段，而是目的本身。他失去了正确的鉴别能力，弄得精疲力竭，陷入了绝望之中，把自己的作品改得枯燥无味，死气沉沉，或者像果戈理说的，"画呀，画呀，画得入迷了。"

费定却总是善于自制，做到适可而止。他身上的那个批评家从不打盹儿，但也不向作家施加压力。

福楼拜身上高度地显示出那种文学理论家们称之为"人格化"的特点，简言之，他能够与自己的人物紧密融合，因而他们（按照作家的意志）所遭遇的一切，作家本人也会惟妙惟肖地体验一遍。

大家知道，福楼拜在描写爱玛·包法利①服毒而死时，他本人也感觉到了

---

①福楼拜的长篇小说《包法利夫人》的女主人公。

中毒的各种迹象,只得向医生求救。

福楼拜是个真正的苦命人。他写得很慢,以致曾经绝望地说:"如此写作,真该给自己一记耳光。"

对于巴尔扎克来说,他作品中的所有人物也都是生气勃勃、亲密无间的人。他时而气得声嘶力竭地骂他们是坏蛋和傻瓜;时而眉开眼笑,赞许地拍拍他们的肩膀;时而笨嘴笨舌地对他们的不幸进行安慰。

巴尔扎克相信他作品中的人物实有其人,他对他们的描写是不容置辩的,他的这种信心真是十分离奇。他生活中的一件趣事可以证明这一点。

巴尔扎克写过一个短篇小说,其中有个年轻的修女(她的名字我不记得了,那就姑且叫她"让娜"吧)。有一次,修道院女院长派性格温顺的让娜去巴黎为修道院办事。年轻的修女对首都光怪陆离、熙熙攘攘的生活感到十分惊奇。在煤气灯的照耀下,她一连几小时注视着商店橱窗里的那些闻所未闻的宝贝。她看见了许多身着香气扑鼻的薄纱连衣裙的女子。这种连衣裙仿佛使这些美人儿变得赤身裸体,使她们那娇小的肩背、修长的玉腿、小巧的乳峰显得更加突出,楚楚动人。

她听到了男人们奇妙的、令人心醉的表白,种种的暗示和献媚的低语。她年轻貌美,在大街上常常被人跟踪。也有人对她说这种奇妙的话。她的心剧烈地跳动着。在一个公园的一株梧桐树的浓阴下面,她被人强吻了一下。这个初吻犹如一声霹雳,震得她头昏目眩,使她失去理智。

她留在了巴黎。为了使自己变成一个迷人的巴黎女郎,她把修道院的钱花得精光。

一个月以后,她就到人行道上拉客去了。

在这篇小说里,巴尔扎克用了一个当时实际存在的女修道院的名字。他的小说被女修道院院长偶然看到了。女修道院里正好有一个名叫让娜的年轻修女。院长把她叫去,板起脸孔问道:"您知道巴尔扎克先生是怎样写您的吗?!他侮辱了您!也中伤了我们的修道院。他是个诽谤者和渎神者。您读一读吧！"

修女读完小说，不禁号啕大哭。

"快！"女院长厉声说道。"快做好准备，到巴黎去一趟，找到巴尔扎克先生，要求他通告全法国，这是造谣，伤害了一个从未到过巴黎的纯洁少女。他侮辱了修道院和我们全体教徒。要他为这种滔天大罪忏悔。您必须把这件事办到，否则您最好别回来。"

让娜到巴黎去了。她找到了巴尔扎克，费了九牛二虎之力才得到巴尔扎克的接见。

巴尔扎克穿着一件旧长袍坐在那儿，像一头骟猪一样呼哧呼哧地喘气。房间里满是烟雾。桌子上像一座座小山似的乱堆着匆匆写就的手稿。

巴尔扎克眉头紧皱。他抽不出时间——他的一生早已作好计划，目标是完成不少于五十部长篇小说。不过巴尔扎克的眼睛里却闪烁着灼灼逼人的光芒。他死死地盯着让娜。

让娜的脸刷地一下红了，她垂下眼睛，一面在心中祈求上帝帮助，一面把修道院里的事原原本本地告诉巴尔扎克先生，请他为自己洗刷耻辱，这种耻辱是巴尔扎尔先生不知为什么强加在她那贞节和圣洁的品质之上的。

巴尔扎克显然不明白，这个美丽、温柔的修女想要他做什么。"洗刷什么耻辱？"他问道。"我所写的一切永远都是神圣的真理。"

让娜把自己的请求又重复了一遍，并且悄悄地补充说："可怜可怜我吧，巴尔扎克先生。如果您不愿帮助我，那我就不知道怎么办了。"

巴尔扎克一跃而起，眼睛里怒火直冒。

"什么?！"他大声嚷道。"您不知道怎么办？您的所有情况，我不是写得明明白白了吗！明明白白！还会有什么疑问呢？"

"难道您是要我留在巴黎吗？"让娜问道。

"是的！"巴尔扎克大声嚷道。"是的，活见鬼！"

"您也要我……"

"不，活见鬼！"巴尔扎克又大声嚷道。"我只想要您脱下这件大黑袍。只要您那像活珍珠一样年轻、漂亮的身子知道什么叫欢乐和爱情。要您学会笑。去吧！去吧！但不要到人行道上去拉客！"

巴尔扎克抓住让娜的一只手，把她拉到房门口。

"我可是一五一十都写在那儿了，"他说。"去吧！您非常可爱，让娜，但为了您，我已经损失了三页小说。而且是多好的小说啊。"

让娜无法返回修道院了，因为巴尔扎克先生没有给她把污点洗掉。她留在了巴黎。据说一年后，有人在一家名叫"银驮子"的大学生小酒馆里见到了她。她跟一群年轻人在一起，快活，幸福而迷人。

有多少作家，便有多少写作习惯。

在我提到过的梁赞郊外那幢乡村府邸里，我发现了我国著名版画家约尔丹写给版画家波扎洛斯金的几封信（这几封信我也提到过）。

约尔丹在一封信中写道，他花了两年时间去临摹一幅意大利画，把它刻成版画。他在工作的时候，老是拿着雕版围着桌子转来转去，在砖砌的地板上踩出了一串明显的脚印。

"我好累，"约尔丹写道。"不过我毕竟还能走来走去，动来动去。而尼古拉·瓦西里耶维奇·果戈理却习惯于在斜面写字台旁站着写作，他又该多累啊！他才是自己事业的名副其实的殉道者呢。"

列夫·托尔斯泰只在早晨写作。他说，每个作家身上都有一个属于自己的批评家。最可恶的是，这个批评家往往是早晨出来，而夜里却睡大觉，因此每到夜间，作家便变得放任自流，无拘无束，写出许多愚蠢和无用的作品。托尔斯泰并且举出只在早晨写作的卢梭和狄更斯作为例子。他认为，陀思妥耶夫斯基和拜伦喜欢在夜间写作，这对他们的才能是一种损害。

对陀思妥耶夫斯基来说，写作可是件很苦的事，这当然不仅因为他在夜间工作，而且因为他不停地喝茶。不过，这毕竟对他的创作质量没有太大的影响。

陀思妥耶夫斯基苦就苦在无法摆脱贫穷和债务，因此他不得不写得很多,而且总是仓促成文。

他总是在交稿迫在眉睫时才坐下来写作。他没有一部作品是在平心静气、全力以赴的情况下创作的。他的一部部长篇小说总是草草收场(不是指小说的篇幅,而是指叙事的广度)。因此他的作品比它们应有的样子,比它们在构思时的状况要逊色一些。"构思中的长篇小说比写作中的长篇小说要好得多。"①

他总是竭力跟他未完成的长篇小说一起多待一些时间,以便随时对它进行修改和充实。因此他不遗余力地把写作时间拖长,因为每日每时都可能出现新的想法,一俟小说出版,当然就无法弥补了。

债务逼着他老是赶稿,虽然他在伏案写作某部长篇小说时,常常意识到它并未成熟。多少思想、形象和细节都白白浪费了,只因为它们来到脑海时已经太晚,不是小说已经完成,就是作家认为小说已经被弄得一塌糊涂,不可挽救了。

"由于贫困,"陀思妥耶夫斯基在谈到自己时说,"我被迫老是赶稿,被迫为事务写作,因而肯定会弄得一塌糊涂。"②

契诃夫年轻时能够在莫斯科窄小、喧闹的寓所的窗台上写作。而短篇小说《猎人》则是在水滨浴场写的。不过这种随遇而安的写作方式后来渐渐消失了。

莱蒙托夫写诗,抓到什么就把什么当纸,似乎这些诗句是一瞬间从他的脑海里冒出来的,它们在他的心灵里歌唱,他只是一字不改地把它们匆匆记录下来而已。

阿列克谢·托尔斯泰进行创作时,必须在面前摆上一叠洁净、优质的稿

---

①这句话显然引自陀思妥耶夫斯基的长篇小说《被侮辱与被损害的》。原文是:"对我来说,构思我的作品和想象它们脱稿后的情景,比真正写作它们更为愉快。"——原注
②见费·米·陀思妥耶夫斯基给他哥哥米·米·陀思妥耶夫斯基的信(1858)。

纸。他坦白承认,每当他坐到书桌旁边时,常常不知道要写什么。他脑子里出现了一个生动的细节,他就从这个细节写起,而这个细节犹如一根神奇的线,把整个故事渐渐牵了出来。

阿列克谢·托尔斯泰自个儿把工作状态、灵感称之为"来潮"。"如果来潮",他说,"那我就写得快。而如果不来潮,那就应当搁笔。"

当然,阿列克谢·托尔斯泰在很大程度上是位即兴作家。他的思想总是比手中之笔更神速。

所有的作家在进行创作时,大概都经历过这样一种美妙的状态,即新的思想或新的画面犹如一道道光焰从意识深处突然迸发出来。如果不马上把它们记下来,那它们就会同样突然地消失得无影无踪。

其中有光,有颤动,但它们像梦一样易逝。有些梦,我们醒来后仅仅记得那么一瞬间,但马上就遗忘了。以后不管我们怎样苦思力索,却总是想不起来。这些梦只留下一种异常的、神秘的感觉,一种果戈理所说的"美妙的"感觉。

应该及时记下来。只要有一瞬间的延误,思想一闪之后便会消失。

也许正是由于这个缘故,很多作家不能像记者那样在窄窄的纸条上,在条样上写作。不能动辄让手脱离稿纸,因为即使是微不足道的一瞬间的延误,其后果也是致命的。显然,意识的活动是以一种神奇的速度进行的。

法国诗人贝朗瑞[①]常常在廉价的咖啡馆写歌谣。还有爱伦堡[②],据我所知,他也喜欢在咖啡馆里写作。这是可以理解的。因为最好的孤寂存在于热闹的人群之中,当然,不能让任何人和任何东西直接打断你的思绪,影响你的注意力。

安徒生喜欢在森林里构思自己的童话。他有敏锐的、非常犀利的目光。

---

①皮埃尔·让·贝朗瑞(1780—1857),法国歌谣诗人。

②伊里亚·格利戈里耶维奇·爱伦堡(1891—1967),俄罗斯作家、诗人。重要作品有《巴黎的陷落》、《暴风雨》、《解冻》等。

因此他能够仔细观察一小块树皮或一个老松球,并且像用放大镜那样看到上面的许多细节,而用这些细节去编童话是很容易的。

总之,森林里的一切——每个长满青苔的树桩,每只褐色的蚂蚁强盗(它拖着一只长着透明的绿色翅膀的昆虫,就像拖着一个俘获的美丽公主)——这一切都能变成童话。

我本来不打算谈自己个人的文学创作经验。这对上文所谈内容未必能增添什么实质性的东西。不过我仍然想补充几句。

如果我们希望我国的文学达到最大限度的繁荣,那就应该明白,作家社会活动的最有效的形式就是他的创作。在作品出版之前,作家的创作对所有的人都是秘密,一俟作品出版,他的创作就变成全人类的事业了。

必须珍惜作家的时间、精力和才能,而不要让它们浪费在与文学关系不大的各种繁重的杂务和会议上。

作家在进行创作时需要安静,尽可能不要分心。如果面临什么不愉快的事,哪怕还离得较远,那也最好不要动笔。否则不是力不从心,就是废话连篇。

我一生有好几次在进行创作时心情轻松,精力集中,从容不迫。

有一年冬天,我乘坐一艘空空荡荡的内燃机船从巴统前往敖德萨。海上灰蒙蒙、冷森森、静悄悄的。海岸隐没在浅灰色的烟雾中。一团团沉重的乌云仿佛进入了梦乡,酣睡在远处的峰峦上。

我在船舱内写作,有时站起身来,走到舷窗跟前,远眺海岸。一台台功率很大的机器在内燃机船的钢铁腹腔内轻轻地歌唱。海鸥吱吱地叫着。写东西感到非常轻松。任何人都不会来打断我的心爱的思绪。除了我正在创作的那个短篇小说,任何东西都不必考虑。任何东西都完全不必考虑,我觉得这是一种极大的幸福。一望无际的大海使我未受任何干扰。

此外,对在辽阔的大海上航行的意识,对我们将要游览的港埠的朦胧期待,对一些也许是令人愉快的、仓促的邂逅的预感,对创作都是大有裨益的。

内燃机船钢铁的船艏划开冬日苍白的海水，我觉得，它正带着我驶向那确定不移的幸福。我之所以这样觉得，显然是因为小说进展顺利。

我还记得，有一年秋天，我住在一幢农舍的顶楼上。我孤身一人，在蜡烛的噼噼啪啪的伴奏下写作，那是多么惬意。

漆黑无风的九月之夜笼罩着我，它也像大海一样，使我未受任何干扰。

当我意识到，屋外古老的乡村花园里落叶在通宵飘飞，这对我的写作很有帮助，尽管很难说出原因。我惦记着这座花园，就像惦记着一个活生生的人。它默默地、耐心地等待着我夜晚去井边打水烧茶。当它听到水桶的哐啷声和人的脚步声时，也许在度过这漫漫长夜时会感到轻松一些。

然而不管怎样，感觉到一座孤独的花园和村外一片延伸数十公里的寒冷的森林，感觉到一个个森林湖泊（在这样的夜里，湖畔当然不会有，实际上也没有一个人影，只有繁星跟百年前、千年前一样倒映在水里），——这种感觉对我是有帮助的。也许我可以说，在这些秋夜里，我的确是幸福的。

当你对某件有趣的、愉快的、心爱的事情心向往之，哪怕是去远处旧河床边忧郁的柳林垂钓这类小事，你就会得心应手，挥洒自如。

车站小吃部的老头儿

一个满脸胡子拉碴的瘦老头儿坐在迈奥里车站的小吃部的角落里。冬天的风雪一阵阵呼啸着从里加湾上空吹过。岸边结着厚厚的一层冰。透过茫茫雪雾,可以听到海涛撞击岸边坚冰的轰隆声。

老头儿来到小吃部,显然是为了暖暖身子。他任何食品也没点,没精打采地坐在一张长木椅上,两只手笼在一件缀满乱七八糟补丁的渔夫穿的短大衣的袖筒里。

跟老头儿一起进来的还有一条毛茸茸的小白狗。它蹲在老头儿脚边,阵阵发抖。

在邻近的一张小桌旁,有几个后脑勺绷得又紧又红的年轻人正在闹哄哄地喝啤酒。他们帽子上的雪正在融化。雪水滴到啤酒杯里和熏肠面包上。但那几个年轻人正在对一场足球赛争论不休,没把它当一回事。

当一个年轻人拿起一块熏肠面包,一口咬掉半块时,那条狗控制不住了。它来到小桌跟前,举起两只前腿,讨好地望着年轻人的嘴。

"别季!"老头儿轻轻地唤道。"你真是不害臊!干吗去打扰人家?别季!"

然而别季仍然站着,只不过两只前腿不停地哆嗦着,后来累得放了下来。当两条腿挨到湿漉漉的肚子时,小狗顿时醒悟,又举起了前腿。

不过那几个年轻人没有理睬它。他们谈兴正浓,并且不断地把冰冷的啤酒往杯子里倒。

雪渐渐把窗户糊住了,看到有人在这样酷寒的日子里喝着与冰水无异的啤酒,背上不由地直打哆嗦。

"别季!"老头儿又唤道。"喂,别季!过这边来!"

小狗飞快地摇了几下尾巴,似乎在向老头儿示意,它听见了他的话,并且请求原谅,但它实在无可奈何。对老头儿它连看都不看一眼,甚至让眼睛望着完全相反的方向。它似乎在说:"我自个儿知道这不好,可你又没钱给我买这样的面包。"

"唉,别季呀!别季呀!"老头儿低声说道,难过得连声音都有点儿发抖了。

别季又摇了一下尾巴,顺便央求地望了老头儿一眼。它似乎在请求他别再叫唤它,别再挖苦它,因为它自己心里也难受,要不是饿得慌,它当然是永远不会向陌生人求乞的。

一个颧骨高耸、头戴绿帽的年轻人终于发现了小狗。

"畜生,想要吃的?"他问道。"那你主人在哪儿?"

别季高兴地摇了一下尾巴,望了老头儿一眼,甚至轻轻地尖叫了一声。

"公民,您这是怎么回事?"那个年轻人说道。"您既然养了狗,那就得喂食。要不然就不文明。您的狗在这儿讨食,可行乞是我国的法律禁止的。"

那几个年轻人都哈哈大笑起来。

"瓦利卡,你这是瞎说!"其中一个年轻人嚷道,并扔给小狗一片香肠。

"别季,不许吃!"老头儿吼道。他那饱经风霜的脸孔和瘦得青筋暴露的脖子涨得通红。

小狗身子一缩,尾巴一放,走到老头儿跟前,对香肠看都没看一眼。

"他们的东西,一点儿都不许碰!"老头儿说道。

他连忙在衣袋里翻了起来,掏出了几个小银币和小铜币,一边在手心上数着,一边吹掉粘在钱币上的灰尘。他的手指一个劲地哆嗦着。

"气还没消呢!"那个颧骨高耸的年轻人说道。"你瞧瞧,多有志气。"

"得了吧,别理他!你何苦去跟他计较呢!"一个伙伴一边给大家倒啤酒,一边劝说道。

老头儿一声未吭。他走到柜台边,把几枚钱币放到潮湿的柜台上。

"要一块熏肠面包!"他用嘶哑的声音说。

小狗夹着尾巴,站在他旁边。

女营业员把一只装着两块熏肠面包的碟子递给老头儿。

"一块!"老头儿说道。

"拿去吧!"女营业员悄悄地说道。"我不会因为您而变穷的……"

"谢谢!"老头儿说。"谢谢!"

他拿了熏肠面包,走到月台上。那儿一个人也没有。一场风雪已经静息,另一场风雪即将到来,不过还远在天际。在利耶鲁佩河对岸的白雪皑皑的森林上空,甚至可以看到一缕微弱的阳光。

老头儿坐到长凳上,给了别季一块熏肠面包,而另一块则用一条灰手帕包好,藏进衣袋里。

小狗急急忙忙地吃着,老头儿望着它说道:"唉,别季呀,别季! 你真是条傻狗啊!"

可是小狗并没听他说话。它只顾吃东西。老头儿望着它,用袖子揩着眼睛——想必他的两只眼睛被风吹得流泪了吧。

说实在的,这就是那个发生在里加湾海滨迈奥里车站上的小故事的始末。

我干吗要把它讲出来呢。

我在思考散文中细节的意义这一问题时,想起了这个故事,并且明白:如果在转述这个故事时不写一个主要的细节——不写小狗用自己的方式请求主人原谅,不写这个小动物这种讨好的姿态,那么这个故事就会比真事略逊一筹。

而如果再扔掉一些其他细节, 如证明老头儿是个鳏夫或单身汉的那件缀满乱七八糟补丁的短大衣、从那几个年轻人帽子上流下来的一滴滴雪水、冰冷的啤酒、从衣袋里掏出来的沾着灰尘的钱币、甚至像一道道白墙一样从海上袭来的风雪,这样一来,这篇小说就会变得枯燥无味和毫无血肉了。

近年来,细节已开始从我国的小说中,特别是青年作家的作品中消失了。

然而没有细节,作品就没有生气。那样,任何一篇短篇小说都会变成契诃夫所说的那种熏鲑鱼的干棍子。鲑鱼没有了,戳在那儿的只有一根干巴巴的木棍子。

细节描写的意义,用普希金的话来说,就在于使往往被人们所忽视的小事大放光彩,呈现在众人面前。①

另一方面,有些作家却深受令人厌倦的、百无聊赖的观察之苦。他们用一堆堆的细节塞满自己的作品——不作选择,也不明白细节只有在特色鲜明的情况下,只有在它能像光线一样使任何人或任何现象从黑暗中突然显现的情况下,它才有权存在,才必不可少。

例如,要想造成大雨初临的印象,只要描写第一阵雨点打在窗下一张乱摆着的报纸上,发出噼里啪啦的响声就够了。

或者,要想表达一个吃奶的婴儿之死所造成的那种恐惧感,只要像阿列克谢·托尔斯泰在《苦难的历程》中那样描述就够了:

筋疲力尽的达莎睡着了,而当她醒来时,她的小孩已经死了。

她把他抓起来,解开襁褓,——在他那高高的头颅上,稀稀拉拉的浅色头发竖了起来。

……达莎对丈夫说:

"我睡觉的时候,死神降临到他身上了……你想想看,他的头发都竖起来了……他一个人受苦……我却在睡觉……"

不管怎么劝说,都无法把小孩跟死神单独搏斗的那个幻影从她脑海里赶走。

这个细节(婴儿柔软的头发竖了起来)抵得上连篇累牍的对死亡的最精当的描绘。

---

①见果戈理的《与友人书信选》。原文为:"普希金……常常对我说,还没有一个作家具有这种才华,能够如此鲜明地描绘生活的庸俗,能够如此有力地勾勒一个庸俗的人的庸俗,使被人们所忽视的那件小事完整地在众人的眼前大放光彩。"——原注

这两个细节都达到了预期的目的。细节就应该如此——既能说明整体，又是必不可少的。

在一位青年作家的手稿上，我读到过这样一段对话：

> "巴莎大婶，您好！"阿列克谢进门时说（在这之前，作者说阿列克谢用手打开了巴莎大婶的房门，似乎门可以用脑袋打开）。
>
> "阿辽沙，你好，"巴莎大婶亲切地大声说道，她放下缝纫活，望了阿列克谢一眼。"怎么很久没来了？"
>
> "总是不得空。开会开了整整一个星期。"
>
> "你说，开了整整一个星期？"
>
> "没错，巴莎大婶！开了整整一个星期。沃洛季卡不在家吗？"阿列克谢朝空荡荡的房间环视了一下，问道。
>
> "不在家。他上班去了。"
>
> "那我走啦。再见，巴莎大婶。祝您身体健康。"
>
> "再见，阿辽沙，"巴莎大婶回答道。"祝你身体健康。"
>
> 阿列克谢走到门边，把门打开，走了出去。巴莎大婶朝他的背影望了一眼，摇了摇头。
>
> "挺麻利的小伙子。挺活泼的。"

这个片断不仅从头到尾写得草率、马虎，而且全是废话和空话（已用黑体字标明）。所有的细节都是没有用处的、毫无特点的，什么也不能说明。

在寻找和确定细节时，必须进行极其严格的筛选。

细节是跟我们称之为直觉的东西密切相关的。

直觉，我认为乃是一种在局部方面、在细节方面、在某种特性方面重构全景的能力。

直觉不仅有助于历史题材作家重现过去时代真实的生活图景，而且有助于他们重视当时人们那种一去不复返的色彩、感情和心理，这种心理与我们的心理相比,当然是有所不同的。

普希金从未到过西班牙和英国,但直觉却帮助他写出了一些出色的西班牙题材诗歌,写出了《石客》,而在《瘟疫流行时的宴会》中,他所描绘的中世纪的英国图画,并不亚于在这个雾国生长的瓦尔特·司各特①和彭斯②所能达到的水平。

一个好的细节也可以唤起读者对整体——对一个人及其状况,对许多事件,以及对时代的直觉的、正确的认识。

①瓦尔特·司各特(1771—1832),英国作家。
②罗伯特·彭斯(1759—1796),苏格兰诗人。

白　夜

一艘旧轮船从沃兹涅谢尼耶码头离岸，朝奥涅加湖驶去。

周围是无边的白夜。我平生第一次不是在涅瓦河和列宁格勒的宫殿群上空，而是在北方的森林地带和湖泊中间看到这种夜色。

在东方的天际低悬着一轮苍白的月亮，它不发光。

轮船激起的一排排波浪无声地奔向远方，轻轻地摇动着水面上一块块松树皮。在岸上，大概是在一座古老的带墓地的乡村教堂里，守夜人正在钟楼上敲钟———一共十二下。虽然离岸边很远，但钟声仍然传到了我们的耳鼓，然后绕过轮船，沿着平静的水面，飘向月亮低悬的透明的暮色中。

我不知道如何更好地形容白夜的那种令人困倦的光。是神秘之光呢？还是魔幻之光？

这些夜晚总使我感到大自然过于慷慨——在这些夜晚，该有多少淡白色的空气和虚幻的箔光和银光啊。

目睹这种美，目睹这些迷人的夜晚不可避免地消失，人的心情是无法平静的。也许正因为如此，同一切注定不能久留的美一样，白夜也因其易逝而往往在人们心中引起一种隐隐的愁绪。

我破天荒第一次来北方，但这儿的一切对我来说似乎都是熟悉的，特别是暮春时节一座座荒芜的果园中一蓬蓬正在凋谢的白色稠李花。

在沃兹涅谢尼耶，这种略带寒意而又芳香扑鼻的稠李花多的是。在这儿，没有人摘花，并把它插到桌子上的水罐里。

我正在前往彼得罗扎沃茨克。当时阿列克谢·马克西莫维奇·高尔基意欲出版一套名为《工厂史》的丛书①。他吸收了很多作家参与其事,同时决定成立若干个工作队。当时"工作队"这个名词在文坛上还是初次出现。

高尔基建议我挑选几个工厂。我挑中了彼得罗扎沃茨克的古老的彼德罗夫工厂。它是彼得一世开办的,起初生产大炮和铁锚,后来专门铸铜,十月革命后改为制造筑路机械。

我拒绝参加工作队的工作。当时我确信(现在依然确信),有一些人类活动的领域,若采取集体工作的方法,那是不可思议的,搞创作尤其如此。最好的结果是搞成一本大杂烩式的特写集,而不是一部风格一致的作品。在我看来,不管材料有何特点,书中毕竟会反映出作家的个性及其认识现实的种种特点,还有他的风格和语言。

我认为,正如两三个人不能同拉一把小提琴一样,几人合写一本书也是办不到的。

我把这个想法告诉了阿列克谢·马克西莫维奇。他双眉紧皱,习惯地用手指在桌上敲着鼓点,想了一下,回答说:"年轻人,人家会指责您自以为是的。不过,总而言之,您就干吧! 但是您别感到难堪——书一定要带一本回来。绝对要带! "

在轮船上我想起了这次谈话的内容,相信一定会把书写出来。我非常喜欢北方。这个环境,正如我当时所感觉到的,应该使我的写作变得非常轻松。很明显,我打算在这本关于彼得罗夫工厂的书中塞入那些使我迷醉的北方的特点——白夜呀,静静的湖水呀,森林呀,稠李花呀,诺夫戈罗德人悦耳的口音呀,船首像天鹅的脖子一样弯曲的黑色小船呀,被五颜六色的草衬托得非常美丽的斑蜻蜓呀。

当时,彼得罗扎沃茨克寂静而荒凉。街道上铺着长满青苔的大砾石。整个城市色如云母——这也许是微弱的湖水的反光和虽然不大好看但却可爱

---

① 1931 年 9 月 7 日,高尔基在《真理报》上发表一篇题为《工厂史》的文章。他在该文中号召作家们为俄国一些最大的工业企业写厂史。

的浅白色天空辉映所致吧。

在彼得罗扎沃茨克,我躲进了档案馆和图书馆,开始阅读与彼得罗夫工厂有关的各种资料。工厂的历史既复杂,又有趣。彼得一世、苏格兰的工程师们、我们那些天才的农奴出身的工匠们、卡隆铸铜法、水力机械、独特的风俗——这一切给那本书提供了大量的素材。

首先,我给这本书拟了一个提纲。提纲中包含许多史实和描述,但人物却很少。

我决定就在这儿,在卡累利阿,写这本书,因此我在退休女教师谢拉菲玛·约诺芙娜家里租了一个房间。她是个极其普通的老太婆,除了戴着一副眼镜和通晓法语之外,一点儿也不像个女教师。

我开始按提纲动笔,然而不管我怎样用劲,这本书在我笔下却总是支离破碎。我怎么也无法把素材焊接在一起,粘连在一起,使它形成一股自然流。

素材杂乱无章。一些有趣的段落中部下垂,不能与前前后后的有趣的段落连接起来。它们孤零零地挺立着,没有用生动的细节、时代的气息和使我感到亲切的人物的命运等唯一能给这些档案材料注入生命的东西连为一体。

我描写水力机械,描写产品的生产,描写那些工匠,在写的过程中深感苦恼,因为我明白,当我对这一切尚未表态之时,当哪怕最微弱的抒情气息尚未使这些素材变得生气勃勃之时,这本书是不会有什么结果的。总之,任何书都不会出现。

(顺便说说,当时我已经明白,描写机器必须跟描写人物一样,——要能感觉到它们,爱它们,为它们欢乐和痛苦。不知道别人的情况怎样,但我自己却总是为机器体验到一种肉体的痛苦。就以"胜利"牌汽车为例吧,当它竭尽全力向一个陡坡爬去时,我也许比汽车本身更累。或许这个例子并不恰当,但我深信,对待机器,如果你想描写它们,那就应当像对待活人一样。我发现,那些优秀的工匠和工人就是这样对待它们的。)

没有比在素材面前一筹莫展更令人难堪和难受的了。

我感到我这个人干的不是本行，就像我不得不去表演芭蕾舞或者编辑康德的哲学著作一样。

而记忆却时而用高尔基的话来刺我："但是您别感到难堪——书一定要带一本回来。"

我之所以感到沮丧，还因为我虔诚地崇敬的一项基本的创作技巧破灭了。我认为，只有那种驾轻就熟而又不失个性地主宰任何素材的人，才能成为作家。

我的这种处境是这样结束的：我决定投降，什么都不写，并且离开彼得罗扎沃茨克。

除了谢拉菲玛·约诺芙娜，我没有人可以与之倾诉自己的不幸。我本来已经打算把自己的挫折彻底告诉她，但她本人对此似乎已有所觉察，也许是凭着她那教师的特殊嗅觉吧。

"您很像考试之前我那些傻乎乎的女学生，"她对我说。"她们只知道死记硬背，把脑袋塞得满满的，弄得头昏眼花，分不出轻重缓急。纯粹是疲劳过度。我对你们创作的事不了解，但我认为，硬干是不会有任何结果的，只会让神经绷得紧紧的。而这既有害，又危险。您别一气之下就一走了之。您先休息休息。到湖上去游一游，到城里去逛一逛。我们这个城市挺不错，挺朴实。也许会有收获的。"

不过我还是决定离开。临行之前，我到彼得罗扎沃茨克去逛了一趟。到那时为止，我还没好好地游览过这座城市。

我沿着湖边缓步朝北走去，来到了郊区。房子到了尽头，前面是一个个菜园。在菜园中间，这里那里露出一个个十字架和墓碑。

有个老汉在胡萝卜地里锄草。我问他这是什么十字架。

"这儿以前是一块墓地，"老汉回答说。"好像是埋葬外国人的。眼下这块地改成菜园了，墓碑被搬走了。没搬走的也不会久留。就算留到明年春天吧，顶多是这样。"

墓碑确实不多，总共才五六块。其中一块还围着用生铁铸的华美而结实的栅栏。

我走到它跟前。在破损的柱状花岗石墓碑上隐隐约约地露出了法文的碑文。一株很高的牛蒡几乎把整个碑文都遮住了。

我折断那株牛蒡,看清了碑文:"夏尔–欧根·隆塞维利,拿破仑皇帝大军之炮兵工程师。1778年生于佩皮尼昂,1816年殁于远离祖国之彼得罗扎沃茨克。愿他那受尽折磨的心灵得到安息。"

我明白了,我面对的是个不平凡的人的坟墓,这个人有着悲惨的命运,能够使我得到拯救的就是他。

我回到家里,告诉谢拉菲玛·约诺芙娜,我将留在彼得罗扎沃茨克,并立即到档案馆去了。

管理员是个形容枯槁、骨瘦如柴的小老头,他戴着一副眼镜,从前是个数学教员。档案馆还没有彻底清理好,但小老头却管理得有条不紊。

我把我的情况告诉了他,小老头异常激动。他平常给人查找的都是一些枯燥无味的资料,主要是从教堂出生簿上摘录一些东西,而且这种情况也少之又少,而现在却要进行一次困难重重而又饶有趣味的档案调研——找到与这位一百多年前不知为何死在彼得罗扎沃茨克的神秘莫测的拿破仑军队军官有关的一切。

不管是小老头还是我,都感到惴惴不安。在档案馆里能否找到隆塞维利的一些痕迹,以便据此或多或少地还原他的生平呢? 要么我们会一无所获?

总之,小老头突然宣布,他不回家过夜了,而是要在档案馆里查一通宵。我想留下来陪他,但情况是,外人是禁止入库的。于是我就进城买了面包、香肠、茶叶和砂糖,统统送给小老头,给他夜里充饥,然后我就走了。

查找持续了九天。每天早晨小老头都给我提供一份卷宗目录,据他猜测,里面可能会涉及隆塞维利。他在最有意思的卷宗上都打了钩,不过作为数学家,他把这种记号称为"根号"。

直到第七天,才在墓地登记册上找到在颇为奇怪的情况下埋葬被俘法军大尉夏尔–欧根·隆塞维利的记录。

第九天,发现两封私人信件提到隆塞维利,而第十天发现了一份业已破损、没有签名的奥洛涅茨省省长的通报,内容为"该隆塞维利"之遗孀"玛丽亚-采齐丽娅·特里尼德由法国前来为夫立碑",将在彼得罗扎沃茨克作短期逗留。

材料查找完了。然而老管理员所找到的那些资料(他为自己取得的成绩兴高采烈),已经足够让隆塞维利在我的想象中起死回生。

隆塞维利刚一出现,我便立即伏案进行创作——前不久还不可救药地零乱不堪的所有厂史素材,突然在书中都归位了。所有素材紧密地、仿佛无意中环绕着这位炮兵军官,他曾参加过法国革命和拿破仑对俄国的远征,在格扎茨克城下被哥萨克俘虏,然后被流放到彼得罗扎沃茨克工厂,并在那儿因热病去世。

中篇小说《夏尔·隆塞维利的命运》就是这样写成的。

在没有出现人物之前,素材都是死的。

此外,事先为作品拟好的提纲完全被打破了。现在隆塞维利满怀信心地引导着故事前进。他犹如一块磁石,不仅吸引了许多史实,而且吸引了我在北方见到的许多事物。

在中篇小说中有一个为死者隆塞维利哭丧的场景。一位妇女唱的丧歌的歌词是我从真实的送别曲中移植的。这个情况值得提一提。

我从拉多加湖乘轮船溯斯维里河而上,前往奥涅加湖。在一个地方,似乎是在斯维里察,有人把一口普通的松木棺材从码头上抬到了下甲板上。

原来斯维里河上一位年岁最大、经验最丰富的领航员在斯维里察去世了。他的那些领航员朋友决定用轮船载着那口装有他的遗体的棺材在整条河上航行一遭,从斯维里察至沃兹涅谢尼耶,似乎要让死者跟他心爱的河告别。此外,也是为了让沿岸的居民跟这位在那一地区很受尊敬和颇有名气的人告别。

问题在于,斯维里河是一条滩多流急的河流。如果不找一个有经验的领航员领航,轮船就无法通过河上的一处处激流。因此在斯维里河上,自古就存在一个统一的领航员行帮,彼此的关系亲密无间。

当我们通过一处处激流、石滩时,我们的轮船由两艘拖船牵引,尽管轮船本身也在全速前进。

轮船顺流而下时,往往逆向行驶——轮船也好,拖船也好,都是船尾朝前,以便减缓下行的速度,不致撞上石滩。

关于我们的轮船载着领航员灵柩的事,已经电告上游地区。因此每个码头都有大批居民迎候。站在前面的往往是那些系着黑头巾的哭灵老太婆。轮船刚一靠近码头,她们便号啕痛哭起来。

这种富有诗意的丧歌的歌词从来都是各不相同的。在我看来,每首丧歌都是即兴作品。

下面就是丧歌中的一首:

> 你为什么离开我们,飞往死亡之乡?你为什么撇下我们,使我们变得孤苦伶仃?难道过去我们对你招待不周,没有用好言好语把你欢迎?看一看斯维里河吧,老爷子啊,你就最后看一眼吧,——陡峭的河岸上凝结着鲜血,河里流着我们女人的泪水。啊,为什么死神这么早就在你身上降临?啊,为什么斯维里河上上下下都亮起了祭奠的烛光?

我们就在这种夜以继日的哭声中抵达了沃兹涅谢尼耶。

在沃兹涅谢尼耶,几个神情严肃的人(领航员)登上轮船,揭开棺盖。里面卧着一位白发老者,他身体强壮,一张脸饱经风霜。

灵柩用亚麻巾抬着,在号哭声中被送上了岸。灵柩后面跟着一位少妇,她用披肩遮住苍白的脸孔。她牵着一个浅色头发的小男孩。在她身后几步,跟着一个身穿内河船长制服的中年男人。这是死者的女儿、外孙和女婿。

轮船下半旗致哀,当灵柩被抬往墓地时,轮船几次拖长声音鸣笛。

还有一个印象也被写进了这部中篇小说。这个印象并无任何突出之处,但不知为什么在我的记忆中，它却与北方紧密相连。这就是金星的异常光辉。

我从未见过如此强烈而清纯的光辉。在拂晓前渐渐泛绿的天空中，金星宛如一滴液态金刚石闪闪发光。

这是天国的地地道道的使者，是绚丽多彩的朝霞的先导。在中部地区和南方，我不知何故从未注意过它。而在这儿，似乎只有它以处女般的妖娆独自闪耀在荒原和森林上空，似乎只有它在黎明前时分独自主宰着整个北方大地，以及奥涅加湖和扎沃洛奇耶①地区，拉多加湖和奥涅加湖地区。

①11—14世纪的古地区名，在北德维拉河及奥涅加湖地区。

生命力的基础

有一次,左拉在跟几个朋友聚会时宣称,对一个作家来说,想象是毫无必要的。作家的创作只需建立在精确观察的基础之上,如同他左拉那样。

莫泊桑当时在场,他问道:"您本人的一些大部头长篇小说就是根据报上的某条短讯创作的,而且在创作时往往几个月闭门不出,这又作何解释呢?"

左拉默然无语。

莫泊桑拿起帽子,拔腿就走。他的离去可能被视为一种侮辱,但他并不畏惧。任何人,甚至是左拉,他也无法容忍其对想象的否定。

如同每个作家一样,莫泊桑对想象极其珍视,认为它是让创作思想开花的媒介,是诗歌和散文的含金的土壤。

它是艺术生命力的基础,正如拉丁区那些亢奋的诗人们所说,它是艺术"永恒的太阳和上帝"。

然而想象这个令人目眩的太阳,只有在与大地接触时才会发光。在真空中它是不会发光的,而只会熄灭。

什么叫想象呢?对这种伤透脑筋的问题的最佳答案就是盖达尔的回答。他往往疑惑地望着交谈者,问道:"你又想钻我的空子吧?绝不可能!反正我不说。"

为了把某些概念多少弄得明白一些,最好仿照大人与孩子的谈话方式,对它们进行深入的剖析。

孩子们问道:"这是什么?""这是干什么?""这是为什么?"他们逼着我们找出所有这些问题的答案,哪怕是只能将就的答案,否则是不会罢休的。

假如我们同一个小孩交谈,而他又能说出"想象"这个词儿,那么谈话显然会这样开场:

"什么叫想象呀？"

在这种情况下，假如我们开口就谈什么"艺术的太阳"或"神圣的珍宝"，那我们就会钻牛角尖，剩下的唯一出路便是撇下自己的交谈者逃之夭夭。

孩子们要求明白易懂。因此我们不得不回答那位假想的交谈者，想象是人的一种本性。

"什么本性？"

"这是人利用所积累的生活经验、思想和感情，创造与现实生活同时存在的虚构的生活、虚构的人物和虚构的事件的本性（当然，这段话应该讲得尽量通俗）。"

"那是为什么呢？"交谈者问我们。"既然有了真实的生活，干吗还要虚构另一种生活呢？"

"因为真实的生活是博大的、复杂的，一个人永远无法了解它的全貌和方方面面。而且有许多事情他是不可能看到和体验到的。例如他不可能一下子回到三百年前，成为伽利略①的一名弟子，或参加一八一四年攻克巴黎之战②，或坐在莫斯科，却可用手摸到卫城③的大理石圆柱，或同果戈理一起在罗马漫步街头，互相交谈④，或坐在国民公会里聆听马拉⑤的演说，或从甲板上观赏星光点点的太平洋。这至少是因为，这个人一生中连海都从未见过。而人却希望了解、看到和听到一切，希望体验一切。于是想象便会把现实没来得及提供和不可能提供的东西赋予他。想象能够填补人生的空白。"

这时您肯定会把自己的交谈者忘诸脑后，而给他讲一些难以理解的东西。

谁能在想象和思想之间划出一道明显的界限呢？它是不存在的，这种界限。

想象创造了万有引力定律、牛顿二项式定理、特里斯坦和绮瑟的悲惨故

①伽利略（1564—1642），意大利物理学家和天文学家。
②指1814年反法联军攻克巴黎之战，迫使拿破仑一世退位。
③古希腊许多城市都有卫城，其中以雅典卫城最著名。
④1836年后，果戈理曾多次旅居罗马。
⑤马拉（1743—1793），18世纪法国大革命时期雅各宾派领袖之一。

事①、原子裂变、列宁格勒的海军部大厦、列维坦②的《金秋》、《马赛曲》、无线电、电灯、哈姆莱特王子、相对论和电影《小鹿斑牛》③。

没有想象，人的思想是不会结果的，正如脱离现实生活的想象不会结果一样。

有这样一句法国谚语："伟大的思想源于心灵。"也许，更准确的说法是，伟大的思想源于人的整个身心。心灵、想象和理性便是产生我们谓之文化的东西的媒介。

然而有这样一种东西，那是连我们旺盛的想象力都无法设想的，这便是想象的消失，这意味着它所创造的一切的消失。如果想象消失了，那就人将不人了。

想象是自然界的伟大赠品。它蕴蓄于人的天性之中。

我在前面说过，离开现实生活，想象就不能存在。它靠现实生活提供养料。而另一方面，想象又常常在一定的程度上对我们的生活流程，对我们的事业和思想，对我们的人际关系产生影响。

关于我前面提到的这个问题，皮萨列夫说得非常精辟。他说，假如一个人不能用想象把未来描绘成一幅幅明朗、完美的图画，假如一个人不善于幻想，那么就不会有任何东西迫使他为了这个未来而付诸行动，进行顽强的斗争，甚至献出生命。④

---

①原为中世纪凯尔特民族的一个传说，12世纪法国诗人贝鲁尔和托马斯根据这一传说写成诗篇，1900年约瑟夫·贝迪耶用现代法语整理出版完整的《特里斯坦和绮瑟》传说。男女主人公是一对倾心相爱的恋人，后双双死去。

②伊萨克·伊里奇·列维坦(1861—1900)，俄国巡回展览派画家。

③美国电影导演兼画家华尔特·迪斯尼拍摄的动画片(1942)。其他重要作品还有《白雪公主》和以唐老鸭、米老鼠为主角的短片。他还创办了"迪斯尼儿童乐园"。

④这是德·伊·皮萨列夫《幼稚想法的失算》一文中一段话的大意。原文是："假如一个人完全没有幻想的能力……假如他不能偶尔超前一些，用自己的想象力洞察他刚刚开始形诸笔墨的那部作品严整的、完善的美，那我就绝对无法想象，有什么动机会迫使他去从事艺术、科学和实际生活方面丰富而又劳累的工作，并将这些工作进行到底。"——原注

在一把小刀上偶然发现

遥远异域的一粒微尘——

世界又将变得无比奇妙，

它将笼罩在迷蒙的彩雾中。

这是勃洛克的诗句①。而另一位诗人则说：

每一个水洼都有海洋的味道，

每一粒石子都有沙漠的气息。

遥远异域的一粒微尘和路上的一粒石子！想象的无法遏止的活动往往就是从这样的微尘和石子开始的。因此我不禁想起了一个年迈的西班牙贵族的故事。

也许这个贵族以前的日子过得挺富裕，但在我们这个故事发生之时，他却在卡斯蒂利亚的领地过着艰难困苦的生活。所谓领地，只不过是一小块土地，外加一幢像要塞囚室一样阴森的石头房子，——这还是他从祖先那儿继承的遗产。

贵族孑然一身。他家里只有一个老保姆。她做一顿最简单的饭菜都很吃力，而且记忆力已完全衰退。连跟她谈话都是枉然。

贵族整天整天地坐在尖拱窗边一张安乐椅上读书。只有书脊上干透了的糨糊的咔嚓声打破寂静。

有时贵族望望窗外。那儿耸立着一棵像生铁一样黑的枯树，而地平线上则伸展着一片枯燥的台原。西班牙的这一地区荒凉而冷漠，但贵族已经习以为常了。

他已经不算年轻了，无法撇下自己的家园，进行长时间的辛苦的旅行，

————————————————

①见勃洛克的诗《你可记得，在我们那梦幻的港口……》。

而且还可能遇到许多烦恼。再者,既然他在整个王国没有一个亲戚,没有一个朋友,那他干吗要去旅行呢?

贵族过去的生活怎样,很少有人了解。据说他曾经有过一个妻子和一个美丽的女儿,但她们在同年同月死于鼠疫。从那以后他就大门不出,就连那些由于天色已晚或天气恶劣偶然求助的路人,他也往往不愿意开门接待。

有一天,一个身披粗布斗篷、风尘仆仆的人前来敲门。他把一头老驴系在那棵黑树上。在火光熊熊的炉子旁吃晚饭时,他对贵族说,感谢圣母保佑!他终于从那次前往西方的危险航行中平安归来,这是国王听信了一个叫哥伦布的意大利人的妖言之后,派几艘轻快帆船进行的一次航行。

他们在大洋上航行了几个星期,听到了海中女妖——塞壬①的声音。女妖们用甜言蜜语央求将她们拽上帆船,让她们用自己的长发如同盖布裹住自己裸露的身子,在甲板上暖和暖和。

船长下令不得应允塞壬的要求。水手们怒气冲天。他们欲火难耐,向往女人丰满的、有弹性的大腿。

这一切以一场失败的造反告终。三个领头的人被吊死在横桁上。

他们继续航行,看见了一个从未听说过的布满海草的大海。海草上开着大朵大朵的蓝花。于是他们作了弥撒,开始绕过这个海,直到海平面上突然出现了一片新大陆——一片神奇而美丽的大陆。风儿从它的岸上送来了森林温和的喧响和植物醉人的馨香。

船长登上了桥楼,拔出长剑,向天一指,只见剑锋上金光一闪——这是他们终于发现黄金国②的信号,在那里,每座山都埋藏着宝石和金银。

贵族默默地听着过路人的讲述。

那人临别时,从皮囊中取出一个从黄金国带来的玫瑰色海洋贝壳送给

---

①希腊神话中人身鸟足的美女神,共八名(一说三名)。她们住在地中海的一个小岛上,常用美妙的歌声引诱航海者触礁毁灭。

②西班牙征服者虚构的美洲的黄金与宝石之国。

老贵族,以对他留餐和留宿表示感谢。这不是什么贵重的东西,因此贵族也就收下了。

过路人走了。夜里雷雨大作。闪电在多石的台原上空缓缓地忽明忽灭。贝壳摆在贵族床边的桌子上。

他醒来后看见了这个被天火的闪光照亮了的贝壳。在贝壳的深处,那个由玫瑰色光泽、浪花和云彩组成的神奇的国度的幻景时隐时现。

闪电熄灭了。贵族等待着下一次闪电,他又看见了贝壳中的国家,这次比第一次更清晰。一道道宽阔的瀑布水花四溅,闪闪发光,从陡峭的岸上注入海中。这是什么? 想必是一条条河流。他甚至好像感觉到了这些河流的清凉气息。他的脸上都被溅上了水花。

他以为自己还在做梦,便起身把安乐椅移到桌边,面对贝壳坐下,俯身看着贝壳,他的心不知为什么剧烈地跳动着,极力想把贝壳内那个国家的种种新奇景象看个明白。但闪电越来越稀少,不一会便完全消失了。

贵族害怕点燃蜡烛,担心在昏暗的烛光下证实这一切都是错觉,贝壳内压根儿就没有什么国家。

就这样他一直坐到天明。在晨光下贝壳毫无妙处可言。除了一缕隐约可见的烟色的反光,贝壳深处一无所有,仿佛那个神秘的国度一夜之间就跑得远远的了。

当天贵族便去了马德里,跪请国王恩准他自费装备一艘轻快帆船,西去寻找那个神秘的国度。

国王是仁慈的,批准了他的这一请求。他在贵族走后对他的近臣们说:"这个贵族分明是个疯子! 靠一艘可怜的轻快帆船,他能办成什么事呢? 不过就是疯子,上帝也会给他引路的。也许这个老头儿真会给我们的王国增添新的国土呢。"

在几个月的时间里,贵族一直向西航行。他只喝水,别的东西吃得很少。他心情焦急,形容枯槁。他尽量不想那个神奇的国度,生怕永远不能到达那里。他还担心,即使见到了那个国度,而它却是一片杂草莽莽的不食之地,狂风在地上卷起一根根灰色的尘柱。

贵族祈求圣母,不要让他陷入这种绝境。

用木头草草雕成的圣母像钉在船首。她引领着帆船,左右摇晃,乘风破浪,向前飞驶。她那双睁得圆圆的蓝色眼睛,定定地凝视着大海的远方。在她那镀金层剥落的头发上和褪了色的紫红斗篷上,只见水珠点点,熠熠闪光。

"带着我们去吧!"贵族恳求她道。"这个国度是不可能不存在的。醒时梦里,我都看得十分清楚。"

一天傍晚,水手们从水里捞起了一根断了的树枝。这说明陆地近在咫尺。

树枝上长着许多类似鸵鸟羽毛的大叶子。这些叶子飘出一种甜丝丝的、令人神清气爽的香味。

这天夜里,船上的人一个也没有睡觉。

当灿烂的朝霞升起时,终于出现了一个横跨大海的国家,岸上山岭重重,万紫千红。一条条清澈的河流从群山之中倾泻而下,注入海洋。在苍翠欲滴的森林上空翱翔着一群群快乐的鸟儿。树叶是那么稠密,以致鸟儿无法钻进森林内部,而只能在森林上空盘旋。

清馨宜人的花香和果香从岸上阵阵飘来。令人觉得,胸中吸入的每一口香气都能使人长生不老。

太阳出来了,这个被瀑布的水珠笼罩的国度,突然变得流光溢彩,就像阳光折射在多面棱状的水晶器皿上一样。

这个国度光彩夺目,宛如贞洁的天空和光明女神忘在海边的一条金刚石腰带。

贵族双膝一跪,向这片神秘的陆地伸出战栗的双手,说:

"感谢你啊,上帝!是你在我的垂暮之年唤起了我对新奇事物的向往,使我的心灵为幸福之邦的幻景而陶醉。否则我永远不会去寻找它,我的眼睛就会因台原那单调的景色而干枯和失明。我想用小女的名字佛罗伦西娅来命名这块幸福的陆地。"

从岸边飞来迎接帆船的是数十道细细的彩虹。贵族被彩虹照得头昏眼花。这些彩虹是阳光照在瀑布的水花上形成的,但不是彩虹奔向帆船,而是帆船朝彩虹飞驶。

一面面风帆在桅杆上庄严地呼呼作响,由全体水手升起的一面面喜庆的旗帜发出欢快的啪啪声。

贵族扑倒在温暖、潮湿的甲板上,一声未吭。他那颗疲惫的心再也经受不住这一天赐予他的唯一的、巨大的欢乐。他死了。

据说,后来称为佛罗里达的那块陆地就是这样发现的。

这个故事的含义,未必需要进行阐释。不过仍然应该指出它的关键所在,使下面这种思想变得一目了然,那就是:源于生活的想象有时也会主宰生活。

激发贵族想象力的是那个身披粗布斗篷的人。从那一时刻起,想象便占据了老贵族的心灵,因此,他才在贝壳深处看见了一个异乎寻常的国度。

想象有一个了不起的特点,那就是人相信它。没有这种信任,它就会变成一种空洞的智力游戏,变成儿童玩耍的、毫无意义的万花筒。

对想象的这种信任也是一种力量,它迫使人到生活中去探寻想象中的东西,为它的实现而斗争,像那个老贵族的所作所为那样去响应想象的召唤,最终在现实生活中创造想象中的东西。

然而,同想象联系最密切的、居于首位的却是艺术、文学和诗歌。

想象是建立在记忆的基础之上的,而记忆是建立在现实生活现象的基础之上的。记忆的储备并非什么大杂烩。有那么一种规律——联想的规律,或者如罗蒙诺索夫所称的"共同想象的规律",它能把这个回忆的大杂烩按照时间和空间的相似性或相近性通通进行分类,换句话说就是加以综合,拉出一条串在一起的、连续不断的链条。这条联想的链条便是想象的主线。

联想的丰富说明作家内心世界的丰富。只要联想丰富,任何思想和题材便会立即拥有许多生动的特点。

有许多浓度很高的矿泉。只要往这样的矿泉里放一根树枝或一个钉子,随便什么都行,不久之后,它们身上就会蒙上许多白色的结晶,变成真正的艺术品。如果人的思想沉浸于我们记忆的矿泉之中,沉浸于联想的浓度很高的媒介中,也会出现大体相同的情况。思想会逐渐变成艺术品。

关于联想的例子可以信手拈来。同时必须记住,我们每个人的联想都是与自己的生活和经历,与自己的回忆相联系的。因此,一个人的联想对另一个人来说,可能是殊异的。同一个词儿在不同的人那儿会引起不同的联想。作家的工作就在于把自己的联想告诉读者,或者如通常所说,传达给读者,使之引起类似的联想。

罗蒙诺索夫在其《演说术》一书中,举了一个关于联想的最简单的例子。用罗蒙诺索夫的话来说,联想"是一种跟一件已知事物一起共同想象与这一事物稍许有关的其他事物的精神禀赋,例如:我们的脑海里出现了一艘海船,便会想象出一个海船航行的大海,从大海会想象出风暴,从风暴会想象出海浪,从海浪会想象出海岸的响声,从海岸会想象出岩石,等等。"

这是那种所谓"文选式"的联想。在通常情况下,联想往往要复杂得多。

下面举一个例子。

此时此刻我正在里加湾海滨沙丘的一幢小屋里进行创作。一个拉脱维亚诗人,一个乐天派,在隔壁房间里朗诵自己的诗作。他身穿一件红色的高领绒线衫。这种绒线衫我早在战时看到电影导演爱森斯坦[1]穿过。当时,我在阿拉木图的一条街上遇见爱森斯坦,他提着一捆刚刚购买的书。这些书选得有点令人纳闷:什么《排球比赛指南》呀,什么中世纪史文选呀,什么代数课本呀,还有诺维科夫-普里波伊[2]的《对马》。

"一个导演应该什么都懂,"爱森斯坦说。"而且应该给任何东西赋予表情。"

---

①谢尔盖·米哈伊洛维奇·爱森斯坦(1898—1948),苏联电影导演和电影艺术理论家。重要作品有《战舰"波将金"号》等。

②阿列克谢·西雷奇·诺维科夫-普里波伊(1877—1944),俄罗斯作家。长篇小说《对马》曾获 1941 年度斯大林文艺奖金。

"连代数公式也要赋予表情吗？"我问道。

"当然啰！"爱森斯坦回答道。

当时弗拉基米尔·卢戈夫斯科伊①正在创作一首大型叙事诗。其中一章题为《阿拉木图——梦的城市》，是写爱森斯坦的。诗中描写了爱森斯坦房中挂的几个墨西哥面具，这是他去中美洲访问时带回来的。

总之，征服美洲的整个历史是人类的一部卑劣的历史。这部历史应该冠之以一个标题。对于一部历史小说而言，最佳标题就是《卑劣》。它像一记耳光那样响亮。

唉，给作品取名，常常弄得人焦头烂额！

取名是一种特殊的才能。有的人笔下生花，但却不会给自己的作品取名。相反，有的人能说会道，但写得实在糟糕。他们只会饶舌。应该具备高尔基那样大的才华，只有这样才能做到，先是反复讲述同一个故事，然后把它写下来，这时它已经面貌一新，与原来那个口述的故事迥然不同！高尔基讲故事的本领是非常高超的。一件真实的事情到他嘴里顷刻就会生出许多细节。同一件事，每讲一次在细节方面都会添枝加叶，有所变化，变得更加有趣。他的口头故事其实就是真正的创作。因此高尔基只要置身于那些没有才气、性格古板，并且对他所讲的故事表示怀疑的人之中，他就会觉得百无聊赖，不堪忍受。他双眉紧皱，一言不发，仿佛在说："同志们，跟你们一起活在这个世上真无聊啊！"

这种把真人真事编成美妙的口头故事的能力，很多作家都是具备的。马克·吐温就是一个例子。有一个喜欢在细节上较真的批评家，指责马克·吐温撒谎。马克·吐温勃然大怒。他对批评家说："如果您自己连最起码的谎都不会撒，而且对撒谎一窍不通，那您怎么可以断定我是否撒了谎呢？为了做出这种大胆的断言，在这方面需要有丰富的经验。而您却没有经验，也不可能有。在这方面您是个无知者和门外汉。"

---

① 弗拉基米尔·亚历山大罗维奇·卢戈夫斯科伊(1901—1957)，俄罗斯诗人。

伊里夫说，他在马克·吐温故乡的那个小城看到过汤姆·索耶和哈克贝利·费恩①的纪念碑。在这个纪念碑上，费恩抓着一只死猫的尾巴。说真的，为什么不在我们这儿也给文学作品的主人公们立一些纪念碑呢？例如堂吉诃德或格列佛，保尔·柯察金、达吉雅娜·拉林娜、塔拉斯·布尔巴、契诃夫的三姐妹、莱蒙托夫的马克西姆·马克西姆维奇或梅丽②。

上述的一切便是一根联想的链条。其数量可以达到无限。如果把这一联想之链的第一环和最后一环——红色的高领绒线衫和梅丽的纪念碑扣在一起，那么这个原本非常自然的联想过程，便会是一篇胡话了。

我之所以大谈特谈联想，仅仅因为它与创作的关系极其密切。

关于想象，上面唠唠叨叨，说了不少，至少有一点是明确的，即没有想象就没有真正的散文，没有诗歌。

也许，关于想象说得最精辟的还是别斯土舍夫-马尔林斯基：

"杂乱是某种真实的、崇高的和富于诗意的创造的先声。只有天才之光才能冲破这片黑暗。互相仇视的、迄今势均力敌的尘屑将在爱与和谐中重生，聚集成一颗最强的尘屑，严严实实地粘在一起，凝成闪闪发光的晶体，升则如群山耸立，溢则如海洋浩渺，于是充满生气的力量将在新世界的额头写满巨大的象形文字。"③

---

①汤姆·索耶和哈克贝利·费恩分别为马克·吐温的长篇小说《汤姆·索耶历险记》和《哈克贝利·费恩历险记》中的主人公。

②堂吉诃德系西班牙作家塞万提斯的同名长篇小说中的主人公；格列佛系英国作家斯威夫特长篇小说《格列佛游记》中的主人公；保尔·柯察金系苏联作家尼·奥斯特洛夫斯基的长篇小说《钢铁是怎样炼成的》中的主人公；达吉雅娜·拉林娜系普希金的诗体长篇小说《叶甫盖尼·奥涅金》中的女主人公；塔拉斯·布尔巴系果戈理的同名中篇小说中的主人公；契诃夫的三姐妹系指其剧本《三姐妹》中的人物；马克西姆·马克西姆维奇·毕巧林和梅丽系莱蒙托夫的长篇小说《当代英雄》中的人物。

③亚历山大·亚历山大罗维奇·别斯土舍夫（别名马尔林斯基，1797—1837），俄国作家，十二月党人。这段话见他 1832 年致尼·阿·波列伏依的信。

夜正在临近,心灵的力量正在渐渐苏醒——它目前还无以名之。把它称为什么呢? 称为想象、幻想、对人的意识角角落落的渗透力、灵感? 称为心灵的狂喜或宁静? 称为欢乐或悲伤? 谁知道呢!

我关掉灯,于是夜开始慢慢变亮了。黑暗渗透了雪的反光。海湾结了冰。它像一面浑浊的大镜子,自下而上地照着夜空,使夜色变得一片迷蒙。

可以看到一棵棵波罗的海松黑色的树冠。电气火车从远处驶过,发出均匀的、渐行渐大的轰隆声。然后又归于寂静,静得让人觉得窗外针叶那极其轻微的沙沙声和某种秘密的、轻微的噼啪声都隐约可闻。这些声音应和着星星的闪烁。也许这是晚霜从星星上飘到地上,小心翼翼地发出的噼啪声和沙沙声吧。

屋子里空空荡荡。我孑然一身。旁边就是延伸数百海里的大海。沙丘后面是一个个大沼泽和一片片矮树林……附近一个人也没有。但只要点上灯,坐到桌边,开始进行创作,不管写的是什么,孤独感便会逐渐消失。这时我并非孑然一身。在这个窄小的房间里,我可以跟千千万万的人,跟全世界说话。我可以给他们讲述各种故事,激起他们的喜怒哀乐,唤起他们的沉思、爱情和怜悯,像向导那样牵着他们的手,沿着生活之路前进。生活是在这里,在这四壁之内创造的,但它却能冲向宇宙。

牵着他们的手去迎接朝霞。朝霞是一定会升起的。它已经在东方隐隐地揭开了黑色的夜幕,用暂时还非常遥远、只能勉强看到的淡蓝色的光照亮了天际。

暂时我自己也不知道我会写什么。我思绪翻腾,渴望把此刻充满我的理智、我的心灵、我的整个躯体的一切传达给别人。思想在我的脑海中汹涌澎湃,但它会流向何方,会以何种方式表现,我自己也还不太清楚。但我知道我将为谁写作。我要跟全世界说话。当然,要让"全世界"这个概念在想象中具体可见,那是困难的,几乎是不可能的。

你总是想着每一个人,哪怕是想着某个小女孩,她长着一双光亮夺目的眸子,有一次她在牧场上向我迎面跑来,到了跟前便抓住我的胳膊,气喘吁吁地说:

"我在这儿等您很久了。已经采了一大把鲜花,还把《叶甫盖尼·奥涅金》

第二章背了九遍呢。全家人都在等您,因为一家人都觉得好闷。您现在就给我们讲讲您在湖上都做了些什么,请您还编点什么有趣的东西吧。不,您就别编了,您就把那些亲眼见过的事统统讲一遍,因为不用编造,牧场就够迷人的了,野蔷薇已经二次开花了。一切都那么美!"

也许是为了一个女人。多年来,她与我同甘共苦,互相体贴,因此我们现在已经一无所惧。

也许是为了朋友们。到了我这个年纪,朋友一年少于一年。

然而归根结底,我是为所有愿意读我的作品的人写作。

我不知道我会写什么。也许因为我想讲述的东西太多,暂时还没能选中一种思想,这种思想将像磁石一样把其余的思想吸引过来,使它们在叙述范围之内井然有序,各得其所。

对于所有从事创作的人来说,这种状况都是熟悉的。

屠格涅夫说:"诗人们常常谈论灵感,这是不无原因的。当然,缪斯是不会从奥林匹斯山下凡来找他们,也不会给他们带来现成的诗歌的,但他们常常会产生一种类似灵感的特殊情绪。费特的一首诗极好地表达了这种情绪。他在这首诗中说,他自己也不知道将要歌颂什么,但'歌儿渐渐在成熟',可是这首诗却受到了讥笑。有的时候你产生了写作欲,但你还不知道具体内容,仅仅觉得你会写些什么。这种情绪,诗人们称之为'神的降临'。这种时刻是艺术家唯一的享受。如果没有这种时刻,谁也不会去进行写作。在此之后,当必须对脑海中翻腾的种种思绪进行梳理,并使之跃然纸上时,烦恼便开始了。"①

半夜里突然出现了一种声音。那是从远方传来的轮船的汽笛声。这里的海面都结了冰,它是怎么来的呢?

昨天里加的一家报纸报道,有一艘破冰船从列宁格勒来到海湾。显然,这是破冰船的汽笛声。

突然间,我不由地想起了一艘破冰船上的一位航海长讲的故事。当破冰

---

①见尼·奥斯特洛夫斯卡娅关于屠格涅夫的回忆录。——原注

船在芬兰湾破冰时,他在冰上看到了一束冻坏了的野花。上面蒙着一层雪。是谁把它遗失在这儿,遗失在茫茫冰海的呢?显然是一艘轮船在冲破薄薄的头冰时,从船上掉下来的。

一个形象冒了出来。它以一种秘密的力量开始引向一篇还模糊不清的童话。

必须揭开这束冻坏了的花的秘密。所有的人都参与揭秘工作。每个见过这束花的人,各有各的想法。

我也有自己的想法,虽然我连这束花都没有见过。这是不是向我迎面跑来的小女孩在牧场上采集的那束花呢?也许就是那束花。但它是怎样掉到冰海中的呢?这种事只有在不受时空限制的童话里才可能发生。

这时又冒出了一个想法,即女性对花的那种特殊的态度。它跟我们男人的态度是有区别的。对于我们来说,花是装饰品,而对于女人来说,花却是鲜活的生灵,是从我们这些事务缠身的成年男子只是偶尔一瞥并且对其抱着一种鄙夷不屑的态度的那个世界来的客人。

遗憾的是,朝霞很快地升起来了。白昼的光华会将这些思想驱散,使它们在正人君子们的眼里变得可笑。

一见到阳光,许多童话会把身子缩成一团,像蜗牛那样藏进自己的硬壳之中。

可不是吗,不过暂时还有些模糊不清的童话毕竟诞生了。当童话、短篇小说、中篇小说即将出世时,几乎是无法阻挠的。这不啻杀害生灵。它们仿佛是自然而然地开始在我们的意识中展蕊怒放。

让童话倾注于笔端的时刻终于来到了。创作童话,多半与用文字描述草的轻微的气味同样困难。你在创作童话时,几乎屏住呼吸——以免吹掉盖在童话上的那一层细细的花粉。而且你的写作速度很快,因为光、影和某些景象往往急速地、轻飘飘地一闪而过。延误是不行的,落后于想象的奔驰也是不行的。

童话完成了。很想怀着感激之情再看一看那时明亮的眸子,那是童话常住的地方。

夜行的驿车

　　我本想单写一章,论述想象力及其对我们生活的影响。但经过
一番考虑之后,我把这一章放弃了,而是写了一篇关于诗人安徒生
的短篇小说。我觉得这篇小说可以取代这个章节,而且较之关于这
个题目的泛泛之论,它能使人对想象具有一个更加明确的认识。

　　在威尼斯那家肮脏的老旅馆里是要不到墨水的。可不是,那儿干吗要供
应墨水呢? 难道要让旅客们记下那些敲诈自己的账目吗?

　　不错,当赫里斯蒂安·安徒生住进那家旅馆时,一个锡制的墨水瓶里还
剩下一点儿墨水。他用这点儿墨水动笔创作一篇童话。但眼前的字迹变得越
来越淡,因为安徒生往墨水里掺了好几次水。他到底还是未能把这篇童话写
完——童话的快乐的结局留在墨水瓶底了。

　　安徒生微微一笑,决定给这篇新作取名为《留在干涸了的墨水瓶底的故
事》。

　　他爱上了威尼斯,把它称为"一朵正在枯萎的荷花"。

　　一团团秋天的乌云在大海上空低低地旋舞。污浊的水在一条条水道里
哗哗地拍溅。冷风从一个个十字路口穿过。不过当太阳钻出云层时,墙上的
霉斑下面便露出玫瑰色大理石,凭窗远眺,城市的面貌焕然一新,犹如昔日
威尼斯绘画大师卡那列托①做的一幅画。

　　是的,这是一座美妙的、尽管颇有点忧郁的城市。不过还要去别的城市
看看,跟它告别的时候来到了。

---

　　①乔瓦尼·卡那列托(1697—1768),意大利画家。

因此,当安徒生打发旅馆的茶房去购买前往维罗纳的夜行驿车车票时,并无特别遗憾之感。

茶房跟旅馆倒是十分般配——懒惰成性,总是带着几分醉意,还有点小偷小摸,但却长着一副忠诚老实的脸孔。安徒生的房间他一次也未收拾过,连石板地也未扫过。

从红天鹅绒窗帘后面常常飞出一群群金黄色的蛾子。洗脸不得不用一只已经开裂的瓷盆,上面画着几个乳房高耸的沐浴的女人。油灯是坏的。代替油灯的是摆在桌上的一个沉甸甸的银烛台,上面插着一截脂油蜡烛头。这个烛台大概从提香①时代起就没有擦拭过。

从设在一楼的廉价饭馆里飘出一股股烤羊肉和大蒜的气味。几个身穿破旧天鹅绒胸衣、腰里胡乱系着破带子的年轻女子,从早到晚在那儿哈哈大笑,争论不休,那声音简直震耳欲聋。

有时这几个女子还彼此揪住头发,大打出手。当安徒生偶尔从这些扭打在一起的女子身边经过时,他往往停住步子,对他们那蓬乱不堪的发辫、气得发红的脸孔和冒着复仇之火的眼睛总要赞赏一番。

然而最迷人的景象自然还是她们那愤怒的泪珠,它们从眼里夺眶而出,沿着双颊流淌,宛如一颗颗钻石。

一见到安徒生,女子们便顿时鸦雀无声。这位瘦弱文雅、鼻子细长的先生使她们感到难为情。她们认为他是个江湖魔术师,但却尊称他为"诗人先生"。在她们看来,他是个很怪的诗人。他身上的血并不沸腾。他不在吉他伴奏下高唱那些令人肝肠寸断的船歌,也不轮流向她们每个人表白爱情。只有那么一次,他从上衣衣襟上的襻儿里取出一朵红玫瑰花,把它送给一个最丑的洗碗的小女孩。这小女孩还是个瘸子,走起路来像只鸭子。

当茶房出门去买票时,安徒生连忙跑到窗前,拉开沉甸甸的窗帘,看到茶房边走边吹口哨,沿着水道走去,还顺便摸了一下一个卖小虾的红脸蛋女

———————————

①提香(约 1476/77 或 1489/90—1576),意大利画家。文艺复兴时期威尼斯画派的代表人物。

人的乳房,因此挨了一记响亮的耳光。

然后茶房来到一座拱桥,他从桥上往水道里久久地吐着唾沫,吐得是那样专注,竭力想把唾沫吐到半边空蛋壳里。蛋壳就在桥桩旁边漂着。

最后他还是吐中了,空蛋壳沉到了水里。然后茶房走到一个戴破帽子的小男孩跟前。小男孩正在钓鱼。茶房坐到他的身边,愣神地望着浮子,指望有一条喜欢游荡的鱼上钩。

"啊,天啦!"安徒生绝望地大声叫道。"难道我今天会被这个笨蛋弄得走不成吗?"

安徒生推开窗子。玻璃震得哗哗直响,连茶房都听到了响声,把头抬了起来。安徒生举起双手,怒气冲冲地向他挥了挥一对拳头。

茶房从小男孩脑袋上摘下帽子,喜滋滋地向安徒生挥了挥,又把帽子扣到小男孩脑袋上,然后一跃而起,消失在拐角后面了。

安徒生笑了起来。他一点儿都没有生气。就连这种滑稽可笑的小事也能使他的旅行欲望与日俱增。

旅行时总会发生一些不可预测的事。你永远不会知道,女性的狡黠的目光何时将在睫毛下一闪,陌生城市的塔影何时将在远处显现,满载货物的船只的桅杆何时将在海天相接之处晃动,或当你目睹大雷雨在阿尔卑斯山上空肆虐时,你的脑海里会冒出一些什么样的诗句,或谁的嗓子会像旅行用的小钟一样向你唱一支赞美含苞欲放的爱情的小曲。

茶房买回了车票,但他把找头吞了。安徒生揪住他的衣领,客气地把他拖到走廊上,开玩笑地在他脖子上拍了一下,于是茶房便一面高声唱着,一面顺着摇摇晃晃的楼梯,两步并作一步,朝楼下飞奔而去。

当驿车驶出威尼斯时,下起了毛毛小雨。沼泽密布的原野已经夜幕低垂。

车夫发牢骚说,让威尼斯到维罗纳的驿车夜间行驶,想必是魔鬼出的点子。

乘客们一句都没有搭腔。车夫稍许沉默了一会儿,气冲冲地啐了一口唾沫,提醒乘客们说,除了洋铁灯里的那截蜡烛头以外,就没有多余的蜡烛了。

乘客们对这句话也没有搭理。于是车夫说他对自己的乘客理智是否健全表示怀疑,还补充说,维罗纳是个荒凉的山沟沟,正派人在那儿没什么事可做。

乘客们知道并非如此,但谁也不想反驳车夫。

乘客一共是三个:安徒生,一位上了年纪、愁眉不展的神父和一位披着深色斗篷的太太。安徒生觉得,这位太太时而像个少女,时而像个老妇,时而像个美人,时而像个丑女。这一切都是车灯里那截蜡烛头耍的花招。它照在太太身上,使她每次的模样都不相同——简直是随心所欲。

"要不要把蜡烛吹熄?"安徒生问道。"眼下用不着点它。以后遇到要点的时候,我们就会没什么可点啦。"

"这种主意,意大利人是永远想不出来的!"神父嚷了起来。

"为什么呢?"

"意大利人缺乏预见能力。只有当事情毫无挽回余地时,他们才会猛醒过来,并且大哭大叫。"

"神父大人,"安徒生问道,"您显然不属于这个轻佻的民族吧?"

"我是奥地利人!"神父气冲冲地回答道。

谈话中断了。安徒生把蜡烛吹灭。在片刻沉默之后,那位太太说道:"在意大利的这个地区,夜间行车不点灯为好。"

"反正车轮的响声也会暴露我们的行踪,"神父反驳她说,然后又不满地补充道:"太太们外出旅行,身边应该带个亲戚,也好有个伴儿。"

"我的伴儿,"太太回答道,然后狡黠地笑了起来,"就跟我坐在一排呢。"

她讲的是安徒生。由于女旅伴的这句话,安徒生向她脱帽致谢。

蜡烛刚一熄灭,各种声音和各种气味都更加活跃了,好像它们因对手的消失而欣喜若狂。嗒嗒的马蹄声变得更响了,车轮在砂砾上滚动的沙沙声、弹簧颤动时的嘎吱声和雨点敲打车篷时的咚咚声听得更清晰了。扑进车窗的湿草和沼泽的气味也变得更浓了。

"怪事!"安徒生低声说。"我以为在意大利能闻到酸橙树林的气息,可闻到的却是我们北国的气味。"

"马上一切都会变了,"那位太太说。"我们正在爬山,那儿的空气要暖和些。"

拉车的马一步步地走着。驿车真的是在朝一座不陡的山冈爬去。

然而夜却并未因此而变得明亮些。相反,道路两旁都是成片的老榆树,这些老榆树枝繁叶茂,使夜变得更静更深,它与树叶和雨点的窃窃私语隐约可闻。

安徒生放下窗子。一根榆树枝伸进了驿车,安徒生从树枝上摘下几片树叶留作纪念。

就像许多具有灵活的想象力的人一样,他在旅行时也有搜集形形色色的小玩意儿的癖好。这些小玩意儿都有一个特点——它们能使往事重演,使他安徒生在捡起一块马赛克碎片、一片榆树叶或一块小驴蹄铁的那一瞬间的情景重现。

"多好的夜晚啊!"安徒生心中暗想道。

此时,冥冥的夜色比阳光更令人欣喜。幽暗可以让人静思一切。而当安徒生对此感到厌倦时,它又可以帮助他虚构各种以他本人为主角的故事。

在这些故事中,安徒生总是把自己想象成一个英姿飒爽的少年。他非常慷慨地用那些温情脉脉的批评家们称之为"诗歌之花"的令人心醉的字眼装点自己。

实际上安徒生其貌不扬,而且他有自知之明。他又高又瘦,非常害羞。他的手脚摆动起来,就像一个提线木偶。在他本国,孩子们把这种木偶叫作"罗锅儿"。

生得这样不三不四,就别指望得到女人的垂青了。但每当那些妙龄女子经过他的身旁,犹如经过一根路灯杆子时,他心里仍然会感到难受。

安徒生打起盹儿来了。

当他醒来时,他首先看到的是一颗绿色的大星星。它在天顶上浮动着。

显然已是深夜时分。

驿车停下来了。从车外传来了说话的声音。安徒生凝神细听。车夫正在跟几个拦车的女人讨价还价。

女人们的声音是这样婉转,这样清脆,使这场悦耳动听的生意就像古老歌剧中的宣叙调。

这几个女人显然要去一个很小的城市或一个小市镇,车夫认为她们出价太低,不愿捎脚儿。女人们争先恐后地要他相信,这笔钱是她们三人凑的,多一个子儿也拿不出来了。

"够啦!"安徒生对车夫说。"您这是蛮不讲礼,漫天要价,这钱我来付好了。要是您不再对乘客说粗话,不再胡说八道,我还会多给一点。"

"行,美人们,"车夫对女人们说,"上车吧。你们要感谢圣母,因为你们碰到了这位大手大脚的外国王子。他这样做,只不过不愿因为你们耽误行程。至于你们几个人,他也用得着,就像去年的通心粉用得着一样。"

"耶稣啊!"神父呻吟道。

"姑娘们,坐到我身边来吧,"那位太太说。"这样我们会暖和一点。"

姑娘们悄悄地交换了一下意见,互相传递着物品,钻进了驿车,她们向车里的人问了好,怯生生地向安徒生道了谢,就坐下来不作声了。

立刻就冒出了羊酪和薄荷的气味。安徒生看到了姑娘们廉价耳环上小玻璃片的朦胧的闪光。

驿车开动了。砂砾又在车轮下沙沙地响了起来。姑娘们开始低声交谈。

"她们想知道您是什么人,"那位太太说。安徒生估摸她在暗中冷笑,"您真的是外国王子呢,还是一位普通游客?"

"我是个预言家,"安徒生不假思索地回答道。"我能预卜未来之事,并能在黑暗中进行观察。但我不是招摇撞骗之人。也许我是哈姆莱特生活过的那个国家的一个可怜的王子吧。"

"那您在这种黑乎乎的地方能看到什么呢?"一个姑娘惊异地问道。

"就拿你们来说吧,"安徒生回答道。"你们的样子我看得一清二楚,因此我的心中洋溢着对你们的美丽的赞美之情。"

说完这句话,他感觉到他的脸上有些发冷。每当他构思自己的长诗和童话时所经受的那种状态渐渐临近了。

在这种状态下,轻微的焦虑,不知从哪儿涌出的语言的洪流,以及认为自己具有诗的力量和支配人的心灵的权力的突如其来的感觉融为了一体。

正如他的一篇故事所讲述的那样,一只古老的魔箱的盖子砰的一声飞出去了,箱子里藏着许多尚未吐露的思想和昏昏欲睡的感情,还藏有大地上种种令人迷醉的东西——各种鲜花呀,色彩和声音呀,芳香扑鼻的风呀,辽阔的海洋呀,喧闹的森林呀,痛苦的爱情呀,小孩咿呀的语声呀。

安徒生不知道如何称呼这种状态。有些人认为它是灵感,有些人认为它是狂喜,还有些人认为它是即兴创作的才能。

"我一觉醒来,在黑夜里听到了你们的声音,"安徒生沉默了一会儿,神态自若地说道。"可爱的姑娘们,这已经足以使我了解你们,不仅如此,甚至还使我爱上了你们,就像爱上别后相逢的姐妹一样。我能非常清楚地看见你们。你们这些姑娘都长着柔软的金发。你们爱笑,非常热爱一切生物,当你们在菜园里干活时,连鸫鸟都会落到你们的肩上。"

"哎哟,尼科利娜,他的这些话可说的是你呀!"一个姑娘在她耳旁高声说。

"尼科利娜,您有一颗火热的心,"安徒生依然神态自若地继续说道。"如果您心爱的人发生了不幸的事,您会毫不犹豫地翻越一座座积雪的高山,穿过一片片干燥的沙漠,到几千里外去看望他,救助他。我说得对吗?"

"是的,我会去的……"尼科利娜难为情地嘟哝道。"既然您是这么看的。"

"姑娘们,你们叫什么名字呢?"安徒生问道。

"尼科利娜、玛丽亚和安娜。"一个姑娘欣然地替大家回答道。

"好吧,玛丽亚,我本不想谈您的美丽。我的意大利话说得不好。但早在青年时代我就向诗神发过誓,不管我在哪儿见到美,我都要赞扬它。"

"耶稣啊！"神父低声说道。"他被毒蜘蛛咬了，简直是疯了。"

"有些女人具有真正令人惊叹的美。她们几乎总是性格孤僻。她们往往独自忍受着能将自己焚毁的激情。这种激情仿佛从身体内部把她们的脸庞烧得通红。玛丽亚，您就是这样的女人。这种女人的命运往往非同寻常。要么非常悲惨，要么非常幸福。"

"那您曾经遇到过这样的女人吗？"那位太太问道。

"就是现在，"安徒生回答道。"我的话不仅是对玛丽亚说的，而且也是对夫人您说的。"

"我想，您讲这番话不是为了消磨长夜吧，"那位太太用发颤的声音说。"假如是这样，那就对这位迷人的姑娘太残酷了。对我也是这样。"她低声补了一句。

"夫人，我还从来没有像此刻这样郑重其事。"

"那情况到底怎样呢？"玛丽亚问道。"我会得到幸福呢？还是得不到？"

"您虽然是一个普通的农家少女，可您希望从生活中得到的东西却非常之多。因此您想做一个幸福的人是很难的。可是，您肯定会在自己的生活中遇到一个符合心意的人。您的意中人，不用说，必然是个了不起的人。也许是个画家，是个诗人，是个为意大利的自由而奋斗的战士……也许是个普通的牧人或水手，但却有一颗雄心。归根结底，什么人都一样。"

"先生，"玛丽亚羞怯地说，"我看不见您，因此我问您才不感到害臊。如果这样的人已经占有了我的心，那该怎么办呢？我只见过他几次，甚至不知道他现在在哪儿？"

"那就找到他，"安徒生大声说。"他也会爱上您的。"

"玛丽亚！"安娜高兴地说。"这么说，就是那个从维罗纳来的青年画家啦……"

"住嘴！"玛丽亚对她厉声喝道。

"维罗纳又不是什么大城市，在那儿不是连个人都找不到，"那位太太说道。"您记住我的名字。我叫埃列娜·格维奇奥里。我住在维罗纳。每个维罗纳人都能把我的房子指给您看。玛丽亚,您到维罗纳来吧,而且您可以住在我那儿,一直住到我们这位可爱的旅伴所预言的那件幸福的事情发生。"

玛丽亚在黑暗中摸到了埃列娜·格维奇奥里的手,把它贴在自己发烫的面颊上。

大家都不作声了。安徒生发现,那颗绿色的星星已经熄灭。它落到地平线后面去了。这就意味着,已经是下半夜了。

"哎,关于我的未来的情况,您怎么一点也没说呢?"安娜问道,她是姑娘中最健谈的一个。

"您会有许多孩子,"安徒生很有信心地回答道。"他们将拿着杯子列队来领牛奶。每天早晨您得花大量时间给他们一个个梳洗。在这方面,您未来的丈夫会给您帮忙的。"

"该不会是彼特罗吧?"安娜问道。"他对我还真有用,这个笨头笨脑的彼特罗!"

"您每天还得花大量时间,三番五次地去吻这些小男孩和小女孩那一双双闪耀着好奇的光芒的眼睛。"

"在教皇的管辖范围,竟有人这样胡言乱语,简直不可思议!"神父恼怒地说,但他的话谁也没有理睬。

姑娘们又开始低声交谈。她们的交谈老是被笑声打断。末了,玛丽亚说:"先生,我们现在想知道,您是什么模样。我们在黑暗中无法看清。"

"我是个流浪诗人,"安徒生回答道。"我很年轻。我有一头密密的波浪式的头发和一个黝黑的脸庞。我的一双蓝色的眼睛几乎总是在笑,因为我无忧无虑,至今还没谈过恋爱。我唯一的工作就是给人们制作一些小小的礼物和做一些冒失的事情,只要这些事情能让我的熟人感到快乐。"

"什么事情呢?能举个例吗?"埃列娜·格维奇奥里问道。

"怎么跟您说呢?去年夏天,我住在日德兰半岛①一个熟悉的林务员家

---

①大部分属丹麦,小部分属德国,介于北海和波罗的海之间,面积约四万平方公里。

里。有一次我在林子里溜达，来到一块林中空地，那儿长着许多蘑菇。同一天，我又到这块林中空地去了一次，在每个蘑菇下面藏了一样东西：或是一颗用银纸包的糖，或是一颗海枣，或是一小束蜡制的花，或是一枚顶针和一条丝带。第二天早晨，我带着林务员的女儿去这片树林。她只有七岁。嘿，她在每个蘑菇下面都发现了不同寻常的小玩意儿。只有海枣不见了。也许是被乌鸦叼走了。可惜您没有看到，孩子的眼睛里闪耀着多么惊喜的光芒啊。我向她保证，所有这些东西都是地精藏的。"

"您欺骗了那个天真的小女孩！"神父愤愤地说。"简直是弥天大罪！"

"不，这不是欺骗。她一生都会记住这件事。而且我向您保证，她的心不会像那些没有经历过这一童话般事件的人一样容易变得冷酷无情。此时，神父大人，我要告诉您，我可不习惯听那些强加的教训。"

驿车停住了。姑娘们一动不动地坐着，仿佛着了魔似的。埃列娜·格维奇奥里低下了头，一言未发。

"喂，美女们！"车夫喊道。"醒醒吧！到啦！"

姑娘们又低声交谈了一阵，然后站起身来。

突然间，黑暗中一双强有力的手搂住了安徒生的脖子，两片热乎乎的嘴唇贴在他的嘴唇上。

"谢谢！"那两片热乎乎的嘴唇低声说道，安徒生听出了玛丽亚的声音。

尼科利娜向他道了谢，然后谨慎而又亲热地吻了吻他，头发搔得他的脸怪痒的，而安娜的吻则又有力，又响亮。姑娘们都跳到车下。驿车沿着铺得好好的道路向前驶去。安徒生望了一眼窗外。除了微微泛青的天空背景上一丛丛黑糊糊的树梢，其他的东西都看不见。天快亮了。

维罗纳以其华丽的建筑使安徒生感到震惊。这些建筑物的正面都很庄严，其美观的程度不相上下。彼此相称的建筑本可以使人的精神得到平静，然而安徒生的心灵却并不平静。

傍晚时分，安徒生拉响了格维奇奥里的古宅的门铃，这座古宅位于一条通向一座城堡的窄窄的街上。

给他开门的是埃列娜·格维奇奥里本人。一件绿色天鹅绒连衣裙紧紧地裹住她的身子。天鹅绒的反光,映在她的双眸上,使安徒生觉得这双眸子像瓦尔基里女神①的眼睛一样碧绿碧绿,有一种说不出的美。

她向安徒生伸出两只手,用冰冷的手指紧握着他那宽大的手掌,倒退着把他带往那间小小的客厅。

"我好想念您,"她坦诚地说,然后歉疚地笑了笑。"我已经不能缺少您了。"

安徒生脸色变白了。一整天他都怀着一种隐秘的激动心情在想念她。他知道,在内心里可以狂热地爱一个女人的每句话,爱她落下的每根睫毛,爱她连衣裙上的每粒微尘。他懂得这点。他寻思,这种爱,如果他让它燃烧起来,心里是装不下的。它会带来无数的苦恼和快乐、泪水和欢笑,以至他没有足够的力量去经受它的各种变化和意外。

而且谁知道呢,也许由于这种爱情,他的一大串绚丽多彩的童话将会黯然失色,离他而去,而且永不复返。这样一来,他的存在又有什么价值呢!

反正他的爱归根结底是一种单相思。这种情况在他身上已经发生过多次了。像埃列娜·格维奇奥里这类女人都是非常任性的。总有一天,在一个可悲的日子,她会发现他是个丑八怪。他本人也厌恶自己。他常常感觉到身后有许多嘲讽的目光。那时他的步伐就变得迟钝,跌跌撞撞,恨不得钻到地里去。

"只有在想象中,爱才是恒久的,"他在心里说服自己,"才能永远环绕着一圈灿烂的诗的光轮。看来,我虚构爱情的能力比在现实中感受爱情的能力要高明得多。"

因此,他来看埃列娜·格维奇奥里时已下定决心:见到她就走,今后永不相见。

---

①斯堪的纳维亚神话中的战争女神。

关于这一点，他不好对她直说。因为他们之间什么事也没发生过。他们仅仅昨天才在驿车上相遇，而且彼此并没有表白什么。

安徒生在客厅门口停住步子，把里面仔细打量了一番。在一个角落里，一尊狄安娜[1]的大理石头像在枝形大烛台的照耀下显得非常苍白，仿佛她由于自己的美丽而激动得脸色发白。

"是谁让您的容貌永远融入这尊狄安娜塑像的呢？"安徒生问道。"是卡诺瓦[2]。"埃列娜·格维奇奥里回答道，然后垂下了眼睛。看来，她猜到了他心中的种种想法。

"我是来告辞的，"安徒生瓮声瓮气地低语道。"我要离开维罗纳了。"

"我知道您是谁了，"埃列娜·格维奇奥里盯着他的眼睛说。"您是赫里斯蒂安·安徒生，鼎鼎有名的童话作家和诗人。原来您在私生活中却害怕童话。连一段短暂的爱情，您都缺少力量和勇气消受。"

"这是我的一个沉重的十字架，"安徒生承认说。

"好吧，我的可爱的流浪的诗人，"她伤心地说道，然后把一只手搭在安徒生的肩上，"溜走吧！逃命吧！让您的眼睛永远充满笑意吧。别想我。不过，如果您今后由于年老、贫困和疾病而陷入痛苦之中，那您只要说一声，我会拔腿就走，就像尼科利娜那样，步行几千里路，翻越一座座积雪的高山，穿过一片片干燥的沙漠，去慰问您。"

她倒在安乐椅里，用双手捂住脸。枝形烛台上的蜡烛发出噼噼啪啪的爆裂声。

安徒生发现，从埃列娜·格维奇奥里的纤细的手指间渗出了一颗泪珠，它突然一闪，落到天鹅绒连衣裙上，慢慢地滚了下去。

他扑到她的身边，双膝跪地，把脸贴在她那温暖、有力、柔软的双腿上。她没有睁开眼睛，只是伸出双手，抱住他的脑袋，俯身吻了吻他的嘴唇。

---

[1] 罗马神话中的月亮和狩猎女神，即希腊神话中的阿耳忒弥斯。
[2] 安东尼奥·卡诺瓦（1757—1822），意大利雕刻家。

第二颗热泪落到他的脸上。他尝到了泪珠的咸味。

"去吧！"她小声地说。"愿诗神宽恕您的一切。"

他站起身来，拿起帽子，迅速地走了出去。

晚祷的钟声响彻在整个维罗纳上空。

在此之后，他们再也没有见过面，但却时时刻刻在想念对方。

也许正因为如此，安徒生在去世前不久曾对一位青年作家说：

"我为自己那些童话付出了巨大的、我敢说是无法估量的代价。为了它们，我放弃了自己的幸福，浪费了宝贵的时光，当时想象虽然充满力量，熠熠发光，但毕竟应该让位于现实。

"我的朋友，要善于支配自己的想象，目的是为了人们的幸福和自己的幸福，而不是为了悲哀。"

构思已久的一本书

很久以前,十多年以前,我就决心写一本难度很大的书,不过我当时认为。现在依然认为,这是一本饶有趣味的书。

这本书应该由许多杰出人物的传记组成。

这些传记应该又短小又生动。

我甚至已经着手为这本书草拟一个杰出人物的名单。

在这本书里,我决定收入我遇到过的几个最平凡的人的传记。这些人没有什么名气,已经被人遗忘,但实际上并不比那些遐迩闻名、身价百倍的人逊色。他们仅仅是不走运罢了,而且身后未能在后人的记忆中留下哪怕一丝微小的痕迹。他们大多数是淡泊名利、充满献身精神的苦行者。

其中有内河轮船船长奥列宁-沃尔加里,这个人的一生真是极其神奇,他生长在一个热爱音乐的家庭,在意大利学过声乐。但他很想周游整个欧洲,便中断学业,以一名流浪歌手的身份真的游遍了意大利、西班牙和法国。在各个国家,他都是用吉他伴奏,用该国的语言演唱。

我是一九二四生在莫斯科一家报纸的编辑部与奥列宁-沃尔加里相识的。有一天下班后,我们要求奥列宁-沃尔加里从他巡游演出的节目中挑几首歌唱给我们听听。有人不知从哪儿弄来了一把吉他,于是这个身穿内河轮船船长制服的瘦小枯干的老头儿突然变成了一个技艺高超的音乐家,变成了一个使人惊叹的演员和歌手。他的嗓音充满了青春的活力。

我们聚精会神地听着,一曲曲优美动听的意大利短歌自由自在地飘荡,一支支巴斯克人①的歌曲时断时续,铿锵悦耳,而《马赛曲》却像号角声声,像

---

①居住在西班牙、法国的一个民族。

披着硝烟,充满欢乐的精神。

　　游历欧洲之后,奥列宁–沃尔加里在海轮上当水手,他考取了远洋领航员,多次穿过地中海,后来回到俄罗斯,在伏尔加河的轮船上当船长。我与他相识的时候, 他是一支航行于莫斯科和下诺夫戈罗德之间的客轮船队的领导人。

　　他无所畏惧,不避风险,首先驾驶伏尔加河大客轮通过那些又窄又旧的莫斯科河船闸。所有的船长和工程师都一口咬定,这是无法办到的。

　　他首先建议把著名的马尔丘格地区莫斯科河的河道弄直,莫斯科河在这一地区异常曲折,只要对地图上它那数不胜数的弯儿看一眼,就会头昏脑涨。

　　奥列宁–沃尔加里写过很多关于俄罗斯河流的优秀文章。如今,这些文章都已散失,被人遗忘。他对几十条河流的一个个漩涡、一处处浅滩和一根根沉木了如指掌。关于怎样改善这些河流的通航条件,他制定了一整套简易可行而又出人意料的计划。

　　一有空,他就用俄语翻译但丁的《神曲》。

　　这是一个作风严谨、心地善良和闲不住的人,他认为各行各业都同样值得尊重,因为都是为人民的事业服务,都能让每个人显示自己是"这块美好的土地上的一个优秀的人物"。

　　我还有一个普通而又可爱的熟人——俄罗斯中部一个小城市的地志博物馆馆长。

　　博物馆设在一幢古宅里。除了妻子,馆长没有其他助手。他们俩不仅把博物馆搞得井然有序,而且亲自修房子,劈木柴,干各种粗活。

　　有一次,我遇到他们在做一件奇怪的事。博物馆旁边有一条寂静的、杂草丛生的小巷,他们在这条小巷里来回走动,把乱七八糟撒在地上的石子和碎砖一块块捡起来。

　　原来是一伙淘气的孩子用石头砸破了博物馆的窗子。为了今后断绝这伙孩子唾手可得的投掷武器,馆长下决心把小巷里的所有石子捡起来,运回博物馆的院子。

博物馆里的每件藏品——从年代久远的花边或世所罕见的十四世纪扁砖，到泥炭的样品和不久前才放到周围沼泽去繁殖的阿根廷水鼠——河狸鼠的标本，都是经过研究的，并配有详细的说明。

然而这位态度谦和、说话总是轻言细语、由于腼腆而老是咳嗽的人，在展示画家佩列普廖奇科夫①的一幅画时，却是满面春风，欣喜若狂。这幅画是他在一座封闭了的修道院里找到的。

诚然，这是一幅风景画杰作，画家的视角是一个深深的窗洞，画面上是一片白茫茫的北方黄昏景色，有几棵沉睡的小白桦树，小湖里的水像锡箔一样明亮。

对这个人来说，工作是很艰难的。他不受重视。他悄没声儿地工作着，不去打扰任何人。纵然他的博物馆效益并不显著，难道这样一个人的存在本身，对于当地人，特别是对于年轻人来说，不是一个敬业、谦逊和热爱故土的榜样吗？

不久前，我找出了我为这本书草拟的那份杰出人物的名单。这份名单很长，一一列举毫无必要。我只是从中随便挑选了几位作家的名字。

在每位作家的名字旁边，我都写了一些简短的笔记，说明我对那位作家的感受。

下面我就从这些笔记中援引数篇。当然，我对它们作了一番整理，篇幅也略有增加。

契诃夫

我们很多人都有一个不好的习惯，那就是喜欢用三言两语把自己的想法、印象和电话号码记在香烟盒上。后来，这些烟盒通常都被丢失，于是我们生活中的很多日子也就随之从记忆中消失。

①瓦西里·瓦西里耶维奇·佩列普廖奇科夫(1863—1918)，俄罗斯风景画家。

生活中的一天完全不像乍一看去那样简单，那样微不足道。你就试试一分钟接一分钟地回忆一下自己的任何一天吧，回忆一下所有的会见、谈话、思想、行为，所有的事件和内心状态，包括自己的和别人的，——那么你就会相信，要想把这段时间流完整地重现出来，起码得写出一本新书，弄不好得写上两本甚至整整三本书。

有一次，契诃夫的传记作者阿·伊·罗斯金建议我们这批前来雅尔塔的作家之家过冬的人做做这件事，他开玩笑地说，这是一个"小小的作业"。

我们欣然赞成罗斯金这个主意。每个人都开始写自己的《一日书》，但是很快大家就放弃了这个工作。原来这个"小小的作业"极为困难，即使经验丰富和很有才能的行家也几乎无力胜任。它要求脑子进行连续不断的紧张记忆，并且耗费大量时间，尽管在做这件事时作家不必绞尽脑汁去考虑题材、情节和结构，一切都由生活本身为我们代劳。

我也有一个不好的习惯，那就是抓到什么就用什么记录自己的想法，其中也包括香烟盒。我总是自信决不会丢失这些烟盒，但往往一转眼就丢失了。

我常常对自己这些潦草的笔记表示谅解，因为爱德华·巴格里茨基就是照着一个"黑塞哥维那女神"牌破香烟盒，给我朗读了自己的诗句"小船穿过鱼群，穿过繁星"[①]。

然而有几个烟盒毕竟幸免于难。其中一个跟契诃夫和雅尔塔的契诃夫纪念馆有关。现在，我尽力揭示出写在这个烟盒上的那些半磨损的简短笔记的内容。

我曾经许诺一家报纸写一篇关于契诃夫的论文。然而一提起笔，我就马上断定，现在要想用我们通常所谓的"论文体"写一篇关于契诃夫的文章，那是非常困难的，而且看来几乎是不可能的。俄语中凡是可以用来论述契诃夫的词汇，似乎都说完了，用尽了。对契诃夫的爱超出了我们的词汇资源。这种

[①]见巴格里茨基的诗《走私者》。

爱有如一切伟大的爱一样,很快就耗尽了我们优美语汇的藏量,使我们面临人云亦云和老生常谈的危险。

关于契诃夫,似乎一切都说尽了。然而有一点却还谈得不够,这就是契诃夫在我们的性格中留下了什么, 他的存在怎样决定了对他感到亲切的人们今天的生活。

对于我们来说,契诃夫时时刻刻都是一个活生生的、亲切的人。可是关于"契诃夫的感情",那种强烈而又崇高的感情,人们却几乎未置一词。

因此我决定不写论文,而是找一找香烟盒上的笔记。也许,什么地方会稍稍提及我依然说不准的那种"契诃夫的感情"。

我已经说过,这些笔记都是很短的。例如:"一九五〇年,我独自一人在房子里。一条毛茸茸的小狗在下面吠叫。按这儿的老规矩,它叫卡什坦卡。"

记忆受到了轻轻的触动,往事开始浮现在眼前。

这是一九五〇年秋天。我来到雅尔塔的契诃夫纪念馆找玛丽雅·巴甫洛芙娜①。她不在家,上某个邻居家去了,我留在房子里等她。一位年迈的女佣把我带到凉台上。

这是一个使人容易产生错觉和感到诧异的雅尔塔的秋天。简直无法明白,这究竟是百花辞谢的春天呢,还是姹紫嫣红、晶莹澄澈的秋天。在凉台的柱形栏杆外面,一丛处女般洁净的白花正在阳光下展枝怒放。

随着气流的每一吹拂,或者说得更正确些,随着空气的每一呼吸,花儿慢慢散落下来。我知道,这丛花是安东·巴甫洛维奇②种的,因此担心碰着了它,虽然我很想摘一枝哪怕最小的花枝留作纪念。最后我下定决心,把手伸向花丛,但急忙又缩了回来,——一只名叫卡什坦卡的毛茸茸的红毛小狗在下面花园里对我吠叫起来。它用自己的后爪不停地踢土,叫声同契诃夫描写的一模一样:

---

①契诃夫的妹妹,纪念馆馆长。
②即契诃夫。

"汪……汪汪汪！……汪……汪汪汪！"

我情不自禁地笑了起来。小狗蹲到地上，竖起耳朵谛听。阳光照耀着它那对黄色的善良的眼睛。

四周静悄悄、暖洋洋的。一股被阳光照得透亮的蓝色烟雾从海面缓缓升上天空，有如一块宽大的帷幕。在这块帷幕后面，一艘内燃机船雄浑有力地叫了三声。

我听到房间里传来玛丽雅·巴甫洛芙娜善良的声音，我的心突然一阵紧缩，好不容易才把眼泪忍住。我为什么想哭呢？因为生活是不讲情面的。有些人我们离了他们便几乎无法生活。对于这些人，生活即便不能令其永生不死，也该让他们益寿延年，以便我们的肩上能够经常感受到他们那轻柔的手的抚摸。

我马上为自己这些想法感到难为情，然而痛苦却并未消失。理智是一回事，而心灵又是一回事。我觉得在那一瞬间，我情愿献出一半生命，以便谛听很久很久以前早已离开这所房子的主人从门后传来的平静的脚步声和咳嗽声。是很久很久以前啊！从他逝世之日起已经过去四十六年了。这个期限我既觉得微不足道，同时又感到长得令人难以忍受。

凉台外面的花儿在悄悄凋谢。我望着飞舞的轻盈的花瓣，担心玛丽雅·巴甫洛芙娜过早地进来，发现我的激动心情。我有意编造一些想法进行自我安慰，心想在这丛鲜花的每一花枝中，树液都在树皮里面进行永恒的、不断的运动，正如夜间喁喁私语的大海上空的星球运动一样。

玛丽雅·巴甫洛芙娜进来了，她谈起了列维坦，说她曾钟情于他。说着说着，她像个小姑娘一样羞得满脸通红。

听完玛丽雅·巴甫洛芙娜的话之后，我自己也不知为什么说道："也许，每个人都有自己的《带叭儿狗的女人》①吧。如果以前没有，那么将来一定会有。"

---

①契诃夫的一部短篇小说。

玛丽雅·巴甫洛芙娜宽容地一笑,一语未答。

此后,我又在不同的季节多次来到契诃夫纪念馆。我很少到里面去,常常是靠在围墙上,稍站一会就离开。

冬天,这座房子特别吸引人。夜幕低垂在大海上空,透过夜幕可以看到轮船船舷上昏暗的灯光。我从水手们嘴里得知,有时可以用望远镜从轮船的甲板上看到契诃夫书房窗内罩着绿色灯罩的灯光。

叫人纳闷的是,这盏灯竟然闪烁在我国的边境上,俄罗斯以这儿的大海为界。再往前去,在那边的夜幕下,就是古老的小亚细亚诸国。

我又理出一则笔记:"雅尔塔之冬,雅依拉①之雪,映照阿乌特卡②的雪光。"是的,冬天的雅依拉笼罩着一层薄雪。它在月光下熠熠发光。寂静的夜从山上降临雅尔塔。

这一切契诃夫都看见了。跟我们一样,他对这一切都很熟悉。据玛丽雅·巴甫洛芙娜说,他有时关掉电灯,独自久久地坐在黑暗中,两眼望着窗外,雪在那儿静静地闪着白光。

有时他走到花园里,但却是蹑手蹑脚地,生怕惊醒和吓着母亲与妹妹。失眠使他感到非常痛苦,因此他独自久久地在黑夜里徘徊,仿佛是一个被大家遗忘的人,尽管他已经享誉全球。然而,在这样的夜晚,久负盛名并没有成为他的包袱。

他身边就是那座泛着白光的房子,它成了俄罗斯作家们的憩息之所。库普林、高尔基、马明-西比利亚克③、斯坦尼斯拉夫斯基、蒲宁、拉赫马尼诺夫④、柯罗连科的声音早就沉寂了,但余音却仿佛依然在房子里回荡。房子在等待他们归来,主人也在等待着。他每天夜里独自感到忐忑不安,谁也未能发觉这一点,他的疾病、忧伤和不安未能使任何人感到担忧。

---

①雅依拉,克里米亚山顶高原的名称。

②契诃夫别墅所在地,在雅尔塔市,濒黑海。

③马明-西比利亚克(1852—1912),俄国作家。

④谢尔盖·瓦西里耶维奇·拉赫马尼诺夫(1873—1943),苏联俄罗斯杰出的作曲家。

在关于契诃夫的大量文学回忆录中，对契诃夫曾经哭过一事只字未提。

只有作家吉洪诺夫（谢列勃罗夫①）见过他的眼泪。契诃夫逝世之前不久跟萨瓦·莫罗佐夫②到乌拉尔去过一趟。那是一个超凡脱俗的孤独者在黑夜里流的眼泪，其实是一个遭到遗弃、濒临死亡的人的眼泪。

契诃夫生性善良高尚，且极其坚毅刚强，因此他常常把自己的眼泪和痛苦瞒着别人，其目的仅仅是为了不给亲友的生活增添忧愁，不给周围的人造成哪怕一点不快的阴影。

我又理出一则笔记："俄罗斯总是看不够"。我马上想起了一天晚上，我同诗人鲁戈夫斯基③站在契诃夫书房的壁炉前，观看列维坦的画《干草垛》的情景。

雾气弥漫的沼泽上空，灰色的黄昏和苍白的月亮，长脚秧鸡的叫声，辽阔无边的森林在当天夜里和千百个其他夜里一样枉然矗立。之所以这样说，是因为谁也没有见过它们那湿漉漉的、泛着微光的白桦树叶，谁也没有听到过它们那神秘莫测的沙沙响声。

森林遭到遗弃，孤零零的。森林上空的黑夜孤独地、徒劳地走向遥远的黎明。契诃夫忧心如焚，因为他在这儿，在克里米亚浪费时间，什么也看不见。而他需要，迫切需要待在那儿，待在俄罗斯，待在北方，以便观察农舍木板屋顶上空或者故乡寂静的湖中漩流里夜的反光。

他急于奔向俄罗斯。他由于十分懊丧，由于看不见而只能想象出它那尚未言传、尚未揭示的美而感到十分苦恼和焦急不安。

他的生命是非常短促的，用他的话来说，几乎一事无成，它仅仅用自己飞速的翅膀轻轻碰了他一下。对生命的惋惜使他在这座在十九世纪末算是非常舒适的房子里感到十分痛苦。

①亚历山大·尼古拉耶维奇·吉洪诺夫（笔名谢列勃罗夫 1880—1956），苏联俄罗斯作家。

②萨瓦·季莫费耶维奇·莫罗佐夫（1862—1905），高尔基和契诃夫的朋友，俄国纺织业大资本家莫罗佐夫之子，曾资助修建莫斯科艺术剧院。

③弗拉基米尔·亚历山大罗维奇·鲁戈夫斯基（1901—1957），苏联俄罗斯诗人。

而且感到痛苦的不仅是他。不知为什么，几乎每个人一来到这座房子里就会开始思考自己的命运，尤其是这样的人：他回顾了自己的一生，直到这时才幡然醒悟。

显然，契诃夫的和谐、充实的生活促使人们检查自己的一生。

笔记"一组相片"使我想起了一个晚上，当时我弄到了许多契诃夫的相片。

我把它们按年代摆开——从中学时代直到临终前照的最后一张相片。

我没有见过任何比这更有教益的东西。契诃夫的整个历程——从一个无所用心的居民和略带俗气的空虚的幽默家，到一个心灵优美、情操高尚和稳重坚毅的人——在这里表现得异常明显。

他自己造就了自己。他自己把自己变成了这样一个人，并且在堂堂正正地对待人、对待自己的创作事业方面，给我们上了严肃的一课。

最后两则笔记非常之短，每则都只有两个字。第一则是"天才"，第二则是"善良"。

这两则笔记没有任何难懂之处。

契诃夫是一个天才作家，这是大家公认的。然而，鉴于他极为谦虚，人们在写关于他的文章时，谁也没有直接谈到这一点。即使在契诃夫逝世之后，我们仍然不敢大胆谈论这一点，生怕使他生气。契诃夫本人是禁止对他使用"天才"这个词的。

契诃夫是谦虚的，只有真正的伟人才能如此谦虚。他对妄自尊大，目中无人和吹牛夸口是义愤填膺的。

他曾说过，一个平庸作家的最大特点就是像教皇一样妄自尊大、目空一切。谦虚是俄罗斯人民最大的特点之一。所有普通的和杰出的俄罗斯人都是谦虚的。他们之中没有一个人自吹自擂，恶毒挖苦外来人，或自诩为众人的楷模。

在谦虚里包含着一个人的道德力量和纯洁，而吹牛则表现了一个人的渺小和无知。

关于"善良"这则笔记可以说很多话,但时间和篇幅都不够。

契诃夫为人善良这一点就值得一谈,然而作为一个作家的契诃夫的善良和人道却更为重要。看来,在我国文学中没有另一个作家以更大的善心对待人们,经常为他们感到痛苦,竭力对他们进行帮助。

是的,他是善良的,但也是无情的。他善于恨,他不是主张宽恕一切的懦弱的传教士。然而作为一个医生和作家,他却懂得人类痛苦之深和人间不幸之可怕,他要求人们彼此之间仁慈为怀。

契诃夫在这方面的影响过去和现在都是很大的。几乎所有进步的意大利样板电影,诸如《罗马十一点钟》、《偷自行车的人》、《火车司机》、《警察与小偷》、《旅途上的幻想》,都脱胎于契诃夫的人道主义。

这种契诃夫式的善良和严格的人道主义正是我国某些文学作品所缺乏的。这就使它们黯然失色,在某种程度上丧失了一个最大的优点。

这就是我在一个旧香烟盒上找到的所有笔记的内容。由于这些笔记,我在自己的记忆里保存了一些东西,并且得以对这个令人神往的人和作家讲上几句。

他曾活在世上,这件事本身向我们证明了真正的人类幸福的可能性和必然性。为了这种幸福,我们正在工作、斗争和赢得胜利。

亚历山大·勃洛克

没有比讲述河水的气味或田野的寂静更困难的事了,而且必须讲得使听者分明闻到这种气味和感觉到这种寂静。

怎样才能表达普希金诗歌中那种勃洛克所说的"清脆的声音"呢?这些诗歌在各种不同情况下会从我们的脑海里突然涌现出来。

世界上有千百种奇妙的现象,这是我们目前还无法用言语形容的。一种现象越是奇妙,越是壮丽,用我们那种死气沉沉的语言描述它就越是困难。

亚历山大·勃洛克的诗歌和生活就是这种出色的、在很多方面无法解释的俄罗斯的现实。

从勃洛克悲剧性的逝世之日起,时间过得越久,我们对这个天才人物曾经生活在我们中间这一事实就越觉得不足信。

对于我们很多人来说,他同许多特殊人物,同文艺复兴时代的许多诗人,同全人类的传说中的许多英雄融为一体了。例如在我看来,勃洛克是属于奥兰多①、彼特拉克、阿伯拉尔②、特里斯坦③、莱奥帕尔迪④、雪莱或至今未被理解的莱蒙托夫等我最喜爱的半神奇的人物,甚至十足的神奇人物之列的。莱蒙托夫是一个少年,但他在自己短暂的一生里却及时讲出了糟蹋在荒漠上的心灵的热情。

勃洛克接替了莱蒙托夫。他针对莱蒙托夫说过一句伤心而又中肯的话:"在他那极度的苦闷中,有一种虚幻的春天的忧愁。"⑤

我没有见过勃洛克,没有听过勃洛克的声音,我认为这是我一生中的一个巨大损失。

我没有听过勃洛克的声音,不知道他是怎样读诗的,但我相信诗人皮亚斯特⑥,他就这个问题写了一部篇幅不大的学术著作。

勃洛克的嗓音是暗哑的,仿佛从远方传来,显得从容不迫。即使他的同时代人听起来,他的声音也仿佛是从较远的地方传来的。在他的声音中有一种魔力,一种顽强的东西,宛如渐渐沉寂的琴弦的余音。

我所描述的这个勃洛克牢牢地存在于我的意识、我的生活之中。他在我心目中永远不会变成别的样子。我和他一起默默地度过了许多夜晚,常常由于每一行随口说出的、有如歌声一样的诗句而销魂失魄。"这声音是你的,我

---

①奥兰多,即罗兰,意大利诗人阿里奥斯托的叙事诗《疯狂的罗兰》中的主人公。

②比埃尔·阿伯拉尔(1079—1142),中世纪法国经院哲学家、神学家和诗人,著有《是与非》、《我的灾难史》等书,谴责天主教会的暴虐狂。

③法国中世纪英雄史诗《特里斯坦和绮瑟》中的主人公。

④贾科莫·莱奥帕尔迪(1792—1837),意大利诗人。

⑤见勃洛克的诗《恶魔》。原文为"在你那极度的苦闷中,有一种虚幻的春天的忧愁。"

⑥弗拉基米尔·阿列克谢耶维奇·皮亚斯特(1886—1940),苏联俄罗斯诗人,翻译家。

要把生命和痛苦献给它那不可理解的音响。"①

早在遥远艰难的青年时代,他就这样走进了我的生活之中,如今,用叶赛宁的话来说,"是收拾易朽的物品上路的时候了"②,但他在我心目中的形象一如从前。

在"易朽的物品"中永远不会有勃洛克的诗,因为它们不服从易朽的规律、腐烂的规律。只要我们的地球上还有人活着,只要"上帝创造的奇迹中的奇迹"——自由的俄罗斯语言尚未消亡,他的诗就将永远存在。

是的,我感到遗憾的是我未能结识勃洛克。他自己说过:"意识到美妙的东西和我们失之交臂,往往已经为时太晚。"

生命之弦既断,便无法再续。我们无法使勃洛克起死回生,我们永远无法在我们的日常生活中再见到他。然而世界上有一种类似奇迹的现象,它常常不遵守自然界那些残酷的规律,因此令人感到快慰。这种现象就是艺术。

它可以在我们的意识中创造一切,复活一切!请重读一遍《战争与和平》吧,我保证你会清楚地听到在你身后没有露面的纳塔莎·罗斯托娃的笑声,你会像爱一个活生生的现实的人一样爱上她。

我相信,人们对勃洛克的爱和思念是如此强烈,以致他迟早会出现在一部长诗或一部中篇小说中,这将是一个活生生的、复杂的、迷人的、体验到自己再生的奇迹的形象。我之所以相信这一点,是因为我国的天才人物并未枯竭,人类精神的复杂性也并非总是雷同的。

请原谅,我在这里得谈谈我自己。

我开始创作自传体中篇小说,并且写到了中年时期。这不是回忆录,而恰恰是中篇小说,作者可以随意安排故事。但在主要方面,我多少还是以真实的事件为依据的。

在自传体中篇小说中,我按照现实中本来的样子描绘自己的生活。然而

---

① 见勃洛克的诗《声音在临近,她听命于令人肝肠寸断的声音……》。
② 见叶赛宁的诗《我们现在渐渐离去……》。

每个人,其中也包括我,也许都有第二种生活,第二种传记。就像常言所说,它在现实生活中"没有出场",实际上没有发生。它只存在于我的希望和我的想象之中。

因此,我想写一写这第二种生活。我设想:假如我在创造自己的生活时完全按照自己的心意,而不取决于任何偶然事件,那么这种生活定会是什么样子呢?我想把它就写成这个样子。

正是在这第二种"自传"里,我希望、而且能够同勃洛克密切接触,甚至同他交上朋友,并且怀着一种巨大的景仰之情和一腔柔情写出我所想到的他的一切情况。我仿佛想借此让勃洛克的生命在我身上得到延续。

你们有权问我,为什么要这样做。

这是为了使我的生活能够和谐地结束,也是为了用我的生活来证明勃洛克诗歌的力量。我再说一遍,我没有见过勃洛克。在他生命的最后几年,我住在远离彼得堡的地方。但我现在力图间接地弥补这一损失。

也许这看起来有点天真,但我要访问同勃洛克有关的一切——人们、环境和彼得堡的风光。在诗人逝世之后,这种风光几乎没有什么变化。

很久以前,我就开始受到一个连我自己也不理解的愿望的折磨,这就是要在列宁格勒找到勃洛克曾经居住和逝世的那幢房子,而且一定要独自找到它,既不要任何人帮助,也不到处打听和查看列宁格勒地图。我隐隐约约地知道,什么地方有一条叫普里亚日卡的河(勃洛克曾住在这条河的滨河街——今十二月党人街的拐角上),于是就步行到普里亚日卡河边去了,而且去的时候没向任何人问路。为什么要这样做,我自己也不大明白。我相信,我凭直觉就可以把路找到,我对勃洛克的景仰之情犹如一位向导,一定会拉着我的手把我引向他的故居。

第一次我未能走到普里亚日卡河。正在发大水,桥梁都被阻断了。

我打了一个寒噤,望着西边浓密暗黑的尘雾。那儿就是普里亚日卡河。潮湿的风从那儿迎面吹来,带来一片烟雾。在这片烟雾中,巍然耸立着许多若隐若现的高楼大厦,宛如暴风雨中的石舫。

我知道,勃洛克的故居坐落在海边。当波罗的海的暴风雨袭来之时,它显然首当其冲。

直到第二次,我才走到普里亚日卡河边那幢房子跟前。我不是单独去的。跟我同行的有我十九岁的女儿。这个年轻人仅仅因为我们前去寻访洛勃克的故居而感到十分忧伤。

我们沿着涅瓦河的滨河街往前走,不知为什么,整个路程我记得非常清楚。

这是十月里一个雾霭沉沉、枯叶飞舞的日子。这种日子使人觉得,薄雾将会长久地笼罩大地。雾有如霏霏细雨使人感到神清气爽,使铁栅栏上布满了一滴滴细小的水珠。

勃洛克有一个用语——“秋日的阴影”。那么,这就是一个充满着这种阴影的日子——又昏暗又阴冷。一些在围困期间被弹片打坏的独家住宅的窗户闪着昏暗的光。空气中有一股石煤的烟味。这种烟雾也许是从港口吹来的。

我们走得很慢,常常停步伫立,久久地注视着四周裸露的一切。不知为什么,我断定,勃洛克平常回家时常走这条路,而不是那条令人烦闷的军官大街。

空气中有一种强烈的水藻味和锯末味。就在这儿,在涅瓦河这一带僻静的河岸上,一些身穿棉袄的姑娘正在用圆锯锯桦木柴。锯末宛如一串串长长的焰火满天飞舞,然而通常总是尖声刺耳的圆锯在这儿却不知为何发出柔和、低沉的声音。圆锯似乎在低声歌唱。

在黑沉沉的河道(这就是普里亚日卡河)对岸,耸立着造船厂的一座座船台、一根根烟囱、一股股浓烟和一幢幢熏得漆黑的厂房。

我知道,勃洛克的住宅的窗子是朝向西边,朝向这片工厂的景物,朝向海滨。

我们来到普里亚日卡河边,我立即在一排低矮的石头房子后面看见了唯一的一幢非常普通的砖木结构大楼。这就是勃洛克的故居。

“你瞧,咱们终于到了。”我对自己的同伴说。

她停住脚步，两眼闪出了喜悦的光芒，但这种喜悦的光芒马上又加上了泪水的闪光。她极力想忍住，但泪水却不能自已，一滴一滴地夺眶而出，从睫毛上滚了下来。于是她一把抓住我的肩膀，把脸紧贴在我的袖子上，不让人看见她的眼泪。

在那幢房子的窗户里，隐隐约约地闪耀着列宁格勒式的昏暗的灯光，然而对于我们俩来说，这个地方，这种灯光都是神圣的。

我寻思，诗人是多么幸福啊，因为青春将自己的初恋——那种羞怯而感激的爱情献给了他。青春把自己的景仰献给了他。因为勃洛克在我们的心中过去是、今后也永远是年轻的。这几乎是所有悲剧性地生活和悲剧性地死去的诗人的共同命运。

即使在生命的最后几年，在逝世前不久，受到一种彷徨不安的心情（究竟是什么使他不安，他对谁都没有说过，至今仍然是一个谜）折磨的勃洛克仍然保持着青春的外部特点。

在这里，必须离开本题稍说几句。

众所周知，有些作家和诗人具有巨大的创作感染力。

他们的散文和诗歌即使只有极微小的一部分被我们读到，也会使我们心潮澎湃，浮想联翩，形象迭起，从而产生把这一切写在纸上的强烈愿望。

在这方面，勃洛克对很多作家和诗人产生了良好的影响。产生影响的不仅有他的诗歌，而且有他一生中的一些事件。我在这里举一个也许并不十分突出的例子，因为其他例子我一时想不起来。

作家亚历山大·格林有一部逝世以后发现、尚未出版的长篇小说《凤仙花》。这部长篇小说的情况和勃洛克所谈的他在布列塔尼[1]、在小港阿伯弗拉克的生活情况正好吻合。

在那里，勃洛克初次被海洋生活所吸引。这种生活使他感到孩子般的欣喜。一切都是极其有趣的。

---

[1]法国西北部的一个半岛。

他在给母亲的信中写道:"我们生活在各种海洋信号的包围之中。中心灯塔每隔五秒钟亮一次,把我们的四壁照得通亮。港口停泊着一艘毁坏了的二十年代(上世纪)的三桅巡洋舰,它参加过墨西哥战争,现在已经下碇休息。它叫'墨尔波墨涅'号。船头上立着一尊女神塑像,那神态似乎急于奔向大海。"

信中还有一个突出的地方,应该把它摘引出来:"前不久,在一座旋转灯塔上面死了一个老看守人,他没来得及在天黑以前把机器弄好。于是他的妻子命令两个小孩用手转了一整夜机器。因此她被授予荣誉团勋章。"

"我认为,"洛克写道,"俄罗斯人也会这样做的。"

在阿伯弗拉克附近的一个岛上有一座叫"塞松"的旧炮垒。由于它已经十分古老,没有用处,法国政府打算把它廉价卖掉。

显然,勃洛克很想买下这座炮垒。他甚至计算了一番,购买这座炮垒连同耕耘土地,开辟花园和进行修理,共需二万五千法郎。

这座炮垒上的一切,无论是半损坏的吊桥还是掩蔽室,无论是火药库还是古老的大炮,都富于浪漫气息。

家里人劝阻勃洛克放弃了这宗买卖。但他对朋友和熟人却大谈特谈这个炮垒的情况。幻想是不会如此轻易地向清醒的考虑让步的。

格林听说了勃洛克的这个故事,写了一部长篇小说。在这部小说里,一位老人和他那外号叫"凤仙花"的年轻美貌的女儿向政府买了一座旧炮垒,定居在那儿,并且把它的围墙变成了一块块芳香的草地和花圃。

小说描写了各种事件,然而描写得最出色的似乎还是炮垒本身——一个吉祥的、宁静的、早已解除武装的、富于浪漫气息的古老炮垒。小说对遍布树木、灌木和鲜花,景色如画的花园作了大量的、准确的描写,写得非常出色。

应当承认,勃洛克的诗歌也使我产生了一个乍看起来显得奇怪的念头——写几篇和勃洛克的诗歌情调一致的短篇小说。

迄今我依然保持着这个想法。迄今我已经写了一个短篇《细雨蒙蒙的黎明》,它完全脱胎于勃洛克的短诗《俄罗斯》:

当你头巾下那闪电般的目光

闪现在道路的远方，

不可能的顷刻变成可能

漫漫长路顿时显得清爽……

我不想，也不能对勃洛克的生平和诗歌作出自己的解释。我不大相信勃洛克在俄罗斯和人类未来的考验面前怀着先知先觉的、神秘的恐惧，不大相信诗人是被一种致命的冷漠感所包围，不大相信诗人对十月革命有某种过于复杂的认识，不大相信诗人陷入了绝望的怀疑和毁灭性的堕落。

勃洛克最使我喜欢和最吸引我的，是他的诗歌和生活中那种十分具体的诗意。缺乏活的形象、活的血肉，故弄玄虚，虚无缥缈的象征主义的迷雾，只能使中学生着迷。

有时我寻思，对于这一代人，对于新的青年来说，勃洛克身上有很多东西是不可理解的。

他对贫穷的俄罗斯的爱就不可理解。用现代青年的观点来看，那个"低矮贫穷的村子不可胜数，一眼望不到边，只有远处草地上的篝火，在黑夜里熊熊燃烧"①的国家怎么值得爱呢？

年轻人之所以难以理解这点，是因为这样一个俄罗斯已经不复存在了。正是勃洛克所了解和喜爱的她的那些特点已经没有了。即使还有穷乡僻壤、泽间小径和深山老林，那么这些村子和深山老林里的人也大不相同了。已经换了一代人，因此孙子已经不了解祖辈，有时连儿子都不了解父辈了。

子孙们不了解，也不愿了解贫穷，这种贫穷充满着哀悼的歌声，充满着迷信和童话，充满着胆怯的、沉默寡言的孩子的眼睛，充满着担惊受怕的少女的低垂的睫毛，充满着流浪汉和残疾人的胆战心惊的故事和对森林、湖泊、废井、老妪的哭声和钉死的农舍——总之，对身边一切事物的经常的、令

---

① 见勃洛克的诗《秋日》。

人难受的神秘感,以及同样经常的奇迹感:"我昏然欲睡,梦境之外是一片神秘,而你,罗斯①啊,就在这神秘之中安息。"②

要爱上这些灰色的农舍、灰烬和杂草的气味、哀歌,并且在这种贫穷后面看到森林密布的俄罗斯的淡淡的美,必须有一颗坦荡而坚韧的心和对本国人民的伟大的爱。这个罗斯已经逝去了。勃洛克痛哭道:

> 你啊,赤贫的芬兰罗斯,
> 躺在一具普通的棺材里!③

对于勃洛克来说,新俄罗斯,"新美洲"正在南方草原上崛起:

> 不,在那儿看不到哥萨克的长发随风飘拂,
> 也看不到五颜六色的旌节光华熠熠,
> 在那儿冒着黑烟的是工厂的烟囱,
> 在那儿声声叫唤的是工厂的汽笛。④

老一辈人对旧罗斯和新罗斯几乎同样熟悉。这种渊博的知识是老一辈人的财富。

如果不了解旧俄罗斯,不了解"楚德人创造奇迹和默里亚人进行测量"⑤的一切,不了解旧的乡村,不了解漫游全国的着了魔的游方僧,未见过库利

---

①罗斯为俄罗斯的古称。

②见勃洛克的诗《罗斯》。

③见勃洛克的诗《新美洲》。

④见勃洛克的诗《新美洲》。

⑤楚德人是古罗斯人对埃斯特人及其他芬兰语部落的统称;默里亚人是古代芬兰乌戈尔部落,后与东斯拉夫人融合,他们曾对土地、沼泽、道路进行测量。此句引自勃洛克的诗《我的罗斯,我的生命,我们可以共患难吗?……》。

科沃古战场上空血红的晚霞,那就无法了解新俄罗斯。

勃洛克的爱情诗是一种魔法。如同任何魔法一样,它们也是无法解释和令人苦恼的。这些诗几乎是不能言传的,必须反复阅读,反复吟诵,每次都感到心的剧烈跳动,由于它们那令人苦闷的曲调而神魂颠倒,对它们突然闯进我们的脑海并且永远留在那儿永远感到惊异。

在这些诗篇里,特别是在《陌生女郎》和《饭馆》里,他的技巧已经到了炉火纯青的境地。这种技巧甚至使人觉得害怕,感到不可理解。大概是想起了这些诗篇,勃洛克对自己的缪斯说:

> 比北方的夜晚更诡谲,
>
> 比金色的香槟更醉人,
>
> 比茨冈的爱情更短暂,
>
> 啊,你那可怕的脉脉温情……①

勃洛克爱情诗的力量与日俱增,它们以自己的形象使人心情无法平静。"她那飘荡的绸衣令人想起古老的传说","我看见着了魔的海岸,着了魔的远方","她那湛蓝、深邃的双眼有如鲜花,盛开在遥远的岸边。"②

这与其说是描写永恒的女人气质的诗篇,不如说是一种巨大的诗的力量的迸发,这种诗的力量既能俘获曾经沧海的心,也能俘获初出茅庐的心。

一种"神秘不解的力量"把勃洛克的诗篇变成了比诗更高的东西——变成了诗歌、音乐和思想的有机结合,变成了同每颗人心的一致搏动,变成了一种尚未找到定义的艺术现象。

只要读一读一节脍炙人口的诗,就会相信这点:

---

① 见勃洛克的诗《致缪斯》。

② 见勃洛克的诗《陌生女郎》。

你像惊鸟一样猛然起身，

你走了，像我的梦一样轻盈……

但闻叹息声声，但见睫毛微闭，

你那丝绸衣裳发出阵阵惊慌的声音……①

勃洛克在自己的诗歌和散文中经历了俄罗斯历史上一段风云变幻的道路，从萧条的九十年代到第一次世界大战，到哲学、诗学、政治和宗教各流派的错综复杂的交织，到"戴着白色玫瑰花冠的"十月革命。他是诗歌的保护者，是一位行吟诗人，是诗歌的奴仆和诗歌的天才。

勃洛克说过，天才的光辉是不受时间限制的。这句话也完全适用于他。他对我们每个作家和诗人命运的影响，也许不是一时可以看清楚的，但却是非常巨大的。

早在青年时代，我就明白了他写的下列最伟大的诗句的意义，并且相信他说的话：

擦掉那些偶然的特点——

你会发现，世界多么美好……②

我曾经力图遵循勃洛克说的这两句话，因此我向他表示深深的感谢。我们生活在他的天才的光辉之中，这种光辉将会照耀我国未来的千秋万代，而且将变得更加明亮。

---

①见勃洛克的诗《在餐厅里》。
②见勃洛克的长诗《报复》的序诗。

居伊·德·莫泊桑

他向我们隐瞒了自己的生活。

——勒纳尔论莫泊桑[1]

莫泊桑在里维埃拉有一艘名叫"漂亮的朋友"的游艇。在这艘游艇上,他创作了自己最悲惨、最具有震撼力的作品《在海上》。

在莫泊桑的"漂亮的朋友"号游艇上工作的有两名水手。岁数较大的那个叫贝尔纳。

两名水手发现,近来"主人"有点不大对劲,别说他满脑子都是各种想法,就连他那难以忍受的头痛一事,也能让他发疯。水手们一言一语、一举一动都很谨慎,不让莫泊桑看出他们在为他担心。

莫泊桑去世后,两位水手给巴黎一家报社的编辑部寄去一封信,这封信内容简短,而且文理不通,但却饱含人的沉痛之情。也许只有这两个普普通通的人无视对莫泊桑的普遍的偏见,认为他们的主人有一颗关心人的、羞涩的心。

为了纪念莫泊桑,他们能够做些什么呢?只能竭尽全力使他的心爱的游艇不致落入陌生的、冷漠无情的人手中。

两位水手尽了力。他们千方百计地拖延出售游艇的时间。但他们是穷人,只有上帝知道,他们这样做简直是困难重重。

他们去向莫泊桑的朋友们,向法国的作家们求助,但却毫无结果。于是游艇转让给了家财万贯的浪荡公子巴泰勒米伯爵。

贝尔纳临终之际对身边的人说:"我认为,我曾经是个不赖的海员。"

---

[1]摘自法国作家朱尔·勒纳尔(1864—1910)的日记。勒纳尔在谈到莫泊桑时说:"他向我们隐瞒了自己的生活,这是徒劳的;这就是说,他不是一个彻底的作家,因为他的创作可以从私生活得到解释,而他的精神失常,也许是最美丽的一页。"——原注

　　这句话再朴素不过地表达了一个想法,即他觉得自己的一生是高尚的。遗憾的是,只有极少数人有充分的权利对自己作出这样的评价。

　　这句话是莫泊桑借他的水手之口给我们留下的遗嘱。

　　他经历了一条神速而光辉的创作道路。"我像流星那样进入文坛,"他说,"也会像闪电那样离去。"

　　他是人类恶习的无情的观察者,是把生活称为"作家门诊所"的解剖家,然而在临终的前不久,他所向往的却是纯洁,是对痛苦之爱和欢乐之爱的颂扬。

　　即使在弥留之际,在他觉得他的脑子遭到一种毒盐侵蚀的时候,他还绝望地回忆着,在他匆忙、疲惫的一生中,该有多少真挚的感情被他抛弃了啊。

　　他号召人们向何处去? 他引导人们奔向何方? 他向他们许诺过什么? 他是否用自己那双桨手和作家的有力的手对他们进行过帮助?

　　他明白,这一点他没有做到。他也明白,如果在揭露的同时怀着怜悯之情,他就会作为善神留在人类的记忆之中。

　　他老是愁眉苦脸,感到很难为情,像个弃儿一样向往温情。直到最后他才相信,爱情不仅是情欲,而且也是牺牲,是隐蔽的欢乐,是这个世界的诗。然而为时已晚,剩下的唯有良心的谴责和徒然的懊悔。

　　他对被自己漫不经心地抛弃和嘲笑的幸福也感到惋惜。并且深深地怨恨自己。他想起了俄国女画家巴什基尔采娃①,当时她几乎还是个小姑娘。她曾钟情于他,而他却用冷嘲热讽的、甚至颇有点轻佻的书信对付这份爱情。他那男子的虚荣心得到了满足。别的东西他并不需要。

　　然而巴什基尔采娃又算得了什么呢! 他最痛心的还是巴黎一家工厂的那个年轻的女工。

　　这个女工的故事曾被保罗·布尔热②敷衍成文。莫泊桑感到非常气愤。是

---

①玛丽娅·康斯坦丁诺芙娜·巴什基尔采娃(1860—1884),俄国女画家,写过不少回忆录。
②保罗·布尔热(1852—1935),法国作家。

谁赋予这个沙龙心理学家权利,擅自闯入这场真正的人间悲剧的呢?当然,错就错在他莫泊桑本人。然而,当他已经筋疲力尽,当盐在他的脑子里沉积了一层又一层,他又有什么办法呢,他又能有什么作为呢!有时他甚至能够听到又小又尖的盐粒扎入脑子时发出的咔嚓声。

一个女工!一个天真可爱的姑娘!她读过他的一些短篇小说,平生只见过莫泊桑一次,便以她那颗激情燃烧的心爱上了他,这颗心就像她那双明亮的眸子一样纯洁。

天真的姑娘啊!她得悉莫泊桑没有结婚,孤身一人,于是一个疯狂的想法冒了出来——把自己的一生献给他,关心他,做他的朋友、妻子、奴隶和婢女,这个想法是如此强烈,简直无法抗拒。

她很穷,穿得非常寒酸。她省吃俭用一整年,一个生丁一个生丁①地攒钱,为的是给自己缝制一套精美的服装,穿着它去见莫泊桑。

服装终于准备就绪。一清早她就醒来了,而这时巴黎还在昏睡,梦魇像雾一样笼罩着巴黎,透过这层雾,初升的太阳开始朦胧闪烁。这是在街心花园的菩提树林荫道上能够听到鸟叫的唯一时刻。

她洗了个冷水澡,然后就像佩戴非常轻巧而又清馨宜人的珠宝一样,慢条斯理地、小心翼翼地穿上薄薄的长袜和小巧玲珑、闪闪发光的鞋子,最后穿上美丽的连衣裙。她照了一下镜子,不相信镜子里那个人就是她本人。镜子里面站着一个婷婷袅袅、妩媚动人的女子,脸上洋溢着欢乐和激动的神情,一对眸子因爱而变得黑乌乌的,两片温柔的嘴唇红艳艳的。是的,她将以这样的姿态出现在莫泊桑面前,并向他表白一切。

莫泊桑住在郊区的一幢别墅里。她拉了一下院墙门上的门铃。给她开门的是莫泊桑的一个朋友,这是一个浪荡公子,一个恬不知耻的色鬼。他满脸堆笑,目光恨不得穿透她的衣服。他说莫泊桑先生不在家,带着自己的情妇

---

①一生丁为百分之一法郎。

到埃特列太去了，要在那儿呆好几天。

姑娘大叫一声，迅速转过身来，用她那紧紧地戴着羊皮手套的小手扶着院墙上的铁栏杆走开了。

莫泊桑的朋友赶上了她，把她扶进一辆出租马车，带到了巴黎。她不停地哭着，语无伦次地嚷着报仇。而且就在当天晚上，她为了故意跟自己对着干，故意跟莫泊桑对着干，委身给了这个浪荡公子。

一年后，她已成了闻名巴黎的一名年轻的妓女。当莫泊桑从他的朋友嘴里得知这件事后，并没有把他赶走，也没有给他一记耳光，更没有提出跟他决斗，只是一笑了之：在他看来，姑娘的事太逗人乐了。是的，也许这还是一个不赖的短篇小说题材呢。

多可怕啊，如今无法让时间倒回这位姑娘站在他家院墙门口的那一时刻。她像香气四溢的春天，一双小手捧着自己的心，依赖地打算献给他！

他甚至不知道她的名字，此刻他只能用他所能想起的最亲切的名字将她声声呼唤。

他痛得身子直弯。他打算去吻她的足迹，央求她的宽恕，他，高不可攀的、伟大的莫泊桑。然而这已经无济于事了。整个这个故事只能给布尔热提供一个借口，让他写出一篇逗人发笑的奇闻轶事，以证明人的许多感情是难以理解的。

难以理解吗？不，如今对莫泊桑来说，是很好理解的。它们是非常美好的，这些感情！它们是我们这个并不完美的世界的最神圣的东西！而且此刻他将发挥他的全部才华和技巧形诸笔墨，如果不是盐在作祟的话。盐正在侵蚀他，尽管他正在一口一口地把它吐出来，大口大口地往外吐着。

伊凡·蒲宁

不管这个古怪的世界怎样叫人忧伤,它毕竟是美好的……

——伊·蒲宁

早在读中学的时候,我就迷上了蒲宁的作品。当时我对他了解甚少,仅从蒲宁本人给文格罗夫[1]的《作家辞典》写的小传里知道一鳞半爪。《作家辞典》上说,蒲宁在叶列茨和叶弗列莫夫市(当时属图拉省)之间的乡下度过了自己的童年,后来在叶列茨中学念过书。

一九一六年寒冷的四月,我初次来到叶弗列莫夫市一个亲戚家里。她是一个孤老太婆,叫我上她那儿去做客,让我在漫游南方之后稍事休息。

老太太在叶弗列莫夫市立中学教书。如同所有的女教师一样,她也常患喉炎。她用各种方法治疗,甚至用过"蒲宁的巫术"。

"哪一个蒲宁?"我吃惊地问道。

"叶夫盖尼·阿列克谢耶维奇,作家的哥哥,他在我们叶弗列莫夫市的消费税局工作。他发现了一种治疗喉炎的方法。用一块干松鼠皮擦擦脖子,喉炎就可手到病除。不过这种皮子对我却不起作用。叶夫盖尼·蒲宁为人非常精明,长得相当干瘦。他的弟弟伊凡,就是那位作家,据说为人极好,是个很出色的人。他有时上这儿来。"

尽管叶弗列莫夫市总的来说是个相当凄凉的小镇,但从我听说蒲宁经常来这儿的那一刻起,它在我的心目中顿时变了样。对我来说,它现在成了那种舒适的俄罗斯外省城市的典型。

我国所有的边远城市彼此几乎都很相似。用契诃夫的话来说,它们都是"典型的叶弗列莫夫式的城市"——废弃了的修道院的栈房,教堂石门上面神的侍者的土黄色脸孔、县警察局长的三驾马车的响亮铃声,牧场上的尖柱

---

①谢苗·阿法纳西耶维奇·文格罗夫(1855—1920),俄国批评家、文学史家和书志学家。

城堡,地方自治会——唯一的一幢门口点着长明灯的房子,墓地椴树上尖叫的寒鸦,还有许多高峡深谷。夏天,荨麻丛生;冬天,从炉子里和茶炊下扔出来的木炭,在被灰烬染成灰色的雪地上冒着蓝烟。

就在那个时候,在叶弗列莫夫市,蒲宁笔下的俄罗斯就在我心里扎下了根,并且久久地控制着我。

叶列茨就在附近。我决定前去看看这个蒲宁的城市。

从少年时代起,我就热衷于访问那些同我心爱的作家和诗人的生活有关的地方。我过去认为(至今仍然认为),世界上最好的地方是普斯科夫省圣山镇修道院围墙下埋葬普希金的那座山丘。在俄罗斯,再没有比这个山丘下面所展现的土地更辽阔、更纯洁的地方。

从叶弗列莫夫到叶列茨有一种通勤列车,被人们称为“马克西姆·高尔基”,我就是乘这种列车去叶列茨的。

我在一节叮当作响的旧车箱里迎来了凛冽的黎明。我坐在一支闪烁不定的蜡烛下面,阅读一本破旧的《当代世界》杂志,上面刊登着蒲宁的短篇小说《先知伊里亚》。

就其表现的直透人心的痛苦而言,这篇小说是俄罗斯文学中最优秀的作品之一。小说的每个细节、它勾画的每个特征(甚至“像尸衣一样苍白的燕麦”)都以一种不可避免的灾难的预感,以当时俄罗斯的贫困、孤独和痛苦命运紧压着人们的心。

有时真想头也不回地逃离这个俄罗斯。然而很少有人下决心这样做。因为即使母亲是个要饭的女叫花,处在痛苦的屈辱中,儿女们也是爱她的。

蒲宁也离开了自己唯一挚爱的国家,但他的心没有走。他是一个非常自尊和严肃的人,一直到生命的最后时刻,他都在痛苦地怀念俄罗斯,并且在巴黎和格拉斯[1]的异国的夜晚不止一次暗暗洒下了吝啬的泪水,这是一个自愿亡命他乡的人的眼泪。

———————

①法国南部的一个城市。

　　我乘车前往叶列茨。车窗外面一片郁郁葱葱。风在白铁通风器里呼呼地叫着,驱赶着低垂的乌云。我一遍又一遍地读着《先知伊里亚》,一遍又一遍地读着普列捷琴州叶列茨县农民伊凡·诺维科夫的悲剧故事。我极力想弄明白:这个真正的奇迹是用什么样的语言、什么样的魔法和怎样取得的? 制作这篇短小而又有力、悲惨而又出色的短篇小说确实是一个奇迹。

　　在叶列茨我没有住旅馆,因为我当时太穷。在晚上火车返回叶弗列莫夫市之前,我一直在城里东游西逛,当然感到十分疲劳。

　　这是一个彤云密布、天穹高远的日子,突然下了一场迟雪。风吹散着马路上的积雪,露出被马蹄踏坏了的白色石板路面。

　　整个城市都是用石头砌成的,看外表很像一个要塞。从那空荡荡、静悄悄的街道上也可以感觉到这一点。我曾听说叶列茨向来是个热闹的商业城市,因此对城里的这种宁静感到惊讶。直到后来我才明白,这种街静人稀的情景是战争带来的后果。

　　叶列茨的确是个要塞。蒲宁在《阿尔谢尼耶夫的一生》[①]中谈到了它:

　　　　……城市对自己的悠久历史感到自豪, 它完全有权这样做:它的确是俄罗斯最古老的城市之一,矗立在草原边缘地带辽阔的黑土平原上,矗立在不祥的边界上。在这个边界外面曾经伸展着那些'陌生、荒凉的土地',而在苏兹达里公国–梁赞公国时代,它属于罗斯最重要的堡垒之一,用编年史家的话来说,它们最先从亚细亚可怕的乌云下面吸入风暴、尘土和寒气。

　　这段话几乎每个字都以其朴实、准确和形象而给人一种享受。这些古老的城市吸入亚细亚侵袭的风暴和寒气:单是这句话,它蕴含的意义该有多深啊,它再现了哨兵惊慌不安的哨声、锤子敲打铁板的当当声和催促大家快上

---

①蒲宁的一部自传体中篇小说。

城墙的召唤声。

我在一座有石头院子的男子中学的楼房附近伫立良久。蒲宁曾经在这所中学念过书。学校里静悄悄的,教室里正在上课。

后来,我穿过集市广场,各种气味扑鼻而来,使我十分惊讶。有莳萝味,马粪味,旧鲱鱼桶味,从正在给某个死者举行安魂祈祷的教堂敞开的门里传来的神香味,还有从高高的灰色围墙里面的花园里传来的腐叶的酸味。

我在一家小饭馆里畅饮了一顿茶。那儿空荡而寒冷。我离开小饭馆,来到市郊。离开车时间还早得很。

郊区(那是一片很长的光秃秃的牧场,通向一块低地)有许多打铁作坊冒着黑烟,打铁声叮当作响,牧场上面是苍白的天空,旁边是一带墓地的围墙。

我顺便走进墓地。花圈上打碎了的瓷制蔷薇和生了锈的白铁树叶被风吹得发出一阵阵丁零声和轧轧声。

在一些带有讲究的涡形装饰、油漆剥落的铁十字架上,可以看到许多镶在金属圆框中、几乎被雨水冲掉的褐色照片。

傍晚,我来到车站,我一生常常独来独往,但很少像在叶列茨的那个傍晚那样感到痛苦和失落。

就在附近,在一幢幢高楼的围墙之内,在一个个暖和的房间里,生活或是快快乐乐,充满光明,或是缺衣少食,无声无息,然而我却处于这些暖和的房子之外。我坐在灯光暗淡的三等车候车室内,里面有一股煤油味,阵阵寒气从脚下穿过。

每个人的一生往往都有许多奇怪的、时喜时悲的巧合。我也是如此。但最令人惊异的巧合发生在当天晚上的叶列茨火车站。

我在报亭里买了一份新出版的《俄罗斯言论报》。三等候车室光线很暗,无法阅读。我数了数自己的钱,足够到灯光明亮的车站食堂去畅饮一顿茶,甚至还能给略带醉意的服务员一点小费。

我坐到食堂里一只空的白铜香槟酒桶附近的桌旁,然后打开报纸……

直到一小时以后，我才清醒过来。车站看门人摇着铃子，故意用难听的鼻音叫道："到叶弗列莫夫、沃洛沃、图拉去的准备上车啦！"

我一跃而起，连忙奔进车厢，躲到一个光线很暗的窗子附近的角落里坐了下来，一直坐到叶弗列莫夫。

我的五脏六腑由于悲和爱而战栗着。为了谁呢？

为了一个好姑娘，一个在这个车站上被杀害的女中学生奥莉娅·梅谢尔斯卡雅。报纸上登载着蒲宁描写这件事情的短篇小说《轻微的呼吸》。

我不知道能否把这篇作品称为短篇小说。不，这不是短篇小说，而是一盏明灯，是生活本身，是生活的战栗和爱，是作家悲伤而又平静的思考，是给美丽的少女的墓志铭。

当时我相信，我在墓地的时候肯定经过了奥莉娅·梅谢尔斯卡雅的墓旁，风儿吹在一个旧花圈上，怯生生地丁零作响，仿佛呼唤我在这儿停一停。

然而我却走过去了，一无所知。啊，我要是知道该多好啊！要是我当时能知道该多好啊！我会把大地上生长的所有鲜花都撒在这个墓上。我已经爱上了这个姑娘。她那无法挽救的命运使我全身战栗。

稀疏而昏暗的农家灯火在车窗外面战栗着，渐渐隐去。我望着这些灯火，天真地安慰着自己：奥莉娅·梅谢尔斯卡雅是蒲宁的虚构，仅仅是认识世界时的一种浪漫主义倾向使我心中对这个业已去世的姑娘产生一种突然的爱，因而感到难过。

也许就在这天夜里，在那节寒冷的车厢里，在俄罗斯的黑色和灰色平原中间，在被夜风吹得沙沙作响的尚未发芽的小桦树林中间，我才第一次彻底懂得了什么是艺术，懂得了它那崇高、永恒的力量。

我几次打开报纸，起先在微弱的烛光下，后来则在熹微的晨光下，反复读着描写奥莉娅·梅谢尔斯卡雅的轻微的呼吸的那一段话，"现在这种轻微的呼吸又重新弥漫在世界上，弥漫在这个布满云彩的天空中，弥漫在这股寒冷的春风中。"

第二次苏联作家代表大会热烈赞同下述提议：应当让蒲宁回归俄罗斯文学①。

于是他回来了。蒲宁的许多最珍贵的作品返回了祖国，其中包括中篇小说《阿尔谢尼耶夫的一生》。

要想介绍这部中篇小说是很困难的，几乎是不可能的，就像介绍蒲宁本人一样。他是如此丰富，如此慷慨，如此多样，如此无情而又准确地洞察任何一个人，从来自旧金山的先生到木匠阿韦尔基。他洞察每一个最微小的手势和心灵的每一个活动，他如此鲜明地，同时严峻而又温柔地讲述与人类岁月之流密不可分的大自然。要想如俗话所说，"用另一个人的手"来描述这一切，那是徒劳无益的，几乎是没有意义的。

应该读蒲宁的作品，想用非蒲宁的一般语言讲述蒲宁以非凡的力量和准确性所写的东西，这种企图是毫无意义的，决不要作此妄想。

普希金的《白昼的明灯熄灭了》、列维坦的《永久的安息》或莱蒙托夫的《在蓝色的海浪上》都是无法用我们自己的语言转述的。这种做法徒劳无益，就像用干巴巴的代数去检验莫扎特和所有伟大作曲家的和声一样。因此，我不想枉费心机地转述蒲宁的作品，我也不打算为赶"热门"试图解释他的作品。所谓"热门"，换句话说，就是现代的概念。如果抛开在我们的时代之前所发生的一切，抛开在某种程度上对我们的时代起决定作用的一切，这种"热门"也就不可能存在。

蒲宁的作品之所以出色，是因为它们完全属于自己的时代，又同我国人民的过去血肉相连。

在蒲宁的散文和诗歌中，可以明显地感觉到，生活就是一个人从降生直至逝世的一条漫长的、本质上美好的道路。这种感觉在《阿尔谢尼耶夫的一生》中表现得尤为强烈。

---

①指康·费定的讲话。他在与会者的掌声中说："我认为，不应当把蒲宁同俄罗斯文学史分开，他创作中一切珍贵的东西应当属于读者……"——原注

这部中篇小说不仅是俄罗斯的赞美歌，不仅是蒲宁一生的总结，不仅是他对自己国家最深沉的和富于诗意的爱的表现，不仅是在自己国家面前忧伤和喜悦的表现——这种喜悦有时表现为几滴吝啬的泪珠，在字里行间闪现出来，有如天穹上几颗稀疏的晨星。除了这一切以外，这部中篇小说还意味着某种别的东西。

这不仅是一连串俄罗斯人——农民、孩子、乞丐、破产地主、牲口贩子、大学生、圣愚、迷人的女人，而且是出现在作家走过的所有道路和十字路口，被他用入木三分的、有时令人目瞪口呆的力量刻画出来的许多人物。

《阿尔谢尼耶夫的一生》的某些部分很像画家涅斯捷罗夫①的画《神圣的罗斯》和《在罗斯》。这两幅画是画家心目中自己的人民和自己的国家的最好体现。

一座座小树林、一个个山冈、一座座发黑的圆木教堂、一个个被遗忘的乡村墓地和一个个小村子，在这个背景上是整个罗斯！身穿沉甸甸的锦袍、头戴金冠的古代沙皇，胆小怕事的农夫，手执长鞭的牧人，头戴小圆帽的男女的香客，睫毛下垂的姑娘，那些仿佛染黑的睫毛在这些姑娘白净的脸上投下温柔的阴影，她们的脸上焕发着一种纯洁的内在的光彩。还有圣愚、乞丐、规规矩矩的老太婆、手执拐杖的威严的老人和金发小孩。

人群里有列夫·托尔斯泰，离他不远处是陀思妥耶夫斯基。他们和自己寻求真理的人民一起走向他们孜孜不倦地谈论了一生的、明朗的、但暂时还非常遥远的远方。

这两幅画和蒲宁的作品有着某种共同的东西。唯一不同的是，蒲宁笔下的祖国比涅斯捷罗夫的更俭朴，更贫穷。

在蒲宁的作品中，我们俄罗斯中部的风貌表现为迷人的、灰蒙蒙的白昼，宁静的田野和连绵的雨雾，有时则是淡淡的阳光和无际的、快要熄灭的晚霞。

①米哈伊尔·瓦西里耶维奇·涅斯捷罗夫(1862—1942)，俄罗斯画家。

这里可以适时地说一句,蒲宁对色彩和光线有一种罕见的、正确无误的感觉。

世界是由大量的色彩和光线的结合组成的,谁能够轻松而又准确地领会到这种结合,他就是一个最幸福的人,假如他是个画家或作家,则尤其如此。

从这个意义上来说,蒲宁是一个非常幸福的作家。他用同样敏锐的目光去观察一切:不管是俄罗斯中部的夏天,还是阴暗的冬天,不管是"屈指可数的、铅灰色的、平静的晚秋时节",还是"从树木葱茏的野岭后面突然扑入我的眼帘的黑魆魆的、茫茫的"大海。

在蒲宁的笔记本上有一个短句,这是一九〇六年夏初写的。"美妙的云的季节开始了。"蒲宁写道,仿佛以此给我们揭示了他那作家生活的一个秘密。这句话讲的是一种不可避免的、亲切的劳动的临近。对于蒲宁来说,这种劳动是同夏季,"云的季节"、"雨的季节"、"开花的季节"相连的。

蒲宁用这句话说明,他那观察天宇、研究云彩的工作开始了,这些云彩往往是神秘莫测和吸引人的。

每当你读到蒲宁描写夏季的文字时,你就会想起他的这段笔记。他描写夏季的那些文字总是令人难受的,哪怕只有三言两语:

　　花园里的花儿谢了,树木披上了绿装,夜莺一天到晚在花园里唱个不停,下层窗框一天到晚开着。

蒲宁对他在生活中看到的一切洞察入微。他看到的东西很多很多,从青年时代起他就开始醉心于不安静的漂泊生涯,渴望看到在此之前未曾看到的一切。

他承认,他从来没有像面临着长途旅行时那样感到心情舒畅。

在诸如光线、气味、声音和颜色等现象之间,有一种牢固的联系。

这种联系是什么呢?打个比方说,你只要看看凡·高画中那些酷似大番红花的无名花朵,看看那些很像某些外国果实的透明果汁的密密麻麻的光线，你就会突然闻到这些水果令人垂涎的甜味和湿漉漉的海沙的淡淡的新鲜气味。这种气味仿佛是由清风从画廊中的异国海岛上吹来的。

在阅读蒲宁的作品时，你往往发现，你会产生这种感觉。色彩产生气味，光线产生色彩，而声音又可以再现一系列令人惊异的画面。这一切加在一起可以产生一种特殊的内心状态：全神贯注、悲喜交集或是轻松愉快，你仿佛感觉到了生活的熏风，听到了树木的沙沙声、永不停息的海浪声、孩子和女人的可爱的笑声。

蒲宁在《阿尔谢尼耶夫的一生》中谈到了自己对色彩的感觉和对大自然颜色的态度：

> 只要望一眼颜料箱子，我就全身直哆嗦。我从早到晚在纸上画着，一连几小时地站着，望着天空那种渐渐变为雪青色的美妙的蓝色。在炎热的日子里，这种蓝色逆着阳光在树梢上溢彩流光，树梢仿佛沐浴在这种蓝色之中——于是我永远地、极其深刻地体验到了大地和天空各种色彩的真正神妙的意义。在对生活赐予我的东西进行总结时，我认为，这是最重要的收获之一。这种照在树木的枝叶上晶莹透亮的雪青般的蓝色，我至死也不会忘记。

当蒲宁谈到南方、热带、小亚细亚、埃及或巴勒斯坦时，稍显模糊的俄罗斯中部特有的各种色彩会顿时变得强烈和浓郁起来：

> 明亮空旷的热带天空注视着驾驶舱门。船舷外面，透明的海浪照得船舱明晃晃的，翻滚得越来越慢了。

一九一二年秋天，蒲宁住在喀普里岛①。他经常同自己的外甥尼古拉·阿

---

① 意大利的一个海岛，冬季疗养地，高尔基曾在该岛居住多年。

列克谢耶维奇·普舍什尼科夫进行长谈。

普舍什尼科夫记录这些谈话的笔记保存下来了。这些笔记是非常朴实的。它向我们展现了蒲宁(一个寡于言笑的人)的难得袒露的胸怀。

所有这些笔记都说明了蒲宁对生活的极为炽烈的爱。蒲宁透过车窗注视着机车的黑烟所投下的、渐渐在空中消失的阴影,说道:

> 活在世上是多么快乐啊。只要能看得见,哪怕看得见这股烟和这些光线就行。即令我没有手脚,只要我能坐在一张长条凳上,望着落日西沉,我也会因此感到幸福。只需要一样东西——只要能看见、能呼吸就行。任何东西都不如色彩那样使人感到快乐。我已经养成了观察的习惯。画家们教会了我这门艺术。诗人不善于描绘秋天,因为他们不描绘色彩和天空。法国人(埃雷迪亚和勒贡特·德·列尔①)在描写方面则达到了尽善尽美的地步。

在普舍什尼科夫的笔记中有一段惊人的话,它揭开了蒲宁技巧的"秘密"。

蒲宁说,不管写什么,只要一提笔,他首先就得"找到声音"。"一旦迅速把它找到,其余的一切便迎刃而解。"

"找到声音"——这是什么意思呢?很显然,蒲宁在这几个字里所注入的内容,比乍看上去要丰富得多。

"找到声音"就是找到散文的节奏,找到它的主要的音响。因为散文具有同诗歌和音乐一样的内在旋律。

散文的这种节奏感及其音乐感显然不是偶然的,也是源于对本国语言的出色了解和敏锐感觉。

---

①约瑟·马利亚·德·埃雷迪亚(1842—1905),法国诗人;勒贡特·德·列尔(1818—1894),法国诗人,"帕尔纳斯派"的主要代表人物。

早在童年时代,蒲宁就有了这种敏锐的节奏感。当他还是个孩子时,他就在普希金的《鲁斯兰》①的献词中发现了诗句的轻快的圆形运动("连续不断的圆形运动的巫术"):

"一只猫儿——可说学识渊博——日日夜夜——踩着——金链——绕着踱步"。

在俄罗斯语言领域里,蒲宁是一个尽善尽美的大师。

他从浩如烟海的词汇中为每个短篇小说准确挑选最生动、最有力的词汇,这些词汇之间有一种看不见的、几乎是神秘莫测的联系,而且它们恰好是这篇小说所需要的。

蒲宁的每个短篇和每首短诗都像一块强大的磁铁,它能够把这篇小说需要的所有质点从四面八方吸引过来。

假如现在有一个像赫里斯蒂安·安徒生那样的童话作家,那么他也许会写一篇童话,描述各种出人意料的东西,直到蒙着白霜的灌木丛里的阳光、乌云的碎片和灰色的丧服,如何从四面八方飞向一个拥有魔磁铁的作家,而这个作家则把它们按照一种只有他一人知道的特殊秩序排好,并且给它们洒上活水②,于是一部新作品——一篇长诗、一首短诗或一部中篇小说就问世了,任何东西都无法把它消灭。只要人类还活在地球上,它就会永世长存。

蒲宁的语言是简洁的,几乎是吝啬的,也是纯洁和生动的。但同时它在形象和音响方面也是丰富多彩的:从"嚓嚓"的铙钹声到叮咚的泉水声,从有节奏的模压机声到极为柔和的音调,从低声哼唱的儿歌到响亮的圣经歌词的吟唱声,从圣经的吟唱到奥廖尔省农民的准确的语言。

我只提到了《阿尔谢尼耶夫的一生》,其实这部中篇小说需要聚精会神地阅读。

我把《阿尔谢尼耶夫的一生》称为中篇小说,这当然并不确切。这不是中

①指普希金的童话诗《鲁斯兰和柳德米拉》。
②活水是俄罗斯神话中一种起死回生的神水。

篇小说,不是长篇小说。这是用一种尚无名称的新体裁写的作品。这种体裁是令人惊叹、十分独特的,它使人的心悲喜交集。

人们通常认为,《阿尔谢尼耶夫的一生》是一部自传。蒲宁对此矢口否认。较之一部自传来说,《阿尔谢尼耶夫的一生》写得太自由了。

这不是自传。这是用尘世间许多痛苦、魔力、思考和欢乐铸成的一锭金子。这是独一无二的人类生活中各种事件、各种流浪生活、各个国家、各个城市和各个海洋的令人惊异的集大成之作。不过,在大地的这种多样性中,我们的俄罗斯中部总是居于首位。"冬天是一望无际的雪海,夏天是庄稼、绿草和鲜花的海洋……原野上笼罩着永恒的寂静和神秘的沉默……"

在《阿尔谢尼耶夫的一生》里,蒲宁成功地把自己的一生汇集成一块有魔力的水晶,然而与普希金的水晶不同的是,这部中篇小说的远景,作家生活的远景勾画得异常鲜明,一览无余。

我仍然把《阿尔谢尼耶夫的一生》称为中篇小说,其实我完全有权把它称为长诗或传说。

《阿尔谢尼耶夫的一生》是世界文学中最卓越的现象之一。非常幸运的是,它首先是属于俄罗斯文学的。

在这部令人惊叹的作品里,诗歌和散文融为一体,天衣无缝,创造了一种出色的新体裁。

在这种对世界富于诗意的认识和对世界的外在的、散文式表现的交织中,有一种严肃的、有时还是严厉的东西。这部作品的风格本身有着一种圣经式的东西。

在这部作品里,已经无法把诗歌和散文区别开来,很多词语就像鲜红的印章深深地印在人们的心坎上。

只要读一读描写母亲的一段话,就足以明白,蒲宁为他希望倾吐的一切找到了唯一需要和唯一可能的辞藻。

读这段话的时候,内心里不能不感到震动:

在遥远的故乡的土地上,她孤零零的,被世人永远遗忘了,愿她长眠在世界上,愿她那珍贵的名字永世流芳。如今,她那没有眼睛的颅骨,她那灰色的枯骨躺在那边的一个地方,躺在一个偏僻的俄罗斯城市的墓园里,躺在一个无名陵墓的墓底,难道这真的是她,是那个曾经用双手抱着我摇晃的人吗?

《阿尔谢尼耶夫的一生》的语言和准确的形象是如此有力,可以使人感到忧伤、激动,甚至催人落泪。这是一种只有美的事物才能引发的吝啬的眼泪。

《阿尔谢尼耶夫的一生》的新颖之处还在于,蒲宁的任何一部作品都未能这样充分地揭示那种我们由于语言贫乏而称之为人的"内心世界"的现象。难道在内心世界和外在世界之间有什么明显的界限吗?难道外在世界同内心世界不是一个统一体吗?

蒲宁在这部作品里所描述的一切,都是看得见,听得到,摸得着的,都是实实在在的,它会长期使我们感到高兴或忧伤。我想摘几段话来加以说明。例如一个小男孩初次看见城市的情景:

城里最令人惊讶的东西是黑鞋油。我一生中从来没有因为我在世上所见到的东西(而我见过很多东西!)而感到这样狂喜,这样兴高采烈,就像我在这个城市的市场上手拿一小盒黑鞋油时的心情一样。这个小圆盒是用普通的树皮做的,然而这是一种多好的树皮啊,小圆盒又是用多么精湛的手艺做成的啊! 至于黑鞋油本身,则是黑油油的,满满的,闪着暗淡的光亮,发出一种醉人的酒精味!

蒲宁对贫穷的故乡的描绘是非常简练而又富于表现力的:

我生在哪儿? 长在哪儿? 看见了什么? 没有高山,没有河流,没有湖泊，没有森林，——只有凹地上的灌木林，有的地方有点小树林，间或有类似森林的东西，如某种禁伐区和阔叶树林，再不就是田野、田野，一望无际的庄稼的海洋……这仅仅是草原的边缘地带，那儿的田野起伏不平，到处是山沟、斜坡和浅谷，多半是由石头构成的，那儿的小村子及其文化落后的居民仿佛被上帝遗忘了，——他们是这样朴素，这样原始，就像当地的柳丛和干草一样。

作家们有一个从雕塑家那儿借用的术语——"塑造人物"。然而只有少数作家能像蒲宁那样准确无误地、时而无情地、时而感人地"塑造人物"。以一个牧童为例：

> 牧童的模样……非常有趣：身上的麻布小衬衫和小短裤满是窟窿，手脚和脸瘦骨嶙峋，被太阳晒脱了皮，两片嘴唇都烂了，因为他时而嚼酸黑麦皮，时而嚼牛蒡叶，时而嚼这些前胡，弄得嘴唇都烂了，可是他一双锐利的眼睛却偷偷地东张西望：因为他很清楚，我们和他的友谊是一种犯罪行为。他也很清楚，他在唆使我们去吃的那些天晓得是什么东西。然而，这种有罪的友谊是多么甜蜜啊！他一刻不停地东张西望，偷偷地，断断续续地讲给我们听的那一切又是多么诱人啊！此外，他还会令人惊讶地用自己的长鞭子抽得啪啪作响，就像放枪一样。当我们也试图那样抽得啪啪作响，而鞭梢却把自己的耳朵抽得灼痛时，他便像魔鬼似地哈哈大笑起来……

俄罗斯的柔和的风景，它那羞怯的春天，它那起初并不诱人，继而就会变成静谧而又凄凉的美丽景色，终于找到了自己的表达者。他从未试图对它进行粉饰。在俄罗斯的景色中，没有一个细节逃过了蒲宁的眼睛：

> 走过一个粘土质的池塘，这个长形的池塘在被牲口踏坏的斜坡

中间的洼地里炎热而又寂寞地闪着光,几只白嘴鸦若有所思、无所依归地栖息在斜坡上一块开阔的高地上。

在《阿尔谢尼耶夫的一生》中有一小章,它是用下面的话开始的:

"我少年时代生活中的一切,都是富于俄罗斯风味的。"接着蒲宁叙述了斯塔诺瓦亚村附近的通衢大道、强盗、路上的恐怖事件、路上的夜晚,然而,这里扼要描述的不久之前的俄罗斯,是一幅怎样令人惊异的图画啊:

> 斯塔诺瓦亚附近的大道通往一个相当深的峡谷,我们当地管它叫"上边",这个地方总是引起一种近乎迷信的恐惧……我自己在年轻的时候路过斯塔诺瓦亚附近时,就不止一次体验到这种纯粹俄罗斯式的恐惧……心里老在想着:当心,可别碰上那些人!他们不慌不忙地走来,把你拦腰挡住,手里拿着小斧头,紧紧地、低低地贴着大腿。他们神态端庄,帽子压得低低的,遮住目光炯炯的眼睛。他们突然站住,低声地、极其平静地命令道:"等一等,老板……"。

这部作品里有很多精彩的地方。在我国散文中,我不记得有类似下面摘引的这种对冬天景色的描绘:

> 我还记得许多灰蒙蒙的、严峻的冬日,许多阴暗而又肮脏的解冻日子。每当这种时候,俄罗斯小城市里的生活就变得特别难受,人人脸上露出烦闷和敌视的神色,——俄罗斯人竟原始地受到自然界的影响!——于是世界上的一切以及人们本身都因自己徒然存在而感到苦恼。
>
> 我记得,有时一连几个星期地刮着遮天蔽日的亚细亚暴风雪,每当这种时候,市内只有一些钟楼隐约可见。我记得耶稣受洗节前

后的严寒①,它们常常使人想起古老的罗斯,想起那些使得"大地裂开一俄丈"的严寒:这种时候,明亮的猎户星座每天夜里在完全被雪覆盖的白茫茫的城市上空,在深蓝色的天幕上闪着光芒。而在早晨,两个昏暗的太阳像镜子一样不祥地闪耀着,整个城市空气辛辣,噪音刺耳,令人感到紧张窒闷,烟囱里缓缓地冒出形状古怪的红烟,整个城市被行人的脚步和雪橇的滑木压得轧轧作响,发出刺耳的尖声……

一谈起蒲宁,你就不由自主地成了一个喋喋不休的人。老是想向自己的读者接二连三地指出那些精彩之笔。老是觉得,这是最精彩的一处。可是实际上,后面还有更精彩的地方,无法对它避而不谈。请看叙述青年时代和几乎带孩子气的爱情的一段文字。每个人都是带着伤感回忆逝去的青年时代的。那时候,我们沉浸于爱情和它带给我们的一切:"在东方的天空,在花园、村子和夏天的田野那边很远的地方,悄悄地闪烁着七色星,在田野那边有时可以听到一只鹌鹑的叫声,这种声音由远而近,时断时续,若有若无,因而显得特别迷人。"还有熟睡的心爱的姑娘的呼吸,——"怎样才能表达我凝神伫望,在内心里想象丽莎时所产生的种种感情呢!她睡在这个房间里,簌簌作响的树叶在为她伴奏,声音从敞开的窗子外面飘来,宛如一阵阵毛毛细雨;从田野上飘来的这股暖风时常吹进窗内,抚爱着她那半孩子式的梦——看来,整个世界上再没有比这梦更纯洁、更美好的东西了!"

蒲宁的作品我读得越多,我就越清楚:他的作品几乎是说不尽的。

不管怎么说吧,要想了解他所写的一切,需要很多时间。要想了解蒲宁动荡的、不平静的、进展迅速的一生也同样如此,尽管作者是个多愁善感的人。

---

①指一月下半月最冷的时候。

蒲宁的生平,一部分是由他本人叙述的(在《阿尔谢尼耶夫的一生》和许多与他的经历多少有些联系的短篇小说中),一部分是由他的妻子薇拉·尼古拉耶芙娜·穆罗姆采娃-蒲宁娜叙述的。一九五八年,她在巴黎出版了一本题为《蒲宁的一生》的书,这是关于蒲宁的回忆和材料的一部非常珍贵的集子。

蒲宁的整个一生,直到最后的日子,都在从事游历和创作。

蒲宁的信仰是大胆和诚实的。他在自己的《乡村》中揭穿了脱离现实生活的民粹派分子杜撰的关于俄罗斯农民是上帝化身的甜丝丝的神话。他是最先做到这点的人之一。

除了那些杰出的、完全经典性的短篇小说以外,蒲宁还有很多关于犹太、小亚细亚、土耳其和埃及的游记,这些游记就其画面之精细,就其观察力之出色和对遥远异国的感觉而言,都是不同凡响的。

蒲宁是一个纯粹的(如果可以这样说的话)"卡斯塔尔"①派的第一流诗人。他的诗作至今尚未得到正确的评价。其中不乏鲜明地表达难以捕捉的事物的真正杰作。

蒲宁毕生都在盼望幸福,描写人的幸福,寻找通向幸福的道路。在自己的诗歌和散文里,在对生活和自己祖国的爱中,他找到了幸福。他有一句名言:只有懂得幸福的人才能得到幸福。

蒲宁的一生是复杂的,有时是矛盾的。他见多识广,经历了许多爱和恨。他工作得很勤奋,也犯了很多错误,他毕生最伟大、最温柔、最忠诚的爱就是祖国,就是俄罗斯。

> 无论是鲜花,是蜜蜂,是野草还是麦穗,
>
> 无论是蔚蓝的天空还是炎热的正午……

---

①卡斯塔尔为古希腊神话中帕尔纳斯山上的泉水名,是阿波罗和缪斯诸神的圣泉,能赐给诗人和音乐家以灵感。

期限都将来临——上帝将把浪子询问：
你在世上的生活是否幸福？

我将忘却一切——只会记起
麦穗和野草间的这些田野小路——
我伏在他那仁慈的膝盖上，
噙着愉快的泪水，来不及答复。①

马克西姆·高尔基

关于阿列克谢·马克西莫维奇·高尔基的文章，可说是汗牛充栋。如果不是因为他博大精深，那就很容易陷入局促不安的境地，而且会退避三舍，不做狗尾续貂的事。

高尔基在我们每个人的生活中都具有重要的地位。我甚至敢说，存在着一种"高尔基情结"，也就是感觉到他经常参与我们的生活。

对我来说，高尔基是整个俄罗斯的化身。如同我不能设想俄罗斯没有伏尔加河一样，我也不能设想俄罗斯没有高尔基。

他是具有无尽才华的俄罗斯人民的全权代表。他热爱俄罗斯，对俄罗斯有着深入细致的了解，用地质学家的话来说，就是了解各个"剖面"——无论是空间剖面还是时间剖面。这个国家的种种事情，他都未曾忽略，而是用自己的方式——高尔基的方式观察过。

他是一个对时代具有决定作用的人。像高尔基这样的人，是能够开创新纪元的。

同他初次相识时，最使我感到惊异的是他那非凡的仪表和优雅的风度。尽管他的背有点儿驼，嗓音也有点儿暗哑。当时他正处于精神成熟和极盛的阶段，内心世界的完美给他的外表、姿态、谈吐、衣着——给人的整个风貌打

---

①这是蒲宁于 1918 年 7 月 14 日写的一首无题诗。

下了不可磨灭的印记。

这种同自信力融为一体的优雅风度，在他那宽大的手掌上，在留心的眼神里，在走路的姿势中，在随随便便、甚至有点儿像演员那样马马虎虎披在身上的上衣中，都有所流露。

一位作家给我讲过一个关于高尔基的故事，我的脑海里常常浮现出故事中的高尔基形象。那位作家在高尔基的位于克里米亚捷谢里的寓所住过。

有一次，这位作家一清早就从梦中醒来，走到窗边。海上刮起了强劲的风暴。阵阵狂风从南方吹来，一座座花园里喧闹无比，一个个风向标吱吱作响。

离作家住的小房子不远的地方，长着一棵高大的白杨树。如果是果戈理，就会把它描写成一棵参天大树。这时作家看到，高尔基就站在白杨树旁，他拄着手杖，仰头凝视着那棵雄伟的树。

白杨树沉甸甸的、密密麻麻的叶子在风暴中战栗，发出沙沙的响声。所有的树叶都被风吹得直直的，露出了银白色的背面。整棵树像一架大风琴一样轰鸣着。

高尔基摘下帽子，一动不动地站了很久，一直凝视着白杨树。后来他嘟囔了一句什么话，便向花园深处走去，但又几次停步伫立，回头望望那棵白杨。

进晚餐时，这位作家鼓起勇气问高尔基，他在白杨树旁究竟说了句什么话。高尔基并未感到惊讶，回答道：

"嗯，既然您在对我进行监视，那我就如实说吧。我说的是，多么坚强啊！"

有一次，我去阿列克谢·马克西莫维奇坐落在市郊高尔克村的寓所看望他。这是一个夏日，天上一整天都飘着一朵朵蓬松的轻云，它们在莫斯科河对岸碧绿的、鲜花盛开的山冈上投下一道道透明的阴影，使这些山冈变得绚丽多彩。

高尔基对我谈起我的一部新的中篇小说《柯尔希达》，那谈话的口气，似乎我是个亚热带自然的专家。这使我感到非常尴尬。尽管如此，我们还是就狗会不会得疟疾进行了一番争论，最后高尔基服输了，甚至和颜悦色地回忆起了他生活中的一件事，说他在波季①附近见到过一群得疟疾的母鸡，这些鸡羽毛蓬乱，声声哼叫。

这件事他讲得清清楚楚，有声有色，如今，在我们这些人当中，谁也没有这种讲故事的本领了。

当时我刚刚读完一本非常珍贵的书，作者是一位海员——格尔涅特船长。书名叫《冰上的苔藓》。

格尔涅特曾一度任苏联驻日本的海事代表，这本书便是在那儿写的，由他本人在印刷厂排字，因为他在日本的排字工人中没找到懂俄语的人。这本书总共只印了五百册，用的是一种薄薄的日本纸。

在这本书里，格尔涅特叙述了自己关于使中新世亚热带气候重返欧洲的充满智慧的理论。在中新世时期，在芬兰湾沿岸，甚至在斯匹次卑尔根群岛②上，长满了木兰林和柏树林。

在这里，我无法详细讲述格尔涅特的理论——这需要大量篇幅。不过格尔涅特不容置辩地证明，假如能使格陵兰岛的冰甲融化，那中新世就会返回欧洲，自然界的黄金时代就会来临。

这个理论的唯一缺陷是：使格陵兰岛的冰融化是绝对不可能的。如今，在原子能发现之后，这个问题也许可以考虑考虑了。

我向高尔基介绍了格尔涅特的理论。他用手指在桌子上敲着鼓点。我觉得，他仅仅是出于礼貌才听我讲述。但实际情况是，他已经对这一理论，对它的严谨、确凿，甚至对它的雄伟、壮丽着迷了。

他久久地谈论着这一理论，越谈越有精神，并要我把这本书寄给他，以

①格鲁吉亚城市，黑海港口。
②位于北冰洋。主要岛屿有斯匹次卑尔根岛和东北地岛。群岛上冰川广布。1920年起属挪威王国。

便在俄罗斯重新出版,大量印行。他还久久地谈到,到处都有许多聪颖、美好的事物在暗暗地、出人意料地等着我们。

然而,格尔涅特的这本书,阿列克谢·马克西莫维奇没来得及出版——他不久就去世了。

维克多·雨果

在维克多·雨果流亡期间曾经居住的英吉利海峡杰西岛上,人们为他建造了一座纪念碑。

纪念碑位于大洋边的悬崖上,它的台座不太高,只有二三十厘米。整个台座杂草丛生,因此看起来,雨果似乎直接站在地上。

塑像上的雨果正顶着强风行进。他躬着腰,身上的斗篷迎风飘扬。雨果按住帽子,以免被风吹走。整个人正在同大洋风暴的压力进行斗争。

纪念碑建在荒野,从那儿可以看到《海上劳工》中的水手吉利亚特罹难的那块岩石。

纵目四望,不安静的海水在怒吼,一层层大浪冲击着悬崖的底部,掀动和摇晃着一丛丛海草,带着隆隆的响声冲向水底的洞穴。

每当大雾弥漫之时,可以听到远处灯塔上汽笛声声悲鸣。而每天夜里,灯塔的光芒便投射在洋面上,一直照到天际。灯光常常没入水里。只有根据这种现象才能了解,洋面上掀起了多大的波浪,它们遮没了灯塔的光芒,向杰西岛的海岸滚滚而来。

每逢维克多·雨果的逝世周年纪念日,杰西岛的居民便在纪念碑的台座前献上几枝槲寄生[①]。他们往往挑选一位岛上最美丽的姑娘,由她把槲寄生放到雨果的脚下。

槲寄生的叶子长得很密,状如椭圆,色如橄榄。按照当地带迷信色彩的说法,槲寄生能给生者带来幸福,使死者百世流芳。

---

①属桑寄生科,常绿半寄生灌木。

这种说法正在应验。雨果逝世后,他那叛逆的幽灵在法国游荡。

他是一个性格狂放、感情炽热的人。他对生活中所看到的一切都予以夸大,并形诸笔墨。他的视野便是这样建构的。对他来说,生活是由昂扬而壮丽地表现的种种伟大的激情构成的。

他是一个由清一色的精神乐器组成的文学乐队的伟大指挥。欢快的铜喇叭声,咚咚的定音鼓声,凄厉的长笛声,低沉的双簧管声。这就是他的音乐世界。

由他的作品组成的音乐也像大洋拍岸浪的响声一样强烈。它震撼着大地,也震撼着人类脆弱的心灵。

然而他对人类的心灵并不怜惜。他像发了疯一样,试图用自己的愤怒、狂喜和轰动的爱情去感染全人类。

他不仅是自由的骑士,而且也是自由的喉舌、自由的使者、自由的歌手。他仿佛站在地球的每个十字路口大声疾呼:"拿起武器,公民们!"

他闯入了有点寂寞的古典主义世纪,像飓风,像旋风,裹着暴雨、树叶、乌云、花瓣、硝烟和从帽子上撕下来的徽章。

这风名曰浪漫主义。

他扫除了欧洲的腐败空气,给它注满了不可遏止的理想的气息。

早在童年时代,我就被这位狂热的作家弄得心醉神迷。当时我把《悲惨世界》一连读了五遍。我刚把这部长篇小说读完,当天又开始重读。

我弄到一张巴黎地图,把小说情节发生的地点在图上一一标出。我似乎成了小说情节的参与者,至今仍在内心深处把冉阿让、珂赛特、伽弗洛什视为童年时代的朋友。

从那时起,巴黎不仅成了维克多·雨果的主人公们的故乡,而且也成了我的故乡。尽管我从未到过巴黎,但我却爱上了它。这种感情与日俱增。

维克多·雨果的巴黎是跟巴尔扎克、莫泊桑、大仲马、福楼拜、左拉、儒勒·瓦莱斯、阿纳托尔·法朗士、罗兰、都德的巴黎,跟维庸和兰波、梅里美和司汤达、巴比塞和贝朗瑞的巴黎密切相关的。

我曾经收集过一些描写巴黎的诗歌，并把它们抄在一个单独的笔记本上。遗憾的是，我把笔记本弄丢了，但其中许多诗句我已经背熟了。那些诗句风格各异——既有华丽的，也有朴实的。

> 您将看到一个童话般的城市，
> 人们世世代代为它祷告，
> 心灵将会把种种责难遗忘，
> 疲惫的手将会阵阵哆嗦。
> 在卢森堡花园的喷泉旁，
> 在浓荫蔽日的梧桐树下，
> 您将像米尔热①小说中的米米
> 沿着小径走向远方……

雨果激发了我们许多人对巴黎的这种初恋，因此我们感激他，特别是那些无缘目睹这座伟大城市的人。

上衣襟儿上的小玫瑰花
（记尤里·奥列沙）

我曾多次跟尤里·卡尔洛维奇·奥列沙见面。每次见面都使我久久无法忘怀。现在我就来讲一讲其中的一次见面。

这是一九四一年七月战事初起时的事。我从蒂拉斯波尔市郊的前线乘军用卡车来到敖德萨，在火车站附近下车后，便朝"伦敦旅社"走去。

我走在寂静无人的普希金大街上。天开始慢慢变亮。大雨倾盆而下。

战争爆发后的头几天，敖德萨的居民就用调得浓浓的烟怠涂在一幢幢

---

①亨利·米尔热(1822—1861)，法国小说家。重要作品有《波希米亚的生活场景》(1851)。这部作品后被普契尼改编为歌剧。

南方的白色房子上。大家认为，从空中俯视，黑色的房子不像白色的房子那样醒目。

涂房子是件很复杂的事，人们美其名曰"迷彩"，但结果却是徒劳无益。这年夏天老是下雨，第一场雨下过之后，房子就褪了色，墙面上满是污迹。

我走在普希金大街上，这座可爱的、早就熟悉的城市我已经认不得了。这是敖德萨，但它已经面目全非。见到这座城市，我有一种似梦非梦的感觉。

不祥的雨水从一根根排水管哗哗地流下。除了急促的雨点敲打铁皮屋顶的声音，四周再听不到一点响声。也许只有湿漉漉的金合欢叶子才让人想起不久前那些晴朗的夏日。

当时，我不知为什么认为，战争带来了一种新的空气。它驱走了大地上空那个老的大气层——柔和的、温暖的、有时雾气弥漫的大气层，代之以硬性的、无聊的、能使一切地点和事物变形的空气。新的空气很像液态的硝化甘油，它的气味则像混合着刺鼻药味的焦味。

也许就是由于这种异常的空气，由于空旷的街道和潮湿的雨天，我感到十分孤独，仿佛来到了一座荒无人烟的城市。

因此，当我在"伦敦旅社"阴暗的厅堂里，看到那个满脸胡子、穿着一件皱巴巴的衬衫和一条淡紫色吊带裤的老汉时，我轻松地舒了一口气。

他坐在柜台后面读大仲马的《玛戈皇后》。

在他面前，一截黄色的蜡烛头冒着笔直的火苗。一缕隐隐的青烟宛如一根短麻线在火苗上面缭绕。

"您是看门人吧？"

"大概是吧。"

"可以在你们这儿住宿吗？"

"真是个奇怪的问题！"老汉恼怒地说。"旅社里一个人也没有。所有房间任凭挑选。带壁龛的或不带壁龛的。您要是想摆阔，一个人可以住两间，要么就住三间。而且免收房费，无偿奉送！"

看门人说的最后这句话是旧时代商人和推销员的口头禅。

"无偿奉送!"老汉又说了一遍。"绝对没有人收钱。'国际旅行社'已经撤退。我在这儿只管看守房子。"

"难道旅社里一个人也没有吗?"我听到走廊里传来一阵阵碎玻璃的声音,问道。

"怎么没有呢?!"老汉怒吼道。"难道尤里·卡尔洛维奇·奥列沙不算吗?"

"他在这儿吗?"

"当然啦。您说说,他要是不待在敖德萨,那他会待在哪儿呢?我早就认识尤里·卡尔洛维奇。他在这儿长大,在这儿生活,当年敖德萨就像一架旋转木马,整日整夜地转个不停,各种各样的景象一一从眼前跳过:轮船呀,乌托奇金①一家呀,时髦的女人呀,公子哥儿呀,船长呀,意大利的歌剧女主角呀,著名的医生呀,小提琴演奏家呀,我全知道。还能有谁知道呢!如今敖德萨遭殃了,可奥列沙从前在这儿,如今还是在这儿。他是个不折不扣的敖德萨人,您明白吗!现在他一个人待在房间里。病了一场。每次警报一响,我都去劝他到地下室躲一躲,可他怎么也不肯去,而且马上跟我开起玩笑来。说什么'所罗门·萨耶维奇,请您照看一下,在德国人轰炸的时候,别让他们把我的童话作品《三个胖子》里描写的那些路灯给炸坏了';我能说些什么呢?您知道吗,我也跟他开玩笑。我说,按照我的本意,我会把那些路灯都镀上一层银,好让敖德萨永远记住这本书。"

我上楼去奥列沙的房间找他。他无精打采地坐在桌旁,正在用粗大、奔放的字体写什么东西。

我们搂住一顿热吻。奥列沙胡子拉碴,瘦骨嶙峋,——他刚刚害过一场痢疾,形容枯槁,但那双眼睛却仍像以前那样敏锐,露出善意的讥笑,也像以前那样,马上就要燃起虚构和突如其来的灵感之火,迸发出恰如其分而又出人意料的比拟之光。只要他一开口,生活马上就会变得趣味盎然、灿烂辉煌。

---

①谢尔盖·伊萨耶维奇·乌托奇金(1876—1915/1916),俄国最早的飞行员之一,曾在俄国许多城市和国外表演飞行。

为什么呢？因为在他身上有一股幽默诙谐、富于诗意和转眼之间便能洞察人的心灵之火。

我老是觉得（也许事实的确如此），尤里·卡尔洛维奇一辈子都在无声地同天才们和孩子们，同快乐的妇女们和好心的怪人们进行对话。

他在进行辩论时无所畏惧，干脆利落。他的反驳总是无情地直击论敌，并以胜利告终。

在奥列沙周围，存在着一种特殊的、时浓时淡的生活，它是奥列沙从周围的现实中仔细挑选、并用长着双翼的想象装饰起来的。这种生活在他周围沸腾，就像他在《羡慕》中所描写的那根花叶繁茂的树枝一样。

奥列沙身上有一种贝多芬式的大雷雨般的威力，连他的声音也是如此。他那双锐利的眼睛能够发现周围许多极其美好和令人快慰的事物。他在描写这些事物时又简练，又准确，因为他懂得一条规律：两个字的力量空前强大，而四个字的力量却会减弱四分之三。

房间的一角放着一根自制的手杖。手杖柄上挂着个方格背囊。

"瞧，"奥列沙说道，然后头朝手杖和背囊一摆，"到了最后一小时，最后一分钟，我就会步行到尼古拉耶夫去，然后去赫尔松。为了到达目的地，什么都不用想，必须一直往前走，只要两条腿还能动……顺便说一下，请您给弄一张地图来，哪怕中小学生用的地图册也行。没有地图，我就寸步难行了。"

我一面听他讲话，一面坐着打起盹儿来。是该休息休息了，哪怕躺一小时也好。奥列沙把我带到旅社空空荡荡的走廊里，以便挑选一间上等的客房。

几乎所有的窗户都被爆炸的气浪震坏了。穿堂风在旅社里四处乱窜，吹得一道道满是灰尘的深红色窗帘飘来飘去。接着便传来了干枯的棕榈树叶的沙沙声。

我的睡意已经消失了。我们在一间间客房里进进出出，挑三拣四，一间间都被淘汰了。有的是因为里面发出一股草莓香皂的气味，有的是因为壁镜破了，另一间是因为那幅名为《贵族的宴饮》的油画在不久前的一次轰炸中溅满了石灰浆。

最后我们选中了一间面积最小、光线最暗的客房。房间的窗户朝向内院,院子里长着几棵百年的法国梧桐。

"真是个避弹所!"奥列沙说。"它是旅社里最安全的客房。"

我和衣躺到床上,马上就睡着了。把我吵醒的是一群渐飞渐远的轰炸机的轰鸣声。夕阳给洞开的窗户上由于老化而布满鳞状波纹的玻璃镀上了一层金。

我跳下床,去找奥列沙。他不在客房里,我在旅舍那个又窄又暗的餐厅里找到了他。

那是一个具有历史意义的餐厅。借用一句报纸文章常用的套话,"餐厅的四壁见证过"许多大名鼎鼎的人物。不久前,这个餐厅里只见一件件水晶器皿、白银器皿、陶瓷器皿和白铜器皿闪闪发亮,一块块硬硬的浅蓝色桌布像羊皮纸那样沙沙作响,一盏盏状如葡萄果穗的吊灯在饰有精美浮雕的天花板下灼灼发光,冰块在一只只银质小桶里发出叮叮当当的声音,而菜肴则又神秘又丰盛。

如今,餐厅里空荡荡、昏沉沉的,唯一的一盏战时用的小灯在天花板下发出要死不活的微光。这是一盏长明灯。两个像敖德萨本身一样老的侍者(奥列沙的朋友)穿着皱巴巴的白上衣,在餐厅里蹀来蹀去,为非常罕见的顾客端上一杯不加糖的茶水和一碗又黑又滑的面条。

奥列沙同一个忧心忡忡、沉默寡言的黑人坐在一张餐桌旁,后者是敖德萨电影制片厂的演员。

"刚才进行了一场空袭",奥列沙对我说。"您睡着了,没有看到。喂,说说您的'敖德萨印象'吧!"

我回答说,战争刚一爆发,城市就变了样,变得死气沉沉,敖德萨人也似乎失去了传统的活力。

"乱——弹——琴!"奥列沙清晰地、一个字一个字地说,"敖德萨人不会屈服,不会等死。他们的诙谐幽默的性格是同大无畏的精神融为一体的,而他们的勇敢精神又是靠诙谐幽默的语言来培育的。您对敖德萨人有偏见,打个比方说,就像对第欧根尼①有偏见一样。"

我当然清楚,他的话跟我毫不相干,我从未在奥列沙面前谈到过我对第欧根尼的看法,原因很简单:我对他没有看法。第欧根尼仅仅是一个诙谐幽默的虚构故事的引子罢了。

"瞧",奥列沙说,"所有的人,也包括您,都把第欧根尼当作犬儒主义者的首领。可他能算什么犬儒主义者啊!他是个胆小、糊涂的老头子。顺便说说,他住在一只大木桶里,这也是由于糊涂。大木桶虽然糟糕透了,但好歹也能住人,因此就得付钱。而第欧根尼呢,大家知道,从来就是身无分文。大木桶的主人经常威胁他,再不还账,就要把他撵到大街上去。于是第欧根尼就去找那些朋友。他满脸涨得通红,嘴里嘟嘟囔囔:'借点钱给我付大木桶的租金吧!'我的天哪,只听见一片尖声大叫:'借钱给你租大木桶?''不知羞耻!''自私自利!''犬儒主义者!'"

那个沉默寡言的黑人突然哈哈大笑起来。奥列沙朝他迅速一瞥,说道:

"虽然目前正在打仗,但敖德萨人仍像平常一样勇敢、乐观、爱笑。我们不妨到城里去转一转,我敢担保,我们不定在什么地方就能看到那些在任何情况下都不屈服的老敖德萨人。这也是一种英雄主义呢。"

我们步出旅社。透明的天空被夕阳映成了绯红色。林荫道上的树木沙沙作响。

几个大队的法西斯飞机正从大海上空朝奥恰科夫方向飞去。传来了海军高射炮响亮、沉闷的炮声。

我们朝希腊市场走去。市场里面,用奥列沙的话来说,有一家坚持到最后时刻的茶馆,供应地地道道的摩尔达维亚羊奶干酪。

然而,我们未能走到希腊市场。我们遭遇了空袭警报。民警们掏出手枪,朝空中一阵猛打(显然是为了提醒那些没有从收音机中听到警报的人)。此

---

①第欧根尼(公元前约400—前约325),古希腊犬儒派哲学家。

外，他们还把所有的行人——赶进居民的院落。

我们躲进一个最近的院落。这是一个典型的希腊式院子。这种院子几乎是无法形诸笔墨的，必须亲眼看到，甚至还必须在里面住上几天，才能领略它的全部魅力。

这是一种长方形院落，四面都是旧式的两层楼房。唯一的出口是一扇通向街道的大门。这种希腊式房子每层都有单间和套间，每种房间都有一个旧式的木头露天凉台和同样的旧式木头露天楼梯。

一个个露台沿着房子的外墙延伸，摇摇晃晃，嘎嘎作响。它们是住房的附属物，也是人们最喜欢和最热闹的去处。

在露台上，人们用煤油炉煎青花鱼或比目鱼，制作著名的青鱼鱼子酱，给孩子们洗澡，洗衣服，跟楼上或楼下的住户吵架，听留声机，甚至翩翩起舞。

我们进入的就是一个这样的院子。里面空荡荡的。

德国轰炸机带着刺耳的啸声一次次俯冲，接着便响起了隆隆的爆炸声。高射炮的弹片也纷纷落到院子的石头地上，发出啪啪的响声。

我们躲在二楼的露台下面，以免被弹片击中。旁边的木箱上坐着一个扫院子的老汉，他正在打盹儿，肩上挂着一个破防毒面具。不管是隆隆的爆炸声、刺耳的啸声，还是飞扬的尘土，都没能把他吵醒。尘土像排炮似的从街上飞到院子里。

在我们的正对面，我们看到了一个门廊，它有一扇非常厚实的门。这扇门显然通向一个独立的套间。门上钉着一块小铜牌，上面刻着"牙医 И.С.魏因特劳布"。

这个姓氏的最后一个字母是硬音符号，说明魏因特劳布在此定居已经很久很久了[1]。

"早在革命前就来了！"奥列沙说。"如今，它就是'基督降生之前'或'大洪水之前'的意思。"

---

[1]在旧的正字法里，硬音符号可用于词中和词尾，1918年后，只能用于词中。

门廊旁边有一个里面挂着窗帘的威尼斯式的窗户。透过窗帘，橡皮树盆景的黑色的叶子隐约可见。

一架飞机呼啸而来。响起了山崩地裂般的爆炸声和高射炮的排炮声。

这时我们目睹了一个很普通、很平常的场景。顺便说说，我至今仍不明白，为什么我和奥列沙后来一想起这个场景，便会哈哈大笑，而且要笑好一阵子。

事情是这样的：有人怒气冲冲地拉开威尼斯式的窗户的窗帘，用手掌把窗框猛地一推，于是窗户啪的一声打开了。两扇窗门向两边墙上飞去。

从窗口探出一个犹太老头的身子，他脸上的胡子没刮干净，身上穿着一件皱巴巴的衬衣，裤子上的吊带也没系好。这显然是魏因特劳布医生本人。他手里拿着一张报纸，也许正在睡觉，并用这张报纸盖在脸上挡苍蝇。是炸弹的爆炸声和飞机的呼啸声把他吵醒的。

他用两只手掌撑住窗台，把身子探到窗外。那双硬化了的、由于气愤而发红的眼睛朝带着魔鬼般的啸声低低地从院子上空一掠而过的飞机望了一眼，然后怒吼道："怎么啦？又来啦？无赖！！"

他怒不可遏地朝飞机的背影吐了口唾沫，然后啪的一声关上窗户，拉上窗帘。

这当儿，那个连炸弹都炸不醒的扫院人突然醒了，他打了个呵欠，伤心他说："这是我们这个大院里最不怕死的人，简直就是拿破仑！"

空袭结束了。我们来到街上。天已经黑了。

"明白了吧"，奥列沙说道，"我说对了吧。这就是那个在任何情况下都不屈服的老敖德萨。"

"您只是走运而已。"我回答道。

我们朝"伦敦旅社"走去。歌剧院附近倒着一棵被连根拔起的金合欢。树根挂在一幢旧宅的二楼，被阳台的栏杆卡住了。

门口停着一辆急救马车。只见鲜红的血从二楼窗台上慢慢滴到人行道上。

大海上空弥漫着一缕缕烟雾。沙洲上有个地方着火了。也许是海滨咸沼后面月亮正在升起。

《三个胖子》里的那些路灯完好无损，对此我跟奥列沙一样感到高兴。

关于奥列沙，我本可以再讲很多故事，但目前有些不便。他不久前去世了，怎么也忘不了他那张俊俏的脸孔，一个在我们面前总是沉思默想的人的脸孔。也忘不了他那件旧上衣襟儿里的那朵小小的红玫瑰花。多年来我看见他一直穿着这件上衣。

米哈伊尔·米哈伊洛维奇·普里什文

假如大自然能够因为人类洞察它的秘密生活和对它进行歌颂而对人类怀有感激之情的话，那么它首先应该称谢的将是米哈伊尔·普里什文。

米哈伊尔·米哈伊洛维奇·普里什文是他在城里用的名字，至于在普里什文当作自己的家的那些地方——在护林巡查员的小木屋里，在雾气弥漫的河湾洼地上，在俄罗斯原野的乌云和星空下面，人们只简称他为"米哈雷奇"。看来，当这个人消失在城市里时，人们心里总不免感到忧伤。在城市里，只有在铁皮屋顶下面筑巢的燕子使他想起他的"野鹤之乡"。

普里什文的一生是人摆脱环境强加于他的种种后天的东西、仅仅"按照心灵的旨意"生活的一个范例。这种生活方式里包含着最伟大的理智，因为一个"按照心灵"、按照自己的内心世界生活的人，永远是一个创造者、造福者和艺术家。

假如普里什文一辈子只当个农艺师（这是他最初的职业），不知道他会有什么建树。总之，他未必能给千百万人揭示出俄罗斯大自然这个最精美和最明朗的诗的世界。单说时间就不够。大自然要求作家在内心里创造大自然的"第二世界"时有一双凝神注视的眼睛和进行紧张的内心工作，这个"第二世界"能够用各种思想使我们变得充实，用艺术家所发现的美使我们变得高尚。

如果我们仔细读一读普里什文的全部作品，那么我们就会相信，他那些极为出色的见闻连百分之一都未来得及告诉我们。

对于普里什文这样的大师,对那些能为秋天的每一片落叶写一部长诗的大师,一次生命是不够的,而这种落叶则是非常之多的。有多少树叶在飘落时,带走了作家许多没有吐露的思想。关于这些思想,普里什文曾经说过,它们像树叶一样轻飘飘地坠落了。

普里什文生长在俄罗斯的一个古城叶列茨。蒲宁也生长在这一带。他同普里什文完全一样,善于赋予大自然以人的思想和情绪的色彩。

这应该怎样解释呢? 显然是因为奥廖尔地区东部的自然环境,叶列茨附近的自然环境极富于俄罗斯风味,非常朴实,而又十分贫瘠。正是在自然环境的这种性质、乃至略带几分严峻的特点之中,才能找到普里什文作为一个作家的洞察力的谜底。唯其朴实,故乡的魅力才看得更加清晰,目光才变得更敏锐,思想才变得更加集中。

比起令人头昏目眩的光辉——各种绚丽的色彩、焰火般光华四射的晚霞、星光灿烂的夜空,以及由遍地树叶和鲜花组成的、有如尼亚加拉瀑布一样宏伟壮观、光彩夺目的热带植物来,朴实对人的心灵的影响更强、更大。

写普里什文是一件很困难的事。凡是他所讲述的东西,必须一一记入秘藏的笔记本,反复阅读,到每行字中去发现崭新的珍宝,深入他的作品,就像我们沿着隐约可辨的羊肠小道深入泉水潺潺、芳草萋萋的密林,沉浸于这个在理智和心灵方面都具有纯洁的本性的人的种种思想和情绪之中。

普里什文认为自己是一个"钉在散文十字架上的"诗人,但他没有说对。他的散文中所蕴含的诗的汁液远比别人的诗歌要多。

普里什文的作品,用他自己的话来说,是"不断去进行发现的无穷的欢乐"。

我好几次听见一些人刚刚搁下一本读完的普里什文作品就异口同声地说:"这才是真正的魔法! "

从后来的话里我明白了, 人们所说的这句话是指普里什文散文中那种难以解释、但却非常明显、而且为他独有的魅力。

这种魅力的秘诀何在呢？这些作品的秘密何在呢？"魔法"和"魔力"这些字眼通常是指童话而言的，可是普里什文并非童话作家。他是一个脚踏实地的人，是"湿润的大地母亲"的儿子，是他周围世界正在发生的一切事件的目睹者。

普里什文的魅力的秘诀，他的魔法的秘诀就在于他的这种洞察力。

这是那种在每一件小事中都能够发现饶有趣味的东西、在我们周围现实令人讨厌的外表下发现深刻内涵的洞察力。

普里什文的一切都闪耀着诗的光华，宛如草上的露珠。一片最渺小的白杨树叶都有它自己的生活。

我拿起普里什文的一部作品，随手翻开，读道：

夜在一轮皎洁的圆月下消逝了，黎明之前降了初霜。一切都是白茫茫的，不过水洼没有封冻。太阳出来一晒，树上和草上都凝结着这样浓重的露珠，黑魆魆的森林里，罗汉松的树枝上缀满了这样光灿灿的花纹，即使把全世界的金刚石都拿来作这种装饰也还不够。

在这段真正金刚石一般的散文里，一切都朴实而准确，充满了不朽的诗意。

你仔细读一读这段文字，就会赞同高尔基的话。他说，普里什文有一种"借助于普通词汇的巧妙搭配赋予他所描绘的一切以几乎是伸手可及的感觉的卓越才能。"

但这样说还不够。普里什文的语言是一种大众的语言。它只有在俄罗斯人同大自然的密切接触中，在劳动中，在纯朴和明智的民族性格中才能形成。

"夜在一轮皎洁的圆月下消逝了"。短短的一句话十分准确地表现出夜在沉睡的国土上空沉默而庄严的流逝过程。"降霜了"，"树上凝结着浓重的露珠"，这一切都是活生生的大众语，绝不是窃听得来或从笔记本中抄下来的，而是自己特有的。因为普里什文是人民的一员，不仅是"为了搜集写作素材"而站在一旁的人民的观察者。很遗憾,我们有些作家却往往是这样的观察者。

植物学家们有个术语——丛草。它通常用来形容百花盛开的草地。它是像连绵不断的地毯一样分布在河湾洼地上的千百种五彩斑斓、赏心悦目的鲜花丛。

普里什文的散文完全堪称俄罗斯语言的丛草。他的词汇万紫千红,闪闪发光。它们时而像小草一样簌簌低语,时而像泉水一样潺潺歌唱,时而像鸟儿一样啾啾啼啭,时而像初结的薄冰一样嚓嚓有声,最后它们就像星移斗转,徐徐地鱼贯进入我们的记忆之中。

普里什文散文之所以具有魔力,也是因为他知识渊博。人类知识的任何一个领域都蕴含着无穷的诗意。很多诗人早就应该明白这一点了。

假如诗人们熟悉天文学,那么他们所喜爱的星空主题就会变得更加壮丽!

如果对夜空缺乏了解,因而无法充分描绘,这是一回事;如果诗人懂得星球运行的规律,因而在湖水里反映的不是一般的星座,而是灿烂的猎户星座,那么同一个夜空就将是另外一种景象了。

最不重要的知识往往能给我们开辟许多美的新领域,这方面的例子不胜枚举。每个人在这方面都有自己的经验。

然而我现在想谈谈这样一件事,就是普里什文的一行文字给我阐明了一种我在此之前认为是偶然的自然现象。这行文字不仅阐明了这种现象,而且我认为还使它充满了合乎规律的美。

我早就在奥卡河流域的春季水淹草地上发现,有些地方的花仿佛是采集在一起,筑成一个个姹紫嫣红的花坛,而有些地方的普通草地上,会突然伸展出一条由同一种花组成的弯弯曲曲、连绵不断的花带。从"Y-2"小型飞机上俯瞰,这种景象看得特别清楚。这种飞机常常飞临草地上空洒药,以消灭泥潭和沼泽中的蚊子。

我对这些高大芬芳的花带观察了多年,对它们十分叹赏,但却不知道怎么会产生这种现象。不过说真的,我并没有认真思考过这个问题。

在普里什文的《一年四季》中，我终于找到了答案，它只有一行字。这一小段话的标题叫《花溪》："在那些春水奔腾过的地方，如今到处是鲜花的洪流。"

读了这段话之后，我顿时恍然大悟。原来鲜花盛开的地方，正是春汛奔腾过后，留下了一层肥沃的淤泥。这仿佛是一幅用鲜花绘制的春汛地图。

离莫斯科不远的地方有一条杜布纳河，几千年来人们就住在河的两岸。它遐迩闻名，并且被标在许多地图上。它在啤酒花丛生的莫斯科近郊的小树林中，在一座座青翠的山冈和田野之中，静静地流过许多古老的城市和村庄——德米特罗夫、维尔比洛克、塔尔多姆。成千上万的人到过这条河上，其中也有作家、画家和诗人。可是谁也没有发现杜布纳河有什么特别值得描写的东西。谁也没有沿着它的两岸巡行一番，就像对一个过去没有发现的国家进行考察一样。

普里什文这样做了。于是在他的笔下，默默无闻的杜布纳河作为一个地理上的珍宝，作为一个发现，作为我国最有趣的河流之一，在茫茫的雾霭和消失的晚霞中闪现出来。它有自己特殊的生活和植物，有自己独特的景色，有沿岸居民独特的生活和自己独特的历史。

我们过去和现在有许多学者诗人，如季米里亚捷夫[1]、克留切夫斯基[2]、凯戈罗多夫[3]、费尔斯曼[4]、奥布鲁切夫[5]、缅兹比尔[6]、阿尔谢尼耶夫[7]。还有英

---

[1]克利门特·阿尔卡基耶维奇·季米里亚捷夫（1843—1920），俄国著名植物学家。

[2]瓦西里·奥西波维奇·克留切夫斯基（1841—1911），俄国历史学家。

[3]德米特里·尼基福罗维奇·凯戈罗多夫（1846—1924），俄国自然科学家。

[4]亚历山大·叶夫盖尼耶维奇·费尔斯曼（1883—1945），苏联矿物学家和地球化学家，科学院院士。

[5]弗拉基米尔·阿法纳西耶维奇·奥布鲁切夫（1863—1956）。苏联地质学家和地理学家，科学院院士。

[6]米哈伊尔·亚历山大罗维奇·缅兹比尔（1865—1935），苏联动物学家。

[7]弗拉基米尔·克拉夫季耶维奇·阿尔谢尼耶夫（1872—1930）苏联远东研究者、民族学家和作家。

年早逝的植物学家科热夫尼科夫，他写过一本关于植物生活的春天和秋天的书，这是一本严谨的学术著作，但却引人入胜。

我们还有一些善于把科学知识作为散文的一种必不可少的因素而引进自己的中长篇小说中去的作家，如梅利尼科夫–彼切尔斯基[①]、阿克萨科夫[②]、高尔基、皮涅金等。

然而普里什文在这些作家中占有一席特殊的地位。他在人种学、物候学、植物学、动物学、农艺学、气象学、历史学、民俗学、鸟类学、地理学、方志学和其他科学方面的丰富知识有机地溶入了他的创作生涯。这些知识不是一种死的负荷，而是活在他的身上，为他的经验、他的观察力，以及他在最富有诗意的表现形式中、在大大小小的，但却同样出乎意外的例子中发现科学现象的令人称羡的特性所丰富。

普里什文在描写人的时候，仿佛因自己洞察入微而双眼微眯。他对那些偶然性的东西不感兴趣。他只注意每个人内心的幻想，不管这个人是伐木工人、鞋匠、猎人还是知名学者。

把人的内心幻想揭示出来，这就是任务所在，而要做到这点是非常困难的。一个人没有比自己的幻想藏得更深的东西。也许这是因为它忍受不了最轻微的讥笑甚至是玩笑话，因而自然也无法忍受无动于衷者的手去染指了。

幻想只能对志同道合的人吐露。普里什文便是我们那些无名幻想家的一个志同道合者。只要回忆一下他的短篇小说《鞋子》就够了，这篇小说写的是玛丽雅树林的一批"陀螺"——鞋匠，他们打算为共产主义社会的妇女制造一种世界上最雅致、最轻巧的鞋子。

普里什文身后留下了大量笔记和日记。在这些笔记中，有米哈伊尔·米

---

①帕维尔·伊凡诺维奇·梅利尼科夫（笔名安德烈·彼切尔斯基，1818—1883）俄国作家，著有《在森林中》和《在山上》等长篇小说。

②谢尔盖·季莫菲耶维奇·阿克萨科夫（1791—1859），俄国作家，著有《家庭纪事》等作品。

哈伊洛维奇很多关于创作技巧的思考。就像对大自然一样，他在这方面是同样富于洞察力的。

我觉得，普里什文的一篇论述散文朴实性的短篇小说是思想正确的一个范例。这个短篇的标题叫《著作家》。小说里有一个作家和一个牧童谈论文学的一段对话。

下面就是这段对话。牧童对普里什文说：

"你写的要是真事儿就好了，大概全是你瞎编的吧？"

"不全是，"我回答道。"但是有一点儿。"

"要是我呀，我就那样写！"

"全写真事儿？"

"全写真事儿。我就写夜，写沼泽上的夜是怎样过去的。"

"那么，究竟是怎样过去的呢？"

"就是这样呗！夜。深水塘边儿，一棵好大好大的灌木，我坐在灌木下面，小鸭子一个劲地叽叽叽……"

他不做声了。我以为他在寻思字眼或物色形象。可是他却回过神来，掏出一支风笛，在上面钻起第七个孔来。

"喂，那么后来呢？"我问道。"你不是想真实地描写夜吗？"

"我不是描写了吗？"他回答道。"全是真的。一棵好大好大的灌木！我坐在它下面，而鸭儿整夜叽叽叽叫个不停……"

"太短啦。"

"你怎么说短呢！"牧童感到惊奇地说。"叽叽叽叫了一通宵……"

我思量着这个故事，说道："多好啊！"

"还能不好吗？"他回答道。

普里什文在自己的创作事业中是一个胜利者。我不由得想起了他的一段话:"即使只有荒野的沼泽是你胜利的见证,那么它们也会变得百花盛开,异常美丽,而春天也将永远与你同在,唯有春天,光荣属于胜利。"

是的,普里什文的散文的春天将在我国人民的生活中,在我们苏联文学中万世长存。

亚历山大·格林

在我的少年时代,我们这些中学生一个个都沉迷于《万有文库》丛书。这是一些用黄纸做封面、用小号字排印的小开本书籍。

这些书定价很低。掏十个戈比就能读到都德①的《达拉斯贡的达达兰》或汉姆生②的《神秘》,而掏二十个戈比便能读到狄更斯的《大卫·科波菲尔》或塞万提斯的《堂吉诃德》。

俄国作家的作品收入《万有文库》纯属例外。因此,当我买到刚刚出版、书名很怪的《捷卢里的蓝色瀑布》一书,并且看到封面上的作者署名为亚历山大·格林时,便自然把格林当作外国人了。

书中收了好几个短篇小说。我记得,我站在买书的摊子旁边随手一翻,便读了起来:

没有比利斯更混乱、更奇妙的港口了……这个语言杂乱的城市活像一个最后决心在穷乡僻壤定居的流浪汉。一座座房屋乱七八糟地分布在一条条不像街道的街道中。利斯之所以不可能有名副其实的街道,是因为城市坐落在用一个个阶梯、一座座桥梁和……一条条狭窄的小路连接起来的峭壁和山崖之上。这一切都被

①阿尔丰斯·都德(1840—1897),法国作家。《最后一课》的作者。长篇小说《达拉斯贡的达达兰》描写了一个一心只想发财、最后身败名裂的资产者的故事。
②克努特·汉姆生(1859—1952),挪威作家。1920年以小说《大地的成长》获得诺贝尔文学奖金。

浓密、翠绿的热带植物所笼罩,在植物的扇形绿荫下,闪烁着妇女们孩子般的、炯炯有神的眼睛。满眼都是黄色的岩石、蓝色的树荫和古老墙壁上绘画般的裂纹;在一座依山而建的院子里,一个孤僻的人正在修理一条大船,他赤着双脚,嘴里叼着一只烟斗;歌声从远方飘来,这歌声在峡谷中发出了回声;市场上的货摊架在木桩上,货摊上面支着帆布篷和大伞;寒光闪闪的兵器,绚丽多彩的衣裙,芳香扑鼻的花草。这种香气在人们心中撩起对情人的相思和对幽会的向往,那情景犹如在梦中一样;港口污秽不堪;像一个扫烟囱的年轻人;长袍似的风帆,它们的梦,飞逝的早晨,碧绿的水,山崖,远海;夜里——点点催眠的星光,一艘艘满是欢声笑语的小船——这就是利斯。

我站在鲜花盛开的基辅栗树的树荫下读着,直到把这本像梦一样奇特的书读完才释手。

蓦地,一种向往之情油然而生:我向往那闪光的风,向往那略带咸味的海水,向往利斯,向往它那炎热的小巷、女人炯炯有神的眸子、嵌有白色贝壳残片的粗糙的黄色石头和朝蔚蓝的苍穹急驰而去的玫瑰色的云霞。

不!这也许并非一般的向往,而是一种热望——热望亲眼目睹这一切,无忧无虑地沉入自由的海港生活。

这时我想起来了,这个灿烂的世界的一些特征,我是早就熟悉的。这位名不见经传的作家格林只不过把这些特征集中描写在一页纸上罢了。然而,我究竟是在哪儿见到过这一切呢?

我略作回忆。不用说,是在塞瓦斯托波尔,在那座似乎从绿色的海浪里上升到耀眼的阳光下、而且由天空般蔚蓝的树荫划成条条块块的城市。塞瓦斯托波尔的种种欢乐、忙乱的景象都在这儿,在格林的笔下了。

我继续读了起来,遇到了一首水手的歌谣:

南十字座在远处闪耀，

风一起，罗盘就会苏醒，

上帝啊，保佑一艘艘船只吧！

祝福我们一路顺风吧！

当时我还不知道，格林小说中的那些歌谣都出自他本人之手。

人们陶醉于葡萄美酒和明媚的阳光，陶醉于无忧无虑、慷慨欢乐的生活（这生活永不疲倦地向我们展现它那诱人的角角落落的光辉和清爽），陶醉于"崇高的感情"。

这一切，格林的短篇小说中都有。它们令人陶醉，犹如清香扑鼻的空气使我们这些饱受令人窒息的城市烟雾之苦的人如醉如痴。

我就这样认识了格林。当我获悉格林是俄国人，本名叫亚历山大·斯捷潘诺维奇·格利涅夫基时，并未对此感到特别诧异。这或许是因为，在那之前我已确定格林是黑海人，是巴格里茨基、卡达耶夫和许多其他黑海作家所属的那个作家群的代表人物。

当我了解到格林的履历，了解到这个背叛者和无家可归的流浪者的极其艰难的生活时，我不免大吃一惊。令人难以理解的是，这个性格孤僻、命途坎坷的人，怎么能够在饱经患难之后，依然给人们带来丰富、纯洁的想象的大礼，带来对人的信任和羞涩的微笑。无怪乎他在谈到自己时说，他"总能在废物和垃圾成堆的矮屋上空看到云蒸霞蔚"。

法国作家儒勒·勒纳尔曾经说过："我的故乡在最美丽的云彩飘游的地方。"格林完全有资格把这句话用在自己身上。

即使格林死后只给我们留下一部散文体长诗《红帆》，那也足以把他归入那些号召人们追求完美、并以此激励人的心灵的优秀作家之列。

格林的作品几乎全是为捍卫幻想而作，因此我们应该对他表示感谢。我们知道，我们孜孜以求的未来就产生于人的不可战胜的本性——善于幻想和善于爱。

爱德华·巴格里茨基

对爱德华·巴格里茨基的传记作者们必须预先提出警告:他们会吃尽苦头,或者如俗话所说,"尝一尝困苦的滋味",因为巴格里茨基的生平是很难弄清楚的。

关于自己的身世,巴格里茨基曾经编造过大量令人惊异的谎言,后来这些谎言与他的真实生活完全融为一体, 以致有时真假难辨,无法恢复真实——"仅仅是真实,除了真实,没有任何别的东西"。

况且对是否值得做这件费力不讨好的事,我也没有把握。巴格里茨基的虚构是他生平中很有特色的部分。他本人也对它们深信不疑。

没有这些虚构的东西,就无法想象这位长着一双灰色的、含着笑意的眼睛,老是气喘吁吁,但嗓音却悦耳动听的诗人。

在爱琴海沿岸住着一个美丽的部族——"利凡特人"[①],他们性格乐观,充满活力。这个部族是各个民族——希腊人和土耳其人、阿拉伯人和犹太人、叙利亚人和意大利人的精华融合而成。

我们苏联也有自己的"利凡特人",这就是"黑海人"。他们也由不同的民族组成,但却同样性格开朗,爱开玩笑,无所畏惧,极其热爱自己的黑海、明媚的阳光、港口的生活、"敖德萨妈妈"、杏子和西瓜,以及沿岸绚丽多彩、热闹非凡的生活。

爱德华·巴格里茨基便属于这个部族。

他有时像赫尔松橡木船上那个慵懒的水手, 有时像敖德萨那个捕鸟的"小鬼",有时像科托夫斯基部队那个放荡不羁的战士,有时像那个蒂尔·乌兰什比格。[②]

---

①黎巴嫩人和叙利亚人中的一个民族学集团。这是十字军东征初期移居黎巴嫩和叙利亚沿海地区的欧洲人与当地居民通婚所生的后裔。操阿拉伯语。

②均为巴格里茨基作品中的人物。

这些似乎水火不容的特点，再加上对诗歌的痴迷和非常渊博的诗歌知识，形成了这个人完整的、富于魅力的性格。

我初次见到巴格里茨基是在敖德萨港的防波堤上。他刚刚写完一首关于西瓜的诗——一首真正的叙事诗，其感情和语言极其鲜明，仿佛溅满了黑海的惊涛骇浪。

我们把又长又细的钩索扔到海里，捕捉鰕虎鱼和羊鱼。一艘艘从奥恰科夫开来的黑橡木船，扬着缀满补丁的风帆，载着一座座小山似的条纹西瓜，从我们旁边驶过。强风吹来，橡木船便左右摇晃，船舷常常没入水里，在船的周围溅起阵阵水花。

巴格里茨基舔了舔带咸味的嘴唇，开始气喘吁吁地朗诵《西瓜》一诗，在朗诵时他拖长声调，就像唱歌似的。

一个姑娘在海边捡到一个被海浪冲上岸来的西瓜，上面画着一颗心，这显然是从一只沉没的平底小驳船上漂来的。

> 在这里，没有人向她提醒，
> 她捧走的是我的一颗心……

他喜欢背诵任何诗人的诗。他的记忆力出奇的好。即使背诵那些非常熟悉的诗歌，也能出乎意料地做到铿锵悦耳，新意迭出。不管是在他之前还是在他之后，我都没有听到过比这更好的朗诵。

每个词儿和每个诗节的所有音质都发挥得淋漓尽致、哀婉动人。不管是彭斯的《姜大麦之歌》、勃洛克的《骑士的脚步》，还是普希金的《为了遥远的祖国的海岸……》，只要巴格里茨基朗声诵读，听众就会激动得哽咽起来。

从清早起我们就没吃过任何东西，因此从港口直接朝希腊市场走去。那儿有一家茶馆，每份茶还配给一份糖精、一小片黑面包和一块羊奶干酪。

当时敖德萨有一个老叫花子。他弄得全城的人都怕他，因为他行乞的方式与别人截然不同。他不卑不亢，不伸出哆嗦的手，也不瓮声瓮气地恳求：

"大慈大悲的先生们！可怜可怜我这个残疾人吧！"

不！这个身材魁梧、长着一脸花白胡子和一双红红的、硬化了的眼睛的人只去茶馆转悠。人还在门外，他就开始用嘶哑的、雷鸣般的嗓音对茶客们一顿臭骂。

圣经上最严厉的先知、空前绝后的诅咒巨匠耶利米若见到这个叫花子，也会像敖德萨人所说"逃之夭夭"。

"你们的良心在哪儿？你们还算不算人?!"这个老汉吼道，紧接着他自己对这个修辞性的问语作了回答："你们算什么人，坐在这儿百事不管，大吃大喝，又有面包，又有油乎乎的羊奶干酪，可我这个老人一早就没吃过东西，肚子像只空桶！要是你们的亲娘知道你们现在像个什么样子，她会庆幸自己没活到今天，免得看到你们这样卑鄙无耻。同志，您干吗把脸转过去，不看着我？您该不是聋子吧？您最好帮帮我这个空着肚子的老汉，也好宽一宽您的坏了的良心。"

所有的人纷纷给这个叫花子掏钱。谁都受不了他的咒骂。据说，老汉用乞讨的钱大做食盐投机买卖。

在茶馆里，我们要了茶和优质的辣干酪。干酪用一块湿麻布包着，这种干酪常常辣得牙床发痛。

这当儿，那个叫花子来了，一进门就大声骂开了。

"嘿嘿！"巴格里茨基恶狠狠地说。"他可送上门来了。只要他到我们身边来。只要他过来试试！只要他有胆量过来！"

"那又会怎么样？"我问。

"有他好看的。"巴格里茨基回答道。"哼，有他好看的！只要他到我们的桌子跟前来。"

叫花子坚定地迈步走来，最后在我们身旁停住步子，一对怒目在那块干酪上盯了好几秒钟，喉咙里咯咯直响，也许是由于怒火太盛，以致弄得气喘吁吁，无法发泄。但他还是清了清嗓子，大声嚷道：

"这两个小伙子什么时候才会良心发现啊！旁观者清，瞧他们吃干酪时那副狼吞虎咽的样子,生怕给我这个可怜的老汉四分之一,更不用说给一半了。"

巴格里茨基站起身来,一只手按在胸前,眼睛死死地盯着那个患了硬化症的老汉,开始轻轻地、热情奔放地朗诵起来,他的嗓子发出一阵阵颤音,眼里噙着泪水,情绪像悲剧一样紧张:

> 我的朋友,我的兄弟,心力交瘁的兄弟,
>
> 不管你是什么人,都不要悲观泄气……

叫花子碰了个钉子。他盯着巴格里茨基,一双眼睛都发白了。然后他慢慢地向后面退去。当巴格里茨基念到"相信吧,总有那么一天,连巴尔①也会死亡"一句时,他一个转身,碰倒了一张椅子,然后弓着身子,朝茶馆的门口跑去。

"你瞧,"巴格里茨基郑重其事地说。"连敖德萨的叫花子也不是纳德松②的对手。"

茶馆里的人哄堂大笑。

巴格里茨基常常一连几天不见踪影,原来他到干咸湖那边的草原上用套索捕鸟去了。

在巴格里茨基位于莫尔达万卡街那间用石灰刷得白白的房间里,挂着几十只关着脱毛鸟儿的笼子。他总是啧啧称赞这些鸟儿,特别是那些罕见的名叫朱尔巴伊的鸟。这是一种很难看的草原云雀,跟所有其他鸟儿一样羽毛蓬乱。

为了购买鸟食,巴格里茨基把钱花得精光。

敖德萨几家报馆给他的稿酬很低,每首诗只给五至十卢布,而这些诗是如此优秀,几年后所有的年轻人不仅读过,而且倒背如流。

---

①古代闪族司农业和丰收之神,腓尼基人和叙利亚人的偶像。

②谢苗·雅科夫列维奇·纳德松(1862—1887),俄国诗人。本文所引诗句出自他的《我的朋友,我的兄弟,心力交瘁的兄弟……》(1881)一诗。

显然，巴格里茨基认为这是很公平的。他不了解自己的真正价值，处理实际问题非常拘谨，他初次来莫斯科时，总是不敢独自去出版社和编辑部，而要拉一个朋友给自己"壮胆"。商谈事情也主要由朋友代劳，他本人则往往一言不发，满脸憨笑。

到莫斯科后，他住在奥贝坚胡同我家的地下室里。一个月内他只上过两次街，其余的时间则像土耳其人那样盘着腿坐在沙发上，被哮喘病弄得喘个不停，咳个不停。

他的身边堆满了书籍、别人的诗稿和空香烟盒。这些空香烟盒是他用来写诗的。有时烟盒弄丢了，他感到很难过，但一会儿就过去了。

不久以后，他便迁来莫斯科定居。这次他不再养鸟，而是用大玻璃缸养了好几缸鱼。他的房间如同一个水底世界。他可以一连几小时坐在沙发上，望着那些颜色各异的鱼冥思遐想。

从敖德萨的防波堤上看到的那个神秘的水底世界几乎一模一样——类似珊瑚的银色水草的茎也是这样摆动，浅蓝色的水母也是这样一冲一冲地排开海水，缓缓游动。

巴格里茨基死得太早，他还没有成熟，还没有准备就绪，以便如他自己所说，再夺取几座充满艰难险阻的诗歌的高峰。

他的灵柩后面是骑兵连的队伍，只听见花岗石马路上马蹄嗒嗒。这不禁使人联想起《奥帕纳斯之歌》①，联想起科托夫斯基那匹"闪烁着方糖般的白光"的战马，联想起那些歌颂辽阔的草原的诗篇，这些诗篇与巴格里茨基肩并肩，手牵手，沿着一条条尘土飞扬、热浪滚滚的道路一同行进，这些诗篇继承了《伊戈尔远征记》②和塔拉斯·谢甫琴科③的传统，它们像百里香的香味一样浓郁，像海滨的姑娘一样黝黑，像故乡黑海地区上空的清风一样欢乐。

---

①巴格里茨基于 1926 年写的一部描写乌克兰内战的长诗，1932 年由他本人改成歌剧剧本。
②十二世纪末古罗斯的英雄史诗。
③塔拉斯·格利戈里耶维奇·谢甫琴科(1814—1861)，乌克兰诗人、画家。

洞察世界的艺术

> 绘画教人如何观察和洞察（这是两件不同的事，很难二者兼备）。因此绘画保持着儿童所特有的那种富有生气的、极其纯真的感情。①
>
> ——亚历山大·勃洛克

> 令人停步伫立、啧啧赞赏的往往是那些在人类生活中一无用处的东西：摸不着的影像、无法播种的悬崖、色彩奇异的天空。
>
> ——约翰·罗斯金②

由于我们的疏懒或无知，一些无可辩驳的真理往往被束之高阁，对人类活动毫无影响。

在这类无可辩驳的真理中，有一条真理与创作技巧、特别是与散文作家的创作密切相关。它的内容是：艺术的各个邻近领域（诗歌、绘画、建筑和音乐）的知识，能够极大地丰富散文作家的内心世界，赋予他的散文以一种特殊的表现力。于是散文便充满了绘画的光线与色彩、诗歌语言所特有的容量与清新、建筑的对称与和谐、雕塑线条的突出与清晰、音乐的节奏与旋律。

这一切都是散文的附加财产，似乎是它的补色。

对那些不爱诗画的作家，我是不信任的。说得好听些，这些人有点慵懒和高傲；说得不好听些，便是昏庸无知。

---

① 语出勃洛克的《色彩和语言》一文。

② 约翰·罗斯金（1819—1900），英国作家、历史学家、艺术理论家。

如果作家是一个内行而不是一个匠人，是一个瑰宝的创造者而不是像嚼美国口香糖那样猛嚼生活的幸福的凡夫俗子，那他对任何可以使他开阔视野的东西就不能嗤之以鼻。

常常有这样的情况：在读完一个短篇小说、中篇小说甚至大部头的长篇小说之后，除了一堆杂七杂八、平庸无奇的人物以外，没有留下任何印象。你千方百计想把这些人看个明白，但却看不明白，因为作者没有赋予他们任何生动的特点。

而且这些短篇小说、中篇小说和长篇小说的情节发生在某个凝固的、没有色彩和光线的日子，发生在可以言传、但作者却并未亲历目睹的情景之中，因而无法向我们读者展示这一情景。

这些作品的题材虽然具有当代性，但却平庸无奇。作者往往故弄玄虚，并试图以此取代欢乐，特别是劳动的欢乐。

这些作品之所以令人生厌，不仅因为作者感情冷漠、知识贫乏，而且因为目光迟钝、视野狭窄。

这样的中篇小说和长篇小说，恨不得将它们统统砸烂，就像将积满尘土、闷热难耐的房间里关得严严实实的窗户砸烂一样。随着当的一声，玻璃碎片四处飞溅，于是从外面会立即吹进一股清风；雨的哗哗声、孩子的叫喊声、轮船的汽笛声、雨湿的马路的闪光，也会一拥而入——整个生活，连同它那乍看上去杂乱无章、但却极其绚丽的光线、色彩和声音都会闯入房间。

我们有不少书似乎是瞎子写的，可它们却是为眼睛好的人而写，它们的出版简直荒唐透顶。

为了做到有所发现，不仅要对周围进行观察，而且还要学会洞察。只有热爱人们和大地的人，才能洞察人们和大地。平平淡淡、毫无特色的散文往往是作家冷酷无情的结果，是他麻木不仁的可怕迹象。然而有时这只是因为能力很差，证明他文化水平不够。若是如此，那就如常言所说，仍可救药。

怎样洞察，怎样领略光线和色彩，这件事画家可以教会我们。他们的洞察能力比我们强，而且他们善于记住见过的东西。

当我还是个青年作家时，一位熟悉的画家对我说：

"我的亲爱的，您看事情还不完全清晰，稍微有点儿模糊，还很粗心。根据您的一些短篇小说判断，您只能看到一些基色和涂在表面的浓郁色彩，至于那些中间色和不同色调，在您的作品中都混为一体，变成了某种单调乏味的东西。"

"我又有什么办法呢？"我辩解说。"只有这样的眼力呗！"

"乱弹琴！好的眼力是培养出来的。别偷懒，好好地把视力练一练。要像俗话所说的，动真格儿。在对一切进行观察时，您都要决心用颜料把它画出来。您就试它一两个月。坐电车也好，坐公共汽车也好，就用这种方法对人进行观察。两三天后您就会相信，在这以前，您在人们身上看到的东西，不到现在的十分之一。两个月之后，您就学会洞察事物了，而且不用勉强自己这样做了。"

我听了画家的话，果不其然，不管是人还是物，都比我以前匆匆忙忙进行观察时有趣得多。

于是，一种懊悔之情在我的心中油然而生，这是对愚蠢地虚度的、一去不复返的时间的懊悔。在逝去的岁月里，我本可以看到多少美好的东西啊！多少有趣的东西付诸东流，你再也无法使它们复原了！

这是我从画家那儿学到的第一课的内容。第二课更直观。

有一年秋天，我从莫斯科前往列宁格勒，但不是取道加里宁和博洛戈耶，而是从萨维洛沃车站上车，取道卡利亚津和赫沃伊纳亚。

许多莫斯科人和列宁格勒人对这条路的存在连想都没有想过。这条路虽然远一些，但却比经由博洛戈耶的那条熟路有趣一些。它之所以有趣，是因为要经过荒漠和林区。

我的旅伴是个小个儿，穿着一身肥大的衣服。一对眼睛窄窄的，但却富有生气。这个人带着一只装油画颜料的大箱子和几卷涂好底色的画布。不难猜出他是一位画家。

我们聊了起来。我的旅伴说，他要去齐赫文市郊区，他在那儿有一个做护林员的朋友，他将住在朋友的护林哨所，描绘秋天的风光。

"那您干吗跑那么远的路，到齐赫文市郊区去呢？"

"那儿有我看中的一个地方，"画家信任地回答说。"一个最佳去处！这样的地方，您在天下再也找不到第二个。清一色的白杨树！有的地方只是偶尔才有那么几棵云杉。秋天一到，白杨树就打扮得花枝招展，任何树都无法媲美。它的叶子真是绚丽多彩。有绛红色、柠檬色、淡紫色，甚至还有黑底金斑的。太阳一照，看起来就像一堆光辉灿烂的篝火。我在那儿工作到冬天降临之前。冬天一到，就去列宁格勒郊区的芬兰湾。那个地方，您知道吗，有俄国最漂亮的霜。这样的霜，我在任何地方都没见到过。"

我对我的同伴说，既然他的知识如此渊博，那就可以编一本有实用价值的画家手册，说明在哪儿能画什么。当然，我这样说只不过是开开玩笑罢了。

"您这是出的什么主意！"画家严肃地回答道。"编本手册倒不难，但却没有什么意思。发现一个地方，大家一哄而上，而现在每个人都在独自寻美。这样做比什么都好。"

"为什么呢？"

"国家可以显得更加多姿多彩呀。俄罗斯的大地如此多娇，足够所有的画家画几千年呢。不过，您知道吗？"他担忧地补充道。"人们不知为什么开始肆无忌惮地糟蹋和破坏大地。其实大地的美是一种神圣的东西，是我国社会生活中一种伟大的东西。这是我们的终极目标之一。不知道您怎么认为，可我是相信这一点的。如果连这一点都不了解，又怎能算一个先进分子呢！"

白天我睡着了，但没过多久我的旅伴把我弄醒了。

"您千万别发火。"他难为情地说，"不过您最好还是起来。出现了一幅令人惊异的图画——九月的大雷雨。您去看看吧！"

我瞥了一下窗外。沉重的乌云正从南边向高空升腾，把半个天空都遮住了。乌云被一道道闪电照得阵阵抽搐。

"我的妈呀!"画家叫了起来。"有多少色彩呀! 这样的色调你是绝对画不出来的,哪怕你是列维坦本人。"

"什么样的色调?"我张皇失措地问道。

"天哪!"画家绝望地说。"您往哪儿看呀? 您瞧,那儿的森林黑乎乎、密麻麻的,这是因为它被乌云的阴影笼罩了。稍远一点,森林上面尽是浅黄色和浅绿色的斑点,这是穿过云层变得较弱的阳光造成的。再远一些,整座森林都沐浴在阳光中。看见了吗? 整座森林就像是用赤金铸造的。而且,整座森林是透亮的,很像一道刻有花纹的金墙,又像有人把我们齐赫文绣金作坊女工绣的一块头巾铺在地平线上。现在您往近处看看那一行云杉。您看到针叶上青铜色的闪光了吗? 它来自森林金墙。森林金墙把自己的光照射到云杉上,这就是反光。要画它是很难的,而画坏却很容易。您看那儿,只有一点点微光,我敢说,要想把这种柔和的色调表现出来,非沉着、忠实的妙手丹青莫属。"

画家看了我一眼,笑了起来。

"秋天森林的反光是多么强劲啊! 整个包房都被反光所笼罩。特别是您的脸孔。要是能把您这个样子画下来该有多好。但可惜的是,这一切都是昙花一现。"

"画家的事业正在于此,"我说,"要让那些昙花一现的东西留存几百年。"

"我们正在尽力而为,"画家回答道。"假如这种昙花一现的东西不像现在这样弄得我们措手不及的话。说句实在话,画家任何时候都不能离开颜料呀,画布呀,画笔呀。你们这些作家强多了。你们把这些颜料存在记忆里。您看,这一切变化多么迅速。瞧,森林一会儿亮闪闪的,一会儿黑沉沉的!"

一片片被撕碎的白云,抢在积雨云之前朝我们飞驰而来,并以其急速的运动把大地上的所有色彩真的搅乱了。在远处的森林里,深红色、赤金色、白金色、孔雀绿、紫色和深蓝色开始交融在一起。

偶尔有一线阳光冲破乌云,照在一排白桦树上,于是它们一棵接一棵地如同金色的火炬光芒四射，但顷刻便熄灭了。雷雨前的烈风阵阵吹来，使原本混乱的色彩变得更混乱了。

"天空啊，什么样的天空啊！"画家嚷了起来。"您看，它能创造多么伟大的奇迹啊！"

积雨云冒着浅灰色的烟，迅速地坠向地面。它颜色单调，全是黑页岩色。但每次电光一闪，就可看到积雨云中一股股浅黄色的、凶猛的龙卷风，一个个蓝色的洞穴和一条条被暗淡的玫瑰色火光从内部照亮的曲曲弯弯的缝隙。

刺眼的电光在乌云深处变成了古铜色的烈焰。而在近地之处，在乌云和森林之间，则垂下了一道道大雨的雨幕。

"多么壮丽啊！"画家激动地嚷道。"这样的奇观，你不是经常能够碰到的啊！"

我和画家从包房窗口移到走廊的窗口。窗帘在风中阵阵抖动，加剧了光的闪烁。

下起了滂沱大雨。列车员急忙关好车窗。一股股斜雨沿着玻璃流了下来。光线变暗了，只有很远很远的地方，在地平线那边，透过雨幕还可以看到最后一排染上金色的森林在闪闪发光。

"您记住点什么了吗？"画家问道。

"一点点吧。"

"我也只记住了一点点，"他难过地说。"只要雨一停，色彩就会变得更强烈。您明白吗，阳光就会开始在潮湿的树叶和树干上闪烁。顺便说说，您最好在阴天下雨之前对光作一番仔细的观察。下雨前是一番景象，下雨时是另一番景象，下雨后则是一番极其特殊的景象。因为湿漉漉的叶子给空气增添了一种微光。灰暗的、柔和的、温暖的光。总之，我的亲爱的，研究色彩和光线是一种享受。我愿意做一辈子画家，决不改行干别的事。"

画家夜里在一个小站下了车。我走到站台上跟他告别。那里点着一盏煤油灯。机车在前面喘着粗气。

我很羡慕画家,并且突然对种种杂务感到十分恼火。由于这些杂务,我必须继续赶路,不能在北方稍许停留几天。在这里,每枝帚石南都能唤起无限的遐想,足够写几首散文体的叙事诗。

此刻我心里感到特别难受,因为在生活的进程中,我和许多其他人一样,往往不让自己按照心灵的旨意生活,而只是忙于那些急务和要务。

对自然界的色彩和光线,与其说必须进行观察,不如说必须倾注全部心血。对于艺术来说,只有那种在心灵中占有稳固地位的素材才是适用的。

绘画对散文作家之所以重要,不仅因为它有助于作家看见和热爱色彩与光线,而且还因为画家往往能够发现我们根本看不见的东西。只有看到他们的画作之后,我们才能开始看见这件东西,并且因从前没有看见而感到惊异。

法国画家莫奈①去过伦敦,并以威斯敏斯特教堂为题材画了一幅画。莫奈总是在伦敦平常的、雾气弥漫的日子工作。在这幅画中,哥特式教堂为雾气所笼罩,只能隐隐约约地看到一个轮廓。这幅画可说画得精美至极。

当这幅画公开展出时,它在伦敦人中间引起了一场轩然大波。他们深感震惊,因为莫奈笔下的雾成了紫红色,而大家知道,雾是灰色的。

起初,莫奈的果敢激起了公愤。然而,当那些被激怒的人们走上伦敦街头,对雾做了一番仔细观察之后,才破天荒第一次发现,雾的确是紫红色的。

于是人们开始寻找这种现象的原因。大家一致认为,雾的颜色之所以变红,是烟太多所致。此外,使雾染上这种颜色的还有伦敦一幢幢红色的砖房。

但不管情况如何,莫奈还是赢了。在他的这幅画之后,人人都开始用画家的眼光来看伦敦的雾。莫奈甚至还被誉为"伦敦雾的创造者"。

从我的私人生活中也出可以举出一些例子。例如我是在看了列维坦的《永久的安息》之后,才破天荒第一次发现俄罗斯阴天的色彩是多样化的。

---

①克洛德·莫奈(1840—1926),法国画家,印象派的主要代表人物。

在那之前，阴天在我的眼里只有一种抑郁的色调。我认为，阴天之所以令人愁肠百结，就是因为它吞没了各种色彩，使大地变得烟霭朦胧。

然而，列维坦在这种抑郁中却发现了某种宏伟乃至喜庆的色调，并且在其中发现了许多纯正的色彩。从那时起，阴天不再使我感到难受。相反，我甚至爱上了阴天清新的空气、让人面颊灼痛的寒意、江河里银灰色的涟漪和沉重移动的乌云。还因为每当阴天来临，你就会开始珍视人世间最普通的乐趣——暖烘烘的木舍、俄式炉子的旺火、茶炊的吱吱声、干草上铺一块粗麻布的地铺、屋顶上催眠的雨声和甜蜜的梦乡。

几乎每个画家，不管他属于什么时代和什么流派，都向我们展示了现实生活的一些新的特点。

我曾有幸几度参观德累斯顿美术博物馆。

除了拉斐尔的《西斯廷圣母》，那里还有许多古代大师的绘画。在它们面前停留简直是一件危险的事。它们不会让你离开。这些绘画，可以一连看几小时，也许是几昼夜，而且看得越久，那种难以名状的心灵的激动就越强烈。这种激动发展下去，使人难以抑制自己的眼泪。

为什么会饮泣吞声呢？因为在这些油画里，有着精神的完美和天才的威严，它们促使我们去追求思想的纯洁、力量和高深。

在欣赏美的时候，往往会产生一种焦虑，它是我们内心净化的预兆。仿佛雨呀，风呀，百花盛开的大地呀，午夜的天空呀，爱的泪水呀，把一股清新的气息注入了我们懂得感恩的心灵，而且这股清新的气息将在我们的心灵中常驻不衰。

印象派仿佛在自己的画布上注满了阳光。他们常常在露天作画，有时也许是有意把色彩搞得很浓，从而使他们画中的大地具有一种欢快的色调。

大地变成了喜庆的大地。这并没有丝毫罪过，正如能够给人增添哪怕少许欢乐的东西一样。

印象派是属于我们的，如同过去所有丰富的遗产一样。拒绝印象派就意味着有意作茧自缚。我们不是没有拒绝拉斐尔的《西斯廷圣母》吗，尽管这幅天才的画作为宗教题材。革新家毕加索①、印象派画家马蒂斯②、凡·高或高更③对我们又有什么危险呢？顺便说说，后者还为了争取塔希堤人的独立，同法国殖民当局进行过斗争呢。

在这些画家的创作中，究竟有什么危险的或不好的东西呢？究竟在什么样的嫉贤妒能或随风转舵的脑袋中才会冒出这样的主意，即必须从人类文化中，其中包括从我们俄罗斯文化中排除一批卓越的画家呢？

在火车上同那位画家相遇之后，我来到了列宁格勒。它的一个个广场和一幢幢匀称的建筑的庄严的格局，又在我的面前展现出来。

我久久地端详着它们，力图揭示它们的建筑术的秘诀。这些建筑给人一种宏伟的印象，而实际上却并不很高，这就是秘诀所在。总参谋部大厦是最美妙的建筑之一，在冬宫对面呈弧形平稳伸展，其高度未超过一幢四层楼房，然而它却比莫斯科任何大厦雄伟得多。

谜底很简单。建筑的宏伟取决于它们的均衡对称、比例和谐和少量装饰——窗户上的花框、涡卷饰和浅浮雕。

仔细端详这些建筑，你就会明白，优美的风格首先在于分感。

我相信，正是各局部的对称这一规律和能使每根线条清晰可见并给人带来真正享受的朴实这一规律，也跟散文有着某种关系。

一个热爱完美的古典建筑形式的作家，是不会把自己的散文结构弄得臃肿、笨重的。他会使各局部做到均衡对称，在文字上做到一笔不苟。他会避免滥用那些淡化散文的装饰，即所谓装饰文体。

散文作品的结构必须达到这样一种境界，既不能减少一分，也不能增加一分，不然就会破坏叙述的内容和事件的合理进程。

像往常那样，我在列宁格勒的大部分时间都是在"俄罗斯博物馆"④和

①巴勃洛·毕加索(1881—1973)，法国画家，原籍西班牙。
②亨利·马蒂斯(1869—1954)，法国画家，野兽派主要代表人物之一。
③保罗·高更(1848—1903)，法国画家，后期印象派的主要代表人物之一。
④建于1895年。藏有大量俄罗斯和苏联艺术品。

"艾尔米塔什博物馆"①度过的。

艾尔米塔什博物馆各展厅内那种闪着金光的灰暗色调，对我来说是非常神圣的。当我走进艾尔米塔什博物馆时，宛如进入一个人类天才的宝库。早在青年时代，当我第一次来到艾尔米塔什博物馆时，我就感觉到了做人的幸福，而且明白了一个人怎样才能成为伟人和好人。

起初我沉迷于画家们华丽的画作之中。我被色彩的丰富和浓郁弄得晕头转向。为了稍事休息，我来到雕塑展览厅。

我在那里坐了很长时间。对那些无名希腊雕塑家的雕像或卡诺瓦的那些抿嘴微笑的妇女雕像看得越久，我就越明白，所有这些雕像都是对自身美的召唤，它们都是人类最纯洁的朝霞的预兆。有朝一日，诗歌将会主宰人的心灵，而社会制度——我们通过一年年劳动、忙碌和精神焕发地朝它走去的那个制度，将建立在公正的美之上，建立在理智、心灵、人际关系和人体的美之上。

我们的道路通向黄金时代。它一定会到来。当然我们活不到那个时代，这是令人遗憾的。但我们应该感到幸福，因为这个时代的风已经在我们四周发出呼呼的响声，使我们的心更加剧烈地跳动。

无怪乎海涅每次去卢浮宫，总要在米洛的维纳斯雕像前一连坐几小时，并且潸然泪下。

哭什么呢？哭人的遭到玷污的完美；哭通向完美之路既艰苦又遥远，而他海涅，把自己智慧的毒和光都献给了人们，肯定是无法到达他那不安的心所毕生向往的那片乐土的。

这就是雕塑的力量，没有这种力量的内在之火，进步的艺术，特别是我国的艺术，就是不可思议的，因而很有分量的散文也是不可思议的。

在转换话题，即谈诗歌对散文的影响之前，我打算稍微谈谈音乐，况且音乐和诗歌有时是分不开的。

_____

①建于 1764 年。俄罗斯的美术、文化、历史博物馆。世界最大的博物馆之一。

这一段关于音乐的简短议论只能以我们所谓的散文的节奏和音乐性为限。

真正的散文总是具有自己的节奏。

散文的节奏首先要求遣词造句让读者一看就懂，不用费劲。关于这一点，契诃夫在给高尔基的信中写道，"小说应该在一瞬间，在一秒钟内进入"读者的意识。

不应该让读者在阅读作品时出现停顿，让他自己去恢复文字的正确运动，以适应某段散文的性质。

总之，作家应该使读者保持一种经常性的紧张情绪，引导他们前进，不让作品中出现晦涩难懂或没有节奏的文字，免使读者在此碰钉子，从而摆脱作家的控制。

使读者保持这种紧张情绪，控制读者，使他们与作者同思考、共感觉，这就是作者的任务和散文的功效。

我认为，散文的节奏性是永远不能用人为的方法获得的。散文的节奏取决于才华、语感和好的"作家听觉"。这种好的听觉在一定的程度上是与音乐听觉相同的。

然而，最能充实散文作家语言的还是诗歌知识。

诗歌具有一种惊人的特性。它能使词儿重返它那原初的、处女般的清新。那些最陈旧的、被我们"用滥了的"词儿，其形象性对我们已经丧失殆尽，只剩下一个语言外壳，但在诗歌中却开始闪闪发光、铿锵作响、香气四溢！

这是什么原因，我不知道，我认为，一个词在两种情况下是具有生气的。

第一，当它的语音的（声音的）力量得到恢复之时。而要做到这一点，在音调悦耳的诗歌中比在散文中容易得多。因此，在歌曲中也好，在情诗中也好，词语对我们的作用要比平常谈话时更强。

第二，即使一个陈旧的词儿，一旦被置于富有旋律和音乐性的诗歌行列之中，它就似乎充满了诗歌的共同旋律，开始跟所有其他的词儿和谐共鸣。

还有，诗歌有丰富的头韵。这是它的一个珍贵的特性。散文也有权使用头韵。

但主要的问题不在于此。

主要的问题是，当散文达到完美的境界时，它实质上便是真正的诗歌了。

契诃夫认为，莱蒙托夫的《塔曼》和普希金的《上尉的女儿》证明散文与富于表现力的俄罗斯诗歌具有亲缘关系。

"散文和诗歌的界限何在，"列夫·托尔斯泰写道，"我永远也弄不明白。"他在《青年时代的日记》中以他罕有的激动心情问道：

> 为什么诗歌与散文、幸福与不幸是如此密不可分呢？应该怎样生活呢？是极力把诗歌与散文突然连在一起，还是先享用一个，然后再沉湎于另一个呢？
>
> 幻想有优于现实之处；现实也有优于幻想之处。完满的幸福将是二者的结合。

尽管这些文字是匆匆写成，但它们却蕴含着一个真理：文学中最崇高、最迷人的现象，以及真正的幸福，只能是诗歌与散文的有机融合，或者说得更准确些，是充满着诗的本质，充满着诗的生意盎然的汁液和清澈透明的气息，充满着诗的俘获的威力的散文。

在这一场合，我不怕用"俘获"二字，因为诗歌能够俘获人，征服人，能够不露痕迹地、但却以不可抗拒的力量使人得到提升，并且使人渐渐达到这样一种境界，即真正成为大地的精华，或如我们的祖先纯朴而真诚地所说，成为"万物的灵长"。

弗拉基米尔·奥多耶夫斯基说过："诗歌是人类不再获取，并将开始利用已经获取的东西这一境界的预兆。"[1]这是颇有道理的。

---

①弗拉基米尔·费奥多罗维奇·奥多耶夫斯基(1803/04?—1869)，俄国作家、音乐评论家。

在卡车的车厢里

一九四一年七月，我乘一辆军用卡车从德涅斯特河畔的雷布尼察前往蒂拉斯波尔。我在驾驶室里与沉默寡言的司机并排坐着。

被太阳晒得发烫的褐色尘土从车轮下面一团团卷起。四周的一切——农舍、向日葵、金合欢和枯草，都落满了这种粗糙的尘土。

太阳在暗淡的天空冒烟。铝制军用水壶里的水被烤热了，发出一股橡胶味。从德涅斯特河对岸传来了隆隆的炮声。

车厢里载着几个年轻的中尉。有时他们用拳头捶着驾驶室的顶盖，嚷着："空袭！"司机把车停住，我们跳下卡车，跑到离公路稍远一点的地方趴下身子。顷刻之间，几架黑色的德国"梅塞"飞机便幸灾乐祸地呼啸着朝公路俯冲下来。

有时它们发现了我们，便用机枪扫射。所幸的是，任何人都没受伤。子弹打得一股股尘土飞扬。"梅塞"消失了，剩下的只有发烫的地面引起的全身燥热、脑袋里的嗡嗡响声和难耐的口渴。

在一次这样的空袭后，司机突然问我："当您趴在地下，子弹在头上乱飞时，您在想些什么呢？回忆过去的事吗？"

"回忆的。"我回答说。

"我也回忆的，"司机稍许沉默了一会儿，说道。"回忆我们科斯特罗马的森林。我只要活着，就要回到家乡，申请当护林员。我要带上老婆，她性子好，又长得漂亮，还要带上女儿，就住在护林哨所。您相信吗，我一想起这件事，心就一个劲地乱跳，而司机是不能这样的。"

"我也一样，"我回答道。"经常回忆我们那儿的森林。"

"那你们的森林很不错吧？"司机问道。

"很不错。"

司机把船形帽拉到额上，打开油门。我们再也没有交谈。

我对那些心爱的地方的回忆，也许从来没有像在战争中那样强烈。我发现自己总是焦急地盼望黑夜降临，那时在草原上某个干燥的小山谷，我就可以躺在卡车车厢里，把军大衣往身上一盖，沉浸在遐想中，回到我心爱的那些地方，一边呼吸着松树的气息，一边慢慢悠悠地、从从容容地溜达。我对自己说："今天我要去黑湖，而明天，如果我还活着，就去普拉河畔或特列布其诺。"由于对这些想象中的旅行的预感，我的心都差点儿停止跳动了。

有这么一次，我身盖军大衣躺着，想象着通往黑湖的路上的种种细节。我觉得，人生最大的幸福就是故地重游，把种种忧愁和不幸抛在脑后，只听见心脏在胸中轻轻地跳动。

在幻想中，我总是一清早就步出农舍，沿着用沙子铺的街道，经过一幢幢旧式的木房，信步而行。各家各户的窗台上摆着罐头盒，里面种着火红的凤仙花。这种花当地人称作"多汁的万卡"。这也许是因为凤仙花的粗茎被阳光一照，里面的绿汁就变得晶莹发亮，而绿汁里面有时还可看到一个个气泡。

井台边从早到晚都可听到水桶的叮当声，打水的都是一些喜欢饶舌的小姑娘，她们一个个光着脚丫子，穿着褪色的印花布连衣裙。在井台附近，应当拐进一条胡同，或者用当地的话来说，拐进一条"巷子"。胡同尽头的一幢小木房里，有一只全区闻名的漂亮公鸡。它常常单腿站在烈日下面，羽毛像一堆炭火似的红光闪闪。

养鸡的小木房是最后一幢农舍，然后可以看到一条玩具般的窄轨铁路的路基，它向前伸展着，像一道平缓的弧线拐向远方的森林。奇怪的是，这条路基两边斜坡上的鲜花与四周的截然不同。哪儿也没有一丛丛这样的菊苣，就像被太阳晒得发热的铁轨两旁的菊苣一样。

窄轨铁路路基的一边长着一片围栏般无法通行的小松林。说它无法通行，只是远眺的一种感觉。任何时候它都是可以通行的，不过小松林的针叶会把你刺痛，并在你的手指上留下点点黏糊糊的松脂。

在小松林之间的沙地上长着一种很高的干草，每根草茎中间呈灰白色，而两端却呈墨绿色。这种草是扎手的。这儿还长着许多黄色的蜡菊花，上面满是鳞片，手指一碰就沙沙作响；也有香气扑鼻的白石竹花，蓬乱的花瓣上布满浅红色的斑点；而松树下则长满乳白色的蘑菇，它们的腿上沾满了洁净的灰色沙子。

小松林后面是高高的松林。它的边上有一条长满杂草的大路。

走出密不透风的小松林，在第一棵枝繁叶茂的松树下躺一躺，歇一歇，别提多舒服了。你仰面朝天躺着，透过薄薄的衬衫感受着凉爽的大地，眼睛注视着天空。也许还会进入梦乡，因为那些边缘发亮的白云是催眠的。

俄语中有一个很好的词"истома"（慵懒）。近年来我们把它给完全忘了，而且不知为什么还羞于说它。然而，当你清晨躺在暖洋洋的森林里，注视着无边无际的云团时，充溢着你的身心的那种安详的、睡意蒙眬的状态，找不到其他更好的词儿来形容了。那些白云生成于遥远的碧空的某个地方，并且不断地向不知什么地方飘去。

当我躺在这样的林边时，我每每想起勃留索夫的一首诗：

……做一个自由、孤独的人，
辽阔的田野上笼罩着庄严的静寂，
走自己的路吧，道路漫长而宽广，
没有未来，也没有过去的时日。
摘下像罂粟一样迅速凋谢的花朵，
吸收像初恋一样的一道道阳光，
倒下，死去，沉没于黑暗，
不为复活而悲喜，一次又一次！

这首诗虽然提到了死，但却生气勃勃，因而只想一连几个小时这样躺着，望着天空冥思遐想，不要任何别的东西。

那条长满杂草的路从古老的松林中穿过。松林长在一个个沙丘上,沙丘间隔均匀,就像辽阔的海浪一样。这些沙丘是冰川沉积的残迹。沙丘顶上有许多风铃草花,而洼地上则是密密麻麻的蕨草,蕨草的叶子背面长满孢子,很像浅红色的尘土。

沙丘上的森林非常明亮。它视野开阔,阳光充足。

这座森林呈窄长形(不超过两公里宽),森林外面是一片沙田,田里的庄稼快要熟了,风儿吹来,金光闪闪,波涛滚滚。这片沙田后面伸展着一望无际的茂盛的松林。

沙田上空飘着一团团特别蓬松的云彩。之所以会有这种感觉,也许是因为视野宽广,整个天空一览无余吧。

沿着长满牛蒡的庄稼地的田埂,可以横穿这片沙田。田埂上有些地方长着大片大片坚硬的蓝色球花风铃草。

此刻在我想象中出现的一切,只不过是真正的森林的门槛而已。你一踏入森林,就像进入了一座阴沉沉的大教堂。起初必须沿着池塘边的小径走,池塘里长满浮萍,就像铺了一块鲜绿色的硬地毯。如果在池塘旁边停一停,就可以听到轻轻的吧嗒吧嗒的声音——这是鲫鱼在水底吃草。

然后出现了一片不大的、湿气很重的白桦林,地上长满了像绿天鹅绒一样发亮的青苔。那里时刻发出一股去年秋天落到地上的腐叶的气味。

(这种种情景,都是我躺在卡车车厢里时脑海中出现的。深夜。从拉兹杰里纳亚车站那边传来隆隆的爆炸声,那里正在遭受轰炸。当爆炸声渐渐静寂时,传来了一声声羞怯的蝉鸣。它们被爆炸声吓怕了,暂时还只敢轻轻地叫着。一颗浅蓝色的星星像曳光弹一样从头顶坠下。我发现自己不由自主地凝视着它,并且谛听着它将要发生的爆炸声。然而星星并未爆炸,而是在快接近地面时不声不响地熄灭了。从这儿到那片熟悉的小白桦林,到一座座庄严的森林,是多么远啊!此时此刻,那里也是黑夜,但却万籁俱寂,星光灿烂,没有汽油味和火药味——也许应该说没有"爆炸"的气味,——而只有一个个森林湖泊深深的、不流动的水和刺柏针叶发出的气味。)

出了小白桦林,道路便通向一个陡峭的沙崖。潮湿的洼地被留在后面,但阵阵轻风有时却把洼地里像碘酒一样的气息吹到这儿,吹到干燥而炎热的森林中来。

山丘上又有一个休息地。我坐到热乎乎的针叶上。管你触到什么——一个个早已空心的老松球也好,一块块黄灿灿的、透明的、像羊皮纸一样沙沙作响的幼松的树皮也好,一个个连内部都晒透了的树桩也好,一根根又粗糙、又芳香的树枝也好,都是干干爽爽、暖暖和和。就连草莓的小叶子也是暖和的。

老树桩用手一抓就碎,手心里就会留下一把热乎乎的褐色的碎屑。

暑气蒸人,万籁无声。这是盛夏里一个宁静的白昼。

一只只红翅小蜻蜓在树桩上安歇,而一只只丸花蜂却停在硬硬的、淡紫色伞形花朵上。它们是那么重,压得花儿都弯到了地上。

我查了查那张自制的地图,到黑湖还有八公里。在这张地图上标着各种记号:路边的一棵干枯的松树、一个界标、几丛卫矛、一堆蚂蚁、又是一片洼地,那里总有许多勿忘我花,而洼地后面有一棵树皮上刻着"湖"字的松树。到了这棵松树,必须立即拐进森林,沿着还是一九三二年的砍痕前行。砍痕正在一年年愈合,并结了松脂。必须再砍一次。

你只要找到一处砍痕,必然会停下步子,用手摸一摸它,摸一摸在上面已经凝结的琥珀状松脂。有时你掰下一滴变硬了的松脂,打量着锯状断口,只见阳光化成点点浅黄色的火光,在断口上面嬉戏。

快到湖跟前时,森林中开始出现一个个荒僻的深坑,里面长满了密密麻麻的赤杨树,要想钻进坑底,那是绝对不行的。它们想必是过去的小湖吧。

然后又是一个长着一丛丛刺柏的山坡,刺柏上结满了黑色的干果。终于出现了最后一个记号——一双挂在松树枝上的干树皮鞋。过了树皮鞋是一片狭长的、杂草丛生的林中空地,而过了林中空地便是一个陡峭的悬崖。

森林到了头。下面是一片干涸的沼泽——长着小树林的苔藓沼泽,有桦树林、白杨林和赤杨林。

这儿是最后一个休息点。白昼已经过去一半了。它像一群看不见的蜜蜂一样发出低沉的嗡嗡声。每当微风（哪怕是最微小的风）吹过，暗淡的光线就会像波浪一样在小树林里晃动。

黑湖就隐藏在离这儿两公里的一个地方，在苔藓沼泽中间，它是黑水、断树和大朵大朵的黄色睡莲的国度。

在苔藓沼泽里走路必须小心翼翼：厚厚的苔藓里露出一根根小白桦树的断枝——小木橛儿，时间一长，它们变得像长矛一样锋利。一旦踩上，脚上就会扎一个很深的伤口。

小树林里非常闷热，有一股腐臭味，黑乎乎的泥炭水在脚下发出扑哧扑哧的声音。每走一步，树木都会摇晃和抖动。必须径直向前，不要顾虑你的脚下，仅有一米厚的一层泥炭和腐殖质下的那个深水地下湖。据说，里面有许多像炭一样黑的沼泽狗鱼。

湖岸比苔藓沼泽稍高，因此也干燥一些，不过在一个地方站的时间也不能太长，要不然脚印里就会渗水。

去湖边的最佳时间是迟暮时分。那时周围的一切——湖水和初现的星星的微光、渐渐变暗的天空的余晖、一动不动的树梢——都与令人警惕的寂静紧密地融为一体，你会觉得，这一切似乎都是寂静所孕育的。

在篝火旁坐下来，听着树枝噼噼啪啪的响声，心里想着，只要对生活不是心怀恐惧，而是诚心诚意地接受，那生活就是异常美好的……

我在回忆中就是这样徜徉于一座座森林，然后又漫游于涅瓦河两岸，或在严峻的普斯科夫大地一座座种着亚麻的蔚蓝色山冈上信步溜达。

在回忆这些地方时，我心里感到阵阵刺痛，似乎我永远失去了它们，似乎我一辈子再也见不到它们。很明显，由于这种感情，它们在我的意识中具有异乎寻常的魅力。

我扪心自问：为什么我过去没有觉察这一点呢？我立即开始寻找原因：不用说，这一切我过去都看到和感觉到了，但只有在离别之后，那些倍感亲切的风光才在我的心目中彻底展现出它那种动人心弦的美。很明显，必须融入大自然之中,正像每一个音响,即使是最微弱的音响,都必须融入音乐的整个音响一样。

只有当我们把自身的人的因素融入对大自然的感受之中, 只有当我们的精神状态、我们的爱、我们的悲喜与大自然完全协调,无法把清晨的凉爽和爱人的目光、森林节奏明快的声音和对往昔生活的遐想分割开来时,大自然才会对我们产生巨大的作用。

风景不是散文的添头,也不是装饰品。必须沉浸于风景之中,就像你把脸埋入一堆被雨浇湿的树叶,感受树叶那种十分宜人的清凉、芳香和气息一样。

简言之,应该热爱大自然,而这种爱跟一切爱一样,必然会找到最充分地表现自己的正确途径。

自我话别

我的第一部关于作家劳动的札记就写到这里,但我清楚地感觉到,工作仅仅开了个头,前面还有大量的工作要做。该谈的东西还有很多——我国文学的美学性呀,它在培养具有丰富和崇高的思想感情体系的新人中的极其深刻的意义呀,题材呀,幽默呀,人物性格的塑造呀,俄语的变化呀,文学的人民性呀,浪漫主义呀,良好的鉴赏力呀,原稿的修改呀,真是不胜枚举。

写这本书很像在一个不太熟的国家漫游,每走一步,都可在前面发现新的景致和道路。这些道路不知通向哪里,但却预示着许多出人意料、滋养思想的东西的出现。因此,即使部分地,如常言所说大体上把这些错综复杂的道路弄清楚,也是一件十分诱人的、很有必要的事情。

一九五五——一九六四年